TROLLINGERTOD

Die geborene Badenerin Martina Fiess genießt seit über zwanzig Jahren das herzliche »schwäbische Exil« in Stuttgart – und machte die Landeshauptstadt als Dank zu ihrem bevorzugten Tatort. Als Journalistin stöberte sie Leichen im Keller anderer Leute auf, trennte als Sachbuchlektorin Fiktion von Fakten und manipulierte als Werbetexterin den schönen Schein. Als sie diese drei Talente bündelte, fand sie ihren neuen Traumberuf: Krimiautorin.

www.martina-fiess.de

MARTINA FIESS

TROLLINGERTOD

Stuttgart Krimi

emons:

© Emons Verlag GmbH
Cäcilienstraße 48, 50667 Köln
info@emons-verlag.de
Alle Rechte vorbehalten
Umschlagmotiv: mauritius images/Silwen Randebrock/
imageBROKER
Umschlaggestaltung: Nina Schäfer, nach einem Konzept
von Leonardo Magrelli und Nina Schäfer
Umsetzung: Tobias Doetsch
Gestaltung Innenteil: César Satz & Grafik GmbH, Köln
Lektorat: Susann Säuberlich, Neubiberg
Druck und Bindung: Books on Demand GmbH, Norderstedt
Printed in Germany
Erstausgabe 2020
ISBN 978-3-7408-0952-2
Stuttgart Krimi
Originalausgabe
3. Auflage

Unser Newsletter informiert Sie
regelmäßig über Neues von emons:
Kostenlos bestellen unter
www.emons-verlag.de

Die automatisierte Analyse des Werkes, um daraus Informationen
insbesondere über Muster, Trends und Korrelationen gemäß
§ 44b UrhG (»Text und Data Mining«) zu gewinnen, ist untersagt.

Für Joachim, den weltbesten Vogelstimmen-Imitator

Dienstag

Eine schwüle Hitze hing über der Landeshauptstadt. Obwohl die meisten Stuttgarter entweder im Urlaub oder im Feierabendmodus waren, dröhnten die Straßenverteilungskämpfe der Autofahrer auf der Reinsburgstraße und vor dem Schwabtunnel bis zum dritten Stock hinauf und fluteten durch die gekippten Fenster in unsere Wohnung. Empörtes Hupen, Gasgeben und Reifenquietschen wechselten sich ab, zwischendurch brüllte jemand schwäbische Schimpfwörter über die Straße.

Frisch geduscht und in eine Vanilleduftwolke gehüllt, trat ich aus dem Bad und lief über den Flur unserer Wohngemeinschaft zur Küche, wo meine Freundin und Mitbewohnerin Jeannette auf mich wartete. Glücklicherweise lag die Wohnküche auf der Hofseite zur Karlshöhe hin und war so etwas wie eine Oase im Großstadtlärm. Nach den stressigen und gefühlt meist ziemlich sinnlosen Arbeitstagen in der Werbeagentur »Hohlbergs Reich« war sie unser bevorzugter Treffpunkt.

In der Küche empfing mich würziger Käseduft aus dem Backofen und der beerige Geruch von Rotwein. Auf dem zerkratzten Kiefernholztisch reihten sich drei Flaschen, die Jeannette und ich an diesem Abend verkosten wollten. Sie waren bereits geöffnet, damit der Wein atmen konnte. Heute widmeten wir uns einer relativ jungen Rebsorte namens Acolon. Unsere Branche erfand ständig neue Wörter und Markennamen, dennoch gehörte das Wort Acolon bisher nicht zu unserem Wortschatz. Das hatte weniger mit der Qualität dieser Rebsorte zu tun als mit unserer Ignoranz gegenüber edlen Tropfen aus den zentrumsnahen Weinbergen, die zu Stuttgarts Stadtbild gehörten wie der Stern auf dem Bahnhofsturm.

Ausgelaugt von einem langen Tag voller Kommunikations-GAUs und Streitereien zwischen feinnervigen Kreativen und geldaffinen Kaufleuten, sank ich auf meinen Stuhl. Herzhaft gähnend wickelte ich den Bademantel um meine nackten Beine und streckte sie unter dem Tisch aus. Jeannette saß auf der Eckbank, die langen braunen Haare zu einem losen Zopf geflochten. In einer seltsamen Mischung aus konzentriert und abwesend schaute sie vor sich ins Leere und blies abwechselnd die Wangen auf. Noch vor ein paar Wochen hätte ich das für eine Grimasse gehalten. Inzwischen wusste ich, dass es sich bei diesem unästhetischen Backenausbeulen um eine wichtige Technik professioneller Weinverkostung handelte, die dazu diente, den gesamten Mundraum zu benetzen. Jeannette schluckte hörbar. »Na endlich, Bea. Hab schon befürchtet, du wärst durch den Abfluss gerutscht. Ich war am Verdursten und hab ohne dich angefangen.« Sie ließ den dunklen Rotwein in ihrem Glas kreisen und hielt ihn vor die Flamme der Stumpenkerze in der Tischmitte, um die Farbe zu begutachten. »Weil wir unseren hart verdienten Feierabend mal wieder der beruflichen Fortbildung opfern«, fuhr sie mit einem Hauch von Märtyrertum in der Stimme fort, »habe ich mit der teuersten Flasche begonnen. Barriqueausbau und mehrfach prämiert. Soll nach Brombeere schmecken, Vanille und nach dezenten Holz- und Röstaromen.« Ihrem ratlosen Gesichtsausdruck nach zu schließen, war sie diesen Geschmacksnoten noch nicht auf die Spur gekommen. Wenig verwunderlich, schließlich war sie genau wie ich eine blutige Anfängerin in Sachen Wein.

Ich schob das leere Glas an meinem Platz über den Tisch. Jeannette schenkte mir eine großzügige Portion aus der linken Flasche ein, die sich optisch von den beiden anderen unterschied. Statt des handelsüblichen Etiketts zog sich der Name Acolon in goldfarbener schwungvoller Schreibschrift fast über die gesamte Höhe der Flasche.

»Das Design wirkt hochwertig. Bin gespannt, ob der Wein auch so schmeckt.«

Gewissenhaft befolgte ich die drei wichtigsten Schritte beim Verkosten. Zunächst begutachtete ich die Farbe des Acolons. Eindeutig Rot, das war klar. Ein dunkles Rot. Sogar ziemlich dunkles Rot, stellte ich fest. Fast wie Rote Bete oder überreife Sauerkirschen. Als ich am Glas schnupperte, roch ich … Rotwein. Meine Geruchssensorik steckte noch in den Kinderschuhen.

Ich nahm einen Schluck und rollte den Wein über die Zunge hin und her, wie ich es im Video eines Weinexperten auf YouTube gesehen hatte. Auch nach dem zweiten Schluck schmeckte ich weder Brombeere noch Holz. Stattdessen nahm ich etwas Weiches, Aromatisches wahr, das mich an Nachtisch erinnerte. Und zwar an den klumpigen gestürzten Pudding, den meine Mutter nach dem sonntäglichen Familienessen mit Vorliebe aufgetischt hatte. Diese Erinnerung war unangenehm, aber sie half mir bei der Identifizierung der Geschmacksnuancen. Endlich ein Erfolgserlebnis auf dem noch langen Weg zur Weinkennerin. »Ich schmecke tatsächlich Vanille heraus. Du auch?«

»Vanille?« Jeannette ließ die Nasenflügel über dem Weinglas flattern und schnupperte. »Nö. Wenn du mich fragst, stammt das Vanillearoma von meinem Duschgel, an dem du dich bedient hast. Was ich herausschmecke, ist rote Grütze. Damit liege ich richtig. Laut Weinführer zeichnet sich dieser Acolon durch sein Beerenaroma aus.« Ihr Zeigefinger tippte auf einen der Weinratgeber, die sich auf dem Küchentisch stapelten, seit unser eigenwilliger Agenturchef seine Leidenschaft für Wein entdeckt hatte.

Jeannette und ich verdienten unsere Mohnbrötchen in der Werbeagentur Hohlbergs Reich in der Neuen Weinsteige. Unser Chef hieß André Hohlberg. Sein Name sagte viel über seine Führungsqualitäten aus. Diese zwischenmenschlichen Defizite glich er mit unternehmerischer Hyperaktivität aus. Alle paar Monate trieb er eine neue Sau durchs Dorf. War es kürzlich eine agentureigene Trachtenkollektion für den Cannstatter Wasen gewesen, hatte er sich nun auf Wein kapriziert. Genauer gesagt seit seinem Urlaub auf einem Weingut in Südfrankreich, bei dem ihn der Besitzer in die Geheimnisse großer Gewächse eingeweiht hatte.

In der aktuell flauen Wirtschaftslage wurde es zunehmend schwieriger für eine Werbeagentur, lukrative Kunden mit entsprechenden Etats an Land zu ziehen. Um den Umsatz zu sichern, hatte sich André neben den klassischen Geschäftsfeldern einer Werbeagentur ein zweites Standbein im boomenden Eventbereich aufgebaut. Für zahlungskräftige Kunden bot er exklusive Erlebnisführungen zu den architektonischen und kulturellen Highlights der Landeshauptstadt und ihres Speckgürtels an. Diese Führungen waren sehr erfolgreich, was auch an den Verkostungen lag, die ihren krönenden Abschluss bildeten.

Natürlich führte André die Teilnehmer nicht selbst durch die Landschaft, es sei denn, ein Marketingchef oder ein Geschäftsführer war dabei, dem er seine Agentur als neuen Werbepartner aufschwätzen konnte. Davon abgesehen waren diese Führungen mein Job. Um die Teilnehmer angemessen zu bespaßen, musste ich mich mit historischen Kostümen aus dem Fundus der Staatsoper als weibliche VIP unseres Landes verkleiden. Wie Königin Katharina von Württemberg oder Franziska von Hohenheim. Bei den Führungen sonderte ich Unterhaltsames und eher wenig Tiefsinniges über die Sehenswürdigkeiten entlang der Strecke ab.

Seit Andrés bewusstseinserweiterndem Aufenthalt auf dem französischen Weingut hatte er ein neues Steckenpferd: Genussführungen durch bekannte Weinlagen in und um Stuttgart, zu weintouristischen Sehenswürdigkeiten wie alten Keltern oder Weinmuseen und zu ausgesuchten Weingütern, bei denen allgemeines Backenaufblasen angesagt war.

Deshalb verbrachten Jeannette und ich unsere Feierabende mit Alkohol. Wir tranken uns durch die Württemberger Rebsorten und polierten unser Wissen über Wein auf. Genau genommen handelte es sich also um Arbeitszeit, wenn auch unbezahlte.

Meine Führung morgen würde in den berühmten und zigmillionenfach fotografierten Weinbergen auf den Hängen im Norden über dem Hauptbahnhof beginnen. Diese Weinberge hatten es als Bestandteil von Stuttgarts früherem Slogan »Großstadt zwischen Wald und Reben« zu einiger Berühmtheit gebracht. Wahrscheinlich auch deshalb, weil die ironische Slogan-Variante »Großstadt zwischen Hängen und Würgen« mindestens genauso bekannt war und bis heute das Stuttgart-Bild bei manchen Zeitgenossen aus anderen Regionen Deutschlands bestimmte.

Nach einer kleinen Runde über den Schillerplatz würde ich die Gruppe auf das malerische Weindorf in die Laube unseres neuesten Agenturkunden führen, des Weinguts Kepler. Umrahmt von reichlich weinseligem Design, gab es dort hauseigene Weine zu verkosten, darunter Trollinger und Acolon. Dazu bekamen die Teilnehmer Käsegebäck und eine Kostprobe Weingelee serviert. Dieses Gelee gehörte zu einer Reihe von Produkten, die André gemeinsam mit dem Weingut entwickelt hatte und im laubeneigenen Shop verkaufte. Schließlich sollte sich der Abend finanziell auch für das Weingut lohnen. Win-win-Situation nannte sich das im Werbersprech. Was so viel bedeutete wie: Die Kasse sollte bei allen ordentlich klingeln.

Jeannette leerte ihr Glas, ohne weiter auf die sensorischen Feinheiten des teuren Acolons zu achten. »Hast du die Anekdoten und Weisheiten für deine Führung fertig?« Sie goss sich reichlich nach.

»Die habe ich für die Nachtschicht eingeplant. Sofern ich noch einigermaßen klar in der Birne bin.«

Jeannette zog die Mundwinkel hoch und prostete mir beschwingt zu. »Du, Bea, das ist kein Problem«, beruhigte sie mich, begleitet vom disharmonischen Klang unserer billigen Kelche aus einem schwedischen Möbelhaus. »Als selbstlose Freundin opfere ich mich gern. Mit dem Rest der drei Flaschen werde ich allein fertig.«

Vor lauter geistigem Dauerlauf in der Agentur hatte ich tagsüber nur eine Packung Nüsse geknabbert. Bereits nach dem ersten Glas stieg mir der gehaltvolle Rotwein zu Kopf. »Der haut ordentlich rein«, stellte ich in wenig weinkennerischem Straßenslang fest und deutete auf die halb leere Flasche. »Wie teuer war der noch mal?«

Jeannette hob eine Augenbraue. »Frag nicht, Bea. Eindeutig die falsche Liga für mies bezahlte Agentursklavinnen wie uns. Aber es macht Laune, seinen Feierabend zu versaufen, findest du nicht?«

»Wenn wir so weitermachen, sind wir bald Stammgäste bei den Anonymen Alkoholikern.«

»Sind das nicht alle Werber?«, sagte sie spöttisch. »Ich wette, das wäre das reinste Branchentreffen.« Sie wollte nach der nächsten Flasche greifen, als sie stutzte und an dem Minirest in ihrem Glas schnupperte. »Eigenartig ... nun habe ich doch Röstaromen in der Nase. Du auch?«

Tatsächlich. Ich roch die Röstaromen ebenfalls. Und zwar nicht nur im Glas, sondern überall. Mit minimaler Verzögerung schaltete mein Gehirn die richtigen Synapsen zusammen. Ich sprang auf und stürzte zum Backofen.

»Das ist nicht der Wein, Jeannette. Das ist mein Käsegebäck für die Führung morgen.« Ich riss die Backofentür auf und wurde von einer dampfend heißen Rauchwolke eingehüllt. Nachdem ich die Wolke weggefächelt hatte, begutachtete ich das Käsegebäck auf dem Backblech. In der Mitte war der Teig noch halbwegs hell. Aber an den Rändern waren die Sesamkörner fast so dunkel wie die Verkrustungen in unserem Backofen.

»Eindeutig zu viele Röstaromen. Die sind Sondermüll«, sagte ich enttäuscht. »Nicht mal einfache Kekse kriegen wir gebacken. André wird uns fertigmachen.«

Jeannette fasste sich an den Kopf und sank tiefer in die Eckbank. »Ich hasse diesen Job. Tagsüber Agenturmäuschen und jetzt auch noch nebenberuflich Hausfrau. Die Sache der Frauen geht den Bach runter.«

»Mal nicht gleich den Teufel an die Wand. Der liebe Gott hat uns einfach vergessen, als er die Hausfrauengene verteilte.« Ich nahm die fischförmigen Handschuhe vom Haken über dem Herd und zog das heiße Blech aus dem Backofen. Missmutig trug ich es zum Mülleimer, klappte den Deckel auf und schob die verkohlten Gebäckstücke hinein. »Ist noch genug Rohstoff da für einen zweiten Versuch?«

Jeannette nickte. »Ja, aber das musst du allein übernehmen. Für präzises Arbeiten habe ich bald zu viel Alkohol intus.« Sie griff nach der zweiten Flasche, entkorkte sie und studierte das Etikett.

»Acolon«, sagte sie nachdenklich. »Ein merkwürdiges Wort für einen Wein. Klingt nach einem griechischen Helden. Einem

Gefährten von Odysseus, mit dem er Seite an Seite im Trojanischen Krieg gekämpft hat. Du weißt schon, gestählter Body mit Waschbrettbauch, sexy Muskeln, braun gebrannt, blondes langes Haar ...« Ihr Gesichtsausdruck wechselte von gequält zu entzückt.

Als ihre beste Freundin wusste ich sofort, was in ihren grauen Zellen vor sich ging. Oder welcher Film vor ihrem inneren Auge ablief. Erst letzte Woche hatten wir uns den Schmachtfetzen »Troja« von Wolfgang Petersen angeschaut.

»Du leidest unter Geschichtsverfälschung à la Hollywood, Jeannette«, klärte ich sie auf. »Brad Pitt war definitiv nicht bei Odysseus' Irrfahrten dabei.«

»Ehrlich?« Sie warf den Kopf in den Nacken und lachte. »Das weiß ich doch, Bea. Ich bin einfach zu lange Single, da bekommen die Hormone Höhenflüge. Lass uns die zweite Flasche verkosten.« Sie schenkte uns ein.

»Ich mache Fortschritte«, meinte sie und leckte sich die Lippen. »Diesmal schmecke sogar ich die Brombeeren heraus. Und auch andere Früchte. Pflaumen zum Beispiel.« Sie griff nach ihrem Smartphone und tippte darauf herum.

»Kirsche?«, schlug ich vor und schloss die Augen, um mich besser auf den Geschmack konzentrieren zu können.

»Bingo. Das Weingut schreibt von Erdbeeren, Heidelbeeren, Pflaumen, Himbeeren und Kirschen.« Jeannette sah von ihrem Smartphone auf und lächelte zufrieden in sich hinein. »So langsam arbeiten wir uns vom Kindergarten in die Grundschule hoch. Weinkennermäßig, meine ich. Wenn wir weiterhin fleißig üben, bekommen wir bald eine Gehaltserhöhung.«

»Träum weiter.« Ich sah auf die Zeitanzeige an ihrem Handy. »Ich muss mich um den Text für meine Führung kümmern. Sobald der fertig ist, mache ich mich an die zweite Runde Käsegebäck.« Als ich aufstand, geriet ich leicht ins Wanken. Drei Gläser Wein waren kaum die beste Vorbereitung fürs Schreiben, aber vielleicht bekam mein Text dadurch eine Extraportion Dynamik. »Kommst du allein klar?« Mit einer Geste umfasste ich die drei Weinflaschen.

Jeannette nickte. »Ich arbeite weiter an meiner Sensorik, denn ich möchte mich morgen bei Tobias Kepler im besten Licht präsentieren. Auf den smarten Winzer habe ich ein Auge geworfen. Oder auch zwei, wenn du verstehst.« Ihr verträumter Blick glitt Richtung Fenster, vor dem sich der Hügel der Karlshöhe in die langsam einsetzende Dämmerung schob.

Wenn sie einen Mann ins Visier genommen hatte, ging Jeannette nicht gerade dezent vor, sondern mit der Wucht einer Schneewalze. Deshalb wusste ich seit unserer ersten Begegnung mit dem attraktiveren der beiden Kepler-Söhne Bescheid.

»Okay, übe weiter, damit du den Weinexperten beeindrucken kannst.« Mit einem Glas Mineralwasser zum Nüchternwerden ging ich hinüber in mein Zimmer. Ich schaltete den Laptop ein und wanderte gedanklich durch die Stuttgarter Weinberge.

Jeannette war längst unter ihre Bettdecke geschlüpft, bis ich mit dem Skript für meine Führung fertig war und mich erneut ans Käsegebäck wagte. Warum die leidige Backaktion für die Verkostung diesmal an mir hängen geblieben war, wusste ich nicht mehr. Vermutlich weil André und ich alles andere als ein Herz und eine Seele waren und er es genoss, mir eine Extraportion Arbeit aufzuhalsen, wann immer er eine Chance dazu sah. Er war zwar ein »Reing'schmeckter«, aber genauso sparsam wie die Schwaben. Im Schönsprech der Werbebranche nannte er diese Eigenschaft kostenbewusst. Ausnahmen bestätigten die Regel. Etwa die exklusiven Kaffeebohnen aus Peru, die allein für die Geschäftsführung und Kunden der oberen Liga reserviert waren und in einem separaten Fach in der Agenturküche lagerten.

Seit seinem Urlaub auf dem Weingut in Südfrankreich galt eine weitere Ausnahme: Wein. André hatte kistenweise preisgekrönte Tropfen mitgebracht, die nur ausgewählte Münder zu kosten bekamen. Schwer zu glauben, dass er angesichts dieser Luxusgüter für ein paar Dutzend Tüten Käsegebäck zu geizig war. Deshalb mussten die Mitarbeiter beziehungsweise Mitarbeiterinnen, denn es betraf nur die Frauen, abwechselnd für hausgemachtes Fingerfood sorgen, was das Betriebsklima nicht gerade förderte.

Besonders ärgerten wir uns, wenn André dieses »home made« bei seinen Verkostungen als Qualitätssiegel hervorhob und sich mit den Lorbeeren unserer Arbeit schmückte.

Mittwoch

Am nächsten Morgen fühlte sich mein Kopf schwer und dumpf an, als wäre darin über Nacht eine Trockensteinmauer hochgezogen worden. Seit Tagen bescherte uns der Sommer verlässlich mehr als dreißig Grad Lufttemperatur. Jeder Schritt war mühsam wie durch Gelee.

Möglichst bewegungsarm verbrachte ich den Vormittag neben einem Ventilator vor dem Bildschirm, starrte auf meinen Text und gab mir den Anschein höchster Konzentration. Kurz vor drei nahm ich den Kleidersack mit meinem klassizistischen Kostüm und die Schachtel mit der Hochfrisurperücke aus dem Wandschrank und deponierte beides auf dem Rücksitz meines Corsas. Dort lag bereits die große Tupperbox mit dem Käsegebäck, das ich zwischen Butterbrotpapier aufgeschichtet hatte.

Der Treffpunkt für meine Führung befand sich auf der gegenüberliegenden Seite des Talkessels in der Nähe des Chinesischen Gartens. Im Stop-and-go quälte ich mich quer durch die Innenstadt. Kein Lufthauch störte die Benzindämpfe und Feinstaubpartikel beim Klimaschädigen.

Nachdem ich den Dauerstau an der Jahrhundertbaustelle Hauptbahnhof endlich hinter mir gelassen hatte, arbeitete sich mein Corsa in Halbhöhenlage hinauf. Ich bog in die Birkenwaldstraße ein, passierte die Bushaltestelle Postdörfle und hielt Ausschau nach einem Parkplatz, der etwas abseits und nicht allzu weit entfernt vom Treffpunkt lag.

In meiner Kostümierung als Königin Katharina von Württemberg wurde ich bei jedem Schritt von Passanten und Anwohnern begafft und hatte daher kurze Wege zu schätzen gelernt. Auch bei meinem Look als Landesherrin hatte André die Kosten gedeckt, obwohl die Russin immerhin eine Enkelin von Katharina der Großen gewesen war und deren Namen trug. Das mintgrüne Kleid hatte ich bereits bei meinen Führungen über den Cannstatter Wasen angehabt. Das ersparte mir Anproben in der Staatsoper, André wiederum sparte sich meine kostbare Arbeitszeit, die dafür draufgegangen wäre. Und wie es seine Art war, hatte er es mir überlassen, genügend Weinspezifisches im Leben von Königin Katharina zu finden, das zu meinem neuen Führungsthema passte.

Bevor ich mich umzog, wartete ich ab, bis die Luft rein war. Ein älterer Herr, der trotz der Hitze eine ausgeleierte graue Strickjacke trug, führte seinen Dackel ausgerechnet in dieser baumlosen Straße aus. Das bauchlastige Tier schnupperte an jedem Zaunpfahl und am Vorderreifen meines Wagens.

Als Herrchen und Hund endlich verschwunden waren, zog ich T-Shirt und Hose aus und ließ den Fahrersitz nach hinten rutschen. Ich nahm den Kleidersack von der Rückbank und holte das Satinkleid mit Tülleinsatz und Spitzenborten in Cremefarben heraus. Wie ein Entfesselungskünstler wand ich mich auf dem Fahrersitz, bis das Kleid endlich dorthin rutschte, wo es sein sollte, und die Taille saß. Meine schulterlangen Locken fasste ich mit einem Gummi am Hinterkopf straff zusammen und setzte die dunkelbraune Perücke mit der kunstvollen Hochfrisur auf. Mangels Kamm zupfte ich die Korkenzieherlocken an den Schläfen mit den Fingern zurecht und formte sie mit Spucke nach. Die weißen Sneakers behielt ich an, die verschwanden unter dem bodenlangen Kleid. Für den Fall, dass der Restalkohol mein Gedächtnis beeinträchtigte, schob ich kleine Karteikarten mit Stichworten in die ausladenden Ärmel.

Ich vergewisserte mich, ob keine Zeugen in der Nähe waren, und öffnete die Autotür. Damit ich nicht aus Versehen darauftrat, raffte ich den Satinstoff. Beim Aussteigen hielt ich den Kopf wegen der zusätzlichen zwanzig Zentimeter Haare geduckt. Als ich nach unten sah, rutschte mir die Perücke in die schweißnasse Stirn. Ich richtete mich auf und schob die Hochfrisur wieder in die Senkrechte. Mit einer energischen Bewegung des Handgelenks warf ich die cremefarbenen Volants zurück und schaute auf meine Armbanduhr. Kurz vor vier. Den Saum des Kleides in der Hand, legte ich ein wenig standesgemäßes Tempo an den Tag und bog auf die Birkenwaldstraße ein.

Eine Gruppe Jugendlicher kam in Begleitung eines Erwachsenen in meinem Alter aus dem Chinesischen Garten. Anhand seiner ledernen Umhängetasche im Siebziger-Jahre-Stil identifizierte ich den Mann als Lehrer.

»Hey, da läuft Aschenputtel«, grölte ein Halbwüchsiger auf der anderen Straßenseite. »Die ist auf der Suche nach ihrem Prinzen.«

Ein anderer Junge hob sein Handy an und knipste, während er seinem Lehrer zurief: »Herr Schwämmle, wäre die feine Dame nicht was für Sie? Die ist aus dem Mittelalter, das ist doch Ihr Spezialgebiet.«

Normalerweise neigte ich nicht zu erzieherischen Maßnahmen, aber ich hatte die Nase voll von hämisch kommentierten Fotos auf Instagram oder den Videos auf YouTube, die nach fast jeder Führung eingestellt wurden. Mit so energischen Schritten, wie es mein Kostüm zuließ, spurtete ich über die Straße und baute mich vor dem Fotografen auf.

»Schon mal was vom Persönlichkeitsrecht und dem Recht am eigenen Bild gehört?«, fuhr ich ihn in landesherrischem Ton an und wusste meine durch die Perücke deutlich verlängerte Körpergröße zu schätzen. »Die Datenschutzgrundverordnung steht wohl nicht in eurem Lehrplan?«

Der Teenager schaute selbstbewusst zu mir auf. »In dem Aufzug bist du 'ne öffentliche Person, logo?«, blaffte er. »Ich dokumentiere die Zeitgeschichte, bin also rechtlich safe. Oder, Herr Schwämmle?« Er sah zu seinem Lehrer, der unseren Wortwechsel erheitert verfolgte.

»Timo, du könntest dich bei der Dame vergewissern, ob sie wirklich eine öffentliche Person ist. Ich hege da Zweifel.«

Verunsichert fixierte mich der vorlaute Teenie.

»Königin Katharina von Württemberg«, stellte ich mich mehr dem Lehrer als dem Schüler vor und hob die Hand zum royalen Gruß, als stünde ich auf dem Balkon des Buckingham Palace.

»Aha, die Gemahlin von König Wilhelm I.« Herr Schwämmle deutete eine Verbeugung an. »Weiß jemand, welche Gebäude auf Katharina zurückgehen?«

Mit einem Schlag verwandelten sich die vorlauten Jungs in Kinder und ließen die Köpfe sinken, als suchten sie irgendetwas auf dem Gehweg. Innerlich musste ich lächeln. Das erinnerte mich an meine Schulzeit. Nur ein ziemlich kräftig geratener Rothaariger meldete sich zu Wort. »Na, die Grabkapelle, wo ihre Knochen vermodern.« Herr Schwämmle nickte. »Richtig. In der Kapelle liegt sie begraben. Kennt ihr das Katharinenstift und das Katharinenhospital, die an das soziale Engagement der Landesfürstin erinnern?«

»Oh, meine holde Königin«, salbte der Teenie, der mich fotografiert hatte, und imitierte die Verbeugung seines Lehrers. Er zog sich den Turnschuh vom linken Fuß und kniete sich vor mir auf den Asphalt. »Wenn Euch dieser Schuh passt, seid Ihr die Meine«, sagte er und hob die Borte meines Kleides an, als wolle er mir seinen Schuh überstreifen. Beim Anblick meiner weißen Sneakers lachte er schallend. »Boa, Hoheit trägt Billigschlappen aus dem Ein-Euro-Shop«, informierte er seine Klassenkameraden, alle Anwohner – und die Teilnehmer meiner Führung, die ich ausgerechnet in diesem Moment vor dem Zugang zum Weinberghäuschen der Industrie- und Handelskammer entdeckte. Die Gruppe verfolgte das Schauspiel um meine Person mit sichtlichem Interesse.

Ich spürte, wie mir das Blut in den Kopf stieg. Höchste Zeit, mich abzuseilen. Als ich meinen Rock raffte und einen Bogen um den vor mir knienden Schüler machte, bat mich Herr Schwämmle mit einem Achselzucken um Verständnis für die Jugend. Ich eilte den Gehweg entlang zum Treffpunkt und vergewisserte mich unterwegs, ob meine Perücke korrekt saß.

Ein Mann in schwarzer Jeans und weißem Kurzarmhemd empfing mich in ähnlich neckischem Ton wie die Schüler. »Eine Aussprache mit Ihrem Volk, Hoheit?«

Ich streckte die Wirbelsäule durch, setzte ein königlich-unverbindliches Lächeln auf und ignorierte die blöde Frage. »Seid gegrüßt, meine Untertanen«, gab ich kund, um die Machtverhältnisse klarzustellen. Herrscherinnenmäßig ließ ich den Blick schweifen und zählte die Teilnehmer. Es waren zwölf, wie angemeldet. Die Männer arbeiteten in einem Stuttgarter Verlagshaus, das auch eine Zeitschrift für Weinkenner herausgab. Leider hatte ich keine Informationen darüber, ob sich unter den Herren ein oder mehrere Redakteure dieses Magazins befanden. Was das Thema Wein anging, durfte ich Anfängerin mich also nicht blamieren.

»Ich bin Königin Katharina von Württemberg und grüße Euch im Namen meines Gemahls, König Wilhelm I. Euer Landesherrscher residiert im Neuen Schloss.« Vage deutete ich zum Schlossplatz inmitten des Talkessels, der sich vor uns weitete. Damit wir eine noch bessere Aussicht auf die Steillagen und die Hügellandschaft mit den Wahrzeichen Fernsehturm und Fernmeldeturm im Süden und Bismarckkopf im Westen hatten, ging ich ein Stück rückwärts. »Stuttgart ist nicht nur eine Autostadt, sondern auch bekannt für guten Wein. Im 16. Jahrhundert war unsere Stadt sogar die größte Weinbaugemeinde Deutschlands nach Wien und Würzburg. Bereits im 8. Jahrhundert wird der Anbau von Wein in Württemberg urkundlich erwähnt. Je mehr sich das Christentum ausbreitete, desto mehr Wein wurde angebaut – vor allem durch die Klöster.«

»Messwein für das Abendmahl«, sagte einer der Männer und stieß seinem Nachbarn den Ellbogen in die Seite.

Der lachte. »Die brauchten Inspiration für ihre Predigten. Hat sich nicht viel geändert bis heute.«

Als das allgemeine Gelächter sich gelegt hatte, sprach ich weiter. »Württemberg ist bekannt für seine terrassierten Steillagen, wie Sie sie bei den Weinbergen der Industrie- und Handelskammer sehen.« Mit einer majestätischen Geste wies ich auf die jäh abfallenden Reihen von Weinstöcken, die sich unterhalb des Weinberghäuschens erstreckten. »Hier auf dem Kriegsberg wachsen nur wenige hundert Meter vom Hauptbahnhof entfernt die Sorten Riesling und Trollinger, die zu den meistverbreiteten in unserer Region gehören.« Ich deutete nach Osten, wo das Sonnenlicht über den Steillagen des Neckartals funkelte. »Einheitliche Richtlinien für den Weinbau wurden erst 1607 von Herzog Friedrich von Württemberg erlassen. Zweihundert Jahre später engagiert sich mein Gemahl Wilhelm ebenfalls für den Weinbau und erprobt in eigenen Weinbergen neue Bewirtschaftungsmethoden.«

»Damals hat man Rieslingreben aus dem Rheinland eingeführt, um die Gärung und die Qualität zu verbessern, nicht wahr?«, sagte ein schlanker Mann mit schwarzer Brille, der als Einziger einen Anzug trug.

Besserwisser, dachte ich, neigte aber huldvoll das Haupt, so weit es meine Perücke zuließ.

Mit ein paar Schritten talwärts näherte ich mich den Reben des Weinguts Kepler, das seit Kurzem zu unseren Agenturkunden gehörte. Wie es André gelungen war, diesen hochkarätigen und imageträchtigen Betrieb an Land zu ziehen, war mir ein Rätsel. Unsere Klitsche von Werbeagentur gehörte nicht zur ersten Riege, auch wenn André das so sah. Sein Coup nötigte mir Respekt ab. Das Weingut lag in einzigartiger Halbhöhenlage und besaß einen der wenigen zentrumsnahen Weinberge, die das Stadtbild von Stuttgart prägten.

»Direkt neben dem Gelände der IHK erstreckt sich der Weinberg der Familie Kepler. Sie sind nachher unser Gastgeber auf dem Weindorf.«

Durch den Zaun, der die Reben zur Birkenwaldstraße hin begrenzte, sah ich einen älteren Mann mit Baskenmütze. Er saß auf einem dreibeinigen Hocker zwischen den Rebstöcken und begutachtete die Trauben, die er mit fast zärtlicher Geste auf der Hand wog. Mit einer Rebschere halbierte er die Trauben knapp oberhalb der Mitte, um den Ertrag zu reduzieren und damit die Qualität zu garantieren.

»Wir haben Glück«, erklärte ich. »Drüben sehen Sie Anton Kepler, den Seniorchef des Weinguts. Trotz seines hohen Alters lässt er es sich nicht nehmen, selbst mit Hand anzulegen.«

Anton Kepler hatte im Winter einen Schlaganfall erlitten und konnte seitdem sein linkes Bein und den linken Arm nur noch eingeschränkt benutzen. Doch das behielt ich für mich, das war Privatsache.

»Die Keplers bauen einen vorzüglichen Trollinger an, der preisgekrönt ist. Wenn Sie möchten, können Sie ihn nachher in der Laube auf dem Weindorf verkosten.« Die Teilnehmer sahen zu den prächtigen Rebstöcken, an denen pralle blaurote Trauben hingen. Aus der Stadt drang eine Sinfonie aus Motordröhnen, Baustellengeräuschen und Stimmenfetzen herauf. Mauersegler drehten kreischend ihre Runden über der Baustelle am Bahnhof.

»Von oben sieht man erst das ganze Ausmaß des Geländes«, bemerkte ein Mann und zeigte auf die Großbaustelle. »Man kann nur hoffen, dass jemand da die Übersicht behält.«

Von der enormen Grube hinter dem Bonatzbau, wo der neue Durchgangsbahnhof gebaut wurde, war von unserem Standort aus wenig zu sehen. Wie ein riesiger Bock verdeckten das hellgrau-schwarze Gebäude der LBBW und der Bau der alten Bahndirektion den Ort des Geschehens. Inmitten der unterschiedlichen Grautöne bildete das gelborange lackierte Gestänge der Baukräne auffallende Farbtupfer.

»Stimmt es, dass in diesem Weinberghäuschen Stuttgart 21 beschlossen wurde?«, fragte mich der schlanke Mann im Anzug und schob die schwarze Brille ein Stück den Nasenrücken hoch. »Habe ich in der Presse gelesen.«

Ich überlegte, wie ich mich diplomatisch um das Thema Politik drücken konnte. Schließlich war ich nicht als Privatperson hier, sondern als Angestellte und wollte mir keinen zusätzlichen Ärger mit dem Agenturchef einhandeln.

Ein blonder Mann in hellen Leinenhosen und einem schwarzen T-Shirt kam mir zuvor. »Ich vermute, der preisgekrönte Kammerwein hat dabei eine nicht zu vernachlässigende Rolle gespielt.« Seine Kollegen lachten. »Das würde auch erklären, warum sich das Projekt mehr und mehr als Rathaus von Schilda entpuppt.«

»Tja. Ein Schelm, wer Böses dabei denkt«, unkte der Mann im Anzug. »Licht muss man in den Tiefbahnhof aber nicht hineintragen, dafür hat Ingenhoven diese tollen Lichtkuppeln entworfen.«

Ein anderer Teilnehmer schnaubte. »Sogar der Architekt selbst hält Stuttgart 21 für unfinanzierbar.«

»Unkalkulierbar, hat er, glaube ich, gesagt«, korrigierte der Blonde.

»Siehst du da einen Unterschied?«, fragte der Mann im Anzug. »Aber wenn du hoffst, die steigen aus dem Wahnsinnsprojekt wegen der unüberschaubaren Folgekosten doch noch aus, liegst du falsch. Wenigstens sprudeln die Steuereinnahmen, mit denen man jedes Loch stopfen kann.«

»Abgesehen von den Schlaglöchern auf der A8«, meinte der Mann mit den hellen Leinenhosen zum Amüsement seiner Kollegen.

Mit einer herrscherinnengleichen Geste deutete ich hinüber zum Weingut Kepler. »Meine Herren, darf ich Sie zu einem kleinen Rundgang durch diesen einmalig gelegenen Weinberg einladen?«

Die Revoluzzer verwandelten sich in Schäfchen und folgten mir gehorsam.

Ob es an der frischen Luft lag oder an ihrer appetitlichen Optik? Bei unserem Spaziergang durch den Bilderbuch-Weinberg mussten einige Trauben als Snack dran glauben. Anton Kepler war im Haus verschwunden und blieb vom Anblick des Frevels an seinen Erste-Klasse-Erzeugnissen verschont.

Beim Weingut erwartete uns ein zum Tisch umfunktioniertes Holzfass mit Erfrischungen. Die Verlagsmitarbeiter griffen bei Mineralwasser und Rosésekt aus Lemberger-Trauben erfreut zu. Ich selbst nippte nur am Sekt und genoss den köstlichen Geschmack nach Erdbeere und Lebensfreude. Während die Teilnehmer sich entspannten, holte ich die Tupperbox mit meinem Käsegebäck aus dem Corsa.

Wie geplant brachte uns ein kleiner Bus in die Innenstadt, wo der kulinarische Höhepunkt der Führung stattfinden sollte: eine Verkostung in der Laube des Weinguts. Leider war die Klimaanlage im Bus defekt. Nach der höchstens zehnminütigen Fahrt klebte der Satinstoff an meinem Rücken. Die Schweißflecken unter meinen Achseln wuchsen auf Pfannkuchengröße. Unter der isolierenden Perücke staute sich die Wärme und sorgte für eine deutlich höhere Temperatur als im Rest meines Körpers. Beim Aussteigen musste ich den Kopf neigen und krallte die Finger in das Haarungetüm, damit es auf meinen nass geschwitzten Haaren nicht ins Rutschen geriet.

An der Bushaltestelle am Schlossplatz wartete Jeannette, die ich per Handy von unterwegs informiert hatte. Sie nahm die Tupperbox in Empfang und versprach, sie wohlbehalten in die Kepler'sche Laube zu bringen.

Mittlerweile zeigte meine Uhr kurz vor sechs. Die Königstraße quoll über vor Menschen, die Einkäufe erledigten, sich mit Freunden trafen, mit einem Eis abkühlten oder wie wir Richtung Schillerplatz, Marktplatz oder Kirchstraße zum Weindorf unterwegs waren. Meine Kostümierung sorgte für reichlich Aufsehen. Ich bekam lustige Kommentare ab und schlüpfrige Angebote von angetrunkenen Männern. In einem früheren Jahrhundert hätte ich sie dafür mit dem Schwert enthaupten lassen können. Wir hätten es nicht weit gehabt zur früheren Richtstätte auf dem Wilhelmsplatz, der damals außerhalb der Stadtmauer lag und vielsagend als Hauptstatt bezeichnet wurde. Heute leitete sich davon der Name der vorbeiführenden Hauptstätter Straße ab. Ob einer der Feierlustigen, die sich jedes Jahr Ende Juli auf dem Henkersfest vergnügten, einen Gedanken daran verschwendete, warum die lauschige Hocketse ausgerechnet diesen Namen trug?

Statt mich über die meist wenig originellen Sprüche aufzuregen, übte ich mich in herrschaftlicher, wenn auch schweißgebadeter Contenance. Ich lotste die Verlagsmitarbeiter in den Durchgang zwischen Alter Kanzlei und Prinzenbau, der zum Schillerplatz führte. Auf einem der schönsten Plätze in der Innenstadt drängte sich grob die Hälfte der fast hundertdreißig Lauben des Weindorfs auf dem Kopfsteinpflaster eng aneinander.

In den meist traditionell dekorierten Lauben genossen Tausende Besucher badische und württembergische Qualitätsweine. Über fünfhundert verschiedene Rebensäfte schenkten die Gastwirte auf dem beliebten Fest aus. Vergnügtes Lachen,

Gläserklingen und Gesprächsfetzen erfüllten den Schillerplatz mit Leben. Sein Namensgeber Friedrich Schiller überragte auf seinem Podest die Zeltdächer. In der luftigen Höhe wirkte der berühmte Dichter ein wenig isoliert und niedergeschlagen, als hätte er keine Lust mehr auf das Buch in seiner Hand, sondern wäre lieber von seinem Denkmal heruntergeklettert und hätte seine Muse mit dem schwäbischen Nationalgetränk zu unsterblichen Versen verführt.

Durch die aufgeheizte Luft schnörkelten sich die verlockenden Düfte regionaler Spezialitäten wie Schwäbischer Zwiebelrostbraten, Maultaschen oder Linsen mit Spätzle und Saitenwürstle. Mein Magen knurrte erfreut. Auch die Teilnehmer meiner Führung leckten sich die Lippen. Ihre Schritte wurden stetig kürzer, als wären sie am liebsten gleich zum kulinarischen Ausklang übergegangen. Doch bevor es so weit war, stand als letzte Station unserer Tour der Fruchtkasten neben der Stiftskirche auf dem Programm.

In der schmalen Gasse zwischen Weinlauben und einem Süßigkeitenstand scharte ich die Teilnehmer um mich und zeigte auf den eindrucksvollen Steinbau im Stil der Spätgotik.

»Dies ist eines der ältesten erhaltenen Gebäude Stuttgarts.« Ich sprach lauter als bisher, um mir im Stimmengewirr Gehör zu verschaffen. »Der sogenannte Fruchtkasten wurde Ende des 14. Jahrhunderts zum ersten Mal erwähnt und diente ursprünglich als Kelter.«

Vom Süßigkeitenstand wehte der Geruch frisch gebrannter Mandeln und Zuckerwatte herüber. Ihren Stielaugen zu den bunt beschrifteten Lebkuchenherzen und den Schokoladenfrüchten am Spieß nach zu schließen, waren die Verlagsmitarbeiter kurz vor einer Meuterei. Ich versuchte, ihre Aufmerksamkeit mit einem Ratespiel zu gewinnen, eine Methode, die bei Männern am besten funktionierte.

»Weiß jemand von Ihnen, wie viele Keltern es ursprünglich in Stuttgart gab?«

»Sie haben vorhin gesagt, Stuttgart sei als Weinstadt fast so bedeutend wie Wien oder Würzburg gewesen«, überlegte der

Mann im Anzug laut. »Es müssen also eine ganze Reihe sein, schätze ich.«

Beim Nicken rutschte meine Hochfrisur gefährlich weit in die Stirn. Während ich erklärte, es habe zu Beginn des 18. Jahrhunderts sage und schreibe siebenundzwanzig Keltern gegeben, schob ich sie zurecht. »Im Laufe der Zeit mussten immer mehr Rebflächen der wachsenden Großstadt weichen. Vor uns sehen Sie die einzige noch erhaltene Kelter, die eine Zeit lang als Kornspeicher genutzt wurde.«

Der stämmige Rothaarige kratzte sich am Kopf. »Ach, daher stammt die Bezeichnung Fruchtkasten?«

»Ja. Heute wird das Gebäude anders genutzt. Weiß jemand –«

Der Rothaarige fiel mir ins Wort, als gäbe es einen Preis zu gewinnen. »Es ist ein Museum«, schoss es aus ihm heraus. »Dadrin sind alte Musikinstrumente ausgestellt.«

»Stimmt«, lobte ich den Kulturbeflissenen. »Darunter einige besonders originelle wie das Kuhglockenklavier und eine Regenwassertrompete.«

Die Führung endete mit einem gemeinsamen Schmunzeln. Ich bedankte mich für die Aufmerksamkeit und führte die Gruppe zur Kepler'schen Laube.

Aus der trockenen Hitze des Nachmittags war eine Schwüle geworden, die wie eine Dampfwolke zwischen dem Alten Schloss, der Stiftskirche, der Alten Kanzlei und den anderen Gebäuden über den Laubendächern hing. Das türkise Leuchten des Himmels hatte sich eingetrübt, als wäre der Feinstaub auf einmal sichtbar. Schmutzig weiße Wölkchen rotteten sich über der Stadt zusammen wie eine schlecht gelaunte Schafherde. Entlang der Wolkenränder malte die Sonne eine romantische rosagelbe Borte, was die grauen Bäuche noch bedrohlicher wirken ließ.

Als meine Gruppe und ich uns der Laube näherten, erwarteten uns Agenturchef André und Jungwinzer Hannes Kepler bei den Stehtischen unter der gelben Markise im Außenbereich. Zum Empfangskomitee gehörte auch meine Agenturkollegin Pauline. Sie balancierte ein Tablett mit Gläsern und bot den Teilnehmern

Mineralwasser und einen leichten Rosé an. Die Männer griffen zu und stillten ihren Durst.

Bei Andrés Begrüßungsworten staunte ich, weil er den älteren Sohn von Anton Kepler als zukünftigen Leiter des Weinguts vorstellte. Entweder wusste er mehr als ich, oder er plusterte sein Gefieder. Seniorchef Anton Kepler hatte seinen Rückzug zwar bereits angekündigt, aber welchem seiner Söhne er das Weingut und die imageträchtige Steillage an der Birkenwaldstraße vermachen würde, war noch offen. Aber hätte André neben Antons jüngerem Sohn Tobias gestanden, hätte er auch diesen als Nachfolger präsentiert. Windschlüpfrigkeit war eines der vielen geldwerten Talente unseres Chefs, der sich strategisch geschickt bei beiden potenziellen Nachfolgern gleichermaßen andiente, um auf jeden Fall im Geschäft zu bleiben.

Die Lauben des Weindorfs waren meist in Holzoptik gehalten und unterschieden sich nur in Details bei Möblierung und Ausstattung. Farbenfrohe Stoffbahnen, künstliches oder echtes Weinlaub, Trauben, karierte Tischdecken, Blumenstöcke und Lampen mit Stoffschirmen, die auch tagsüber heimeliges Gelb verbreiteten, bestimmten das Bild. Ebenso beliebt als Dekoration waren Sonnenblumen, alte Holzleitern und Wagenräder, aufgestapelte Holzscheite und Palmen. Vereinzelte Lauben präsentierten sich in einem modernen, sprich weniger volkstümlichen Stil, der auf jüngeres Publikum setzte: glatte Holzoberflächen, herabhängende Geweihe, minimalistische Gestecke exotischer Gewächse und Lampen in geometrischen Formen. Im Freibereich vor den Lauben ging es mit Bierbänken, Miniblumenstöcken und pflegeleichten Tischdecken aus Plastik rustikal zu.

Typischerweise hatte sich André nicht damit zufriedengegeben, das gleiche Repertoire wie die Betreiber der übrigen Lauben zu verwenden. Um seinen neuen Premiumkunden durch eine eigenständige Optik hervorzuheben, hatte er höchstpersönlich den Stift in die Hand genommen und Ideen für ein neues Design skizziert. Bei der Ausstattung griff er auf Restbestände aus dem Zelt eines Wasenwirtes zurück, das seine Agentur beim letzten Volksfest betreut hatte. Zu diesen Relikten gehörten die roten

Samtherzen, die von der Decke baumelten, und an den Wänden drapierte goldene Stoffbahnen. Wände, Tische und Stühle bestanden aus dunkelbraunem, fast schwarz wirkendem Holz. Auf den Tischen hoben sich das Geschirr und große Kerzen in Trollingerrot und Rieslinggelb in wirkungsvollem Kontrast ab. Die Kombination aus Schwarz, Rot und Gelb erinnerte an die Farben der deutschen Flagge. Ob diese Assoziation gewollt war, blieb Andrés Geheimnis. Die optische Generalüberholung der Laube kam bei der Winzerfamilie gut an, zumindest bei den männlichen Mitgliedern. Antons Schwiegertochter Maja Kepler, der besseren Hälfte seines älteren Sohnes Hannes, war das Ganze zu düster und ungemütlich. Sie dekorierte die Tische häufig mit Flammenden Käthchen oder Weinlaub aus eigenen Lagen. Lange hatten ihre Accessoires nie Bestand. Sobald André in die Laube kam und den Zierrat sah, wies er uns an, dieses »Frauengedöns«, wie er es bezeichnete, sofort verschwinden zu lassen.

Zusätzlich zu unseren Aufgaben in der Agentur waren wir Mitarbeiter von André schichtweise dazu eingeteilt worden, die Winzerfamilie in der Laube beim Bedienen, Nachschenken und in der Küche zu unterstützen. Heute waren Jeannette und ich an der Reihe. Bevor ich mich nützlich machte, musste ich unbedingt etwas trinken. Meine Kehle war vom vielen Gerede ausgetrocknet.

Ohne groß nach rechts und links zu sehen, betrat ich die Laube und lief an den voll besetzten Tischen vorbei zur Küche. Es roch nach Rostbraten oder Winzersteak. Wegen seiner Vorliebe für alles Französische hatte André ursprünglich Gerichte wie Flammkuchen, Quiches oder überbackene Zwiebelsuppe für die Speisekarte vorgeschlagen. Dazu hatte sich die Winzerfamilie nicht durchringen können und lieber auf Bewährtes gesetzt, um den erhofften Umsatz zu sichern.

Der schmale Küchenraum war durch eine Schiebetür vom Gästebereich abgetrennt. Als ich die Küche betrat, nahm Jeannette gerade die Box mit meinem Käsegebäck und mehrere Schalen mit Weingelee aus dem Kühlschrank. Das Gelee aus eigenem Trollinger gehörte zu den Produkten, die André mit Antons Schwiegertochter Maja in den letzten Wochen entwickelt hatte und auf jedem denkbaren Vertriebsweg in bare Münze verwandeln wollte. Es wurde in Würfelform zu den Verkostungen gereicht, in kleinen Glasschalen als brandneue Spezialität des Weinguts auf der Speisekarte angeboten und war in formschönen Gläsern mit Schraubverschluss und eigens entworfenen Etiketten ein Bestseller in Andrés Laubenshop. Die Bezeichnung Laubenshop war übertrieben. Der sogenannte Shop bestand aus einer Kühlvitrine, ähnlich denen in Bäckereien und Konditoreien, neben dem Tresen.

Jeannette stellte die Kunststoffbox und das Gelee auf der Anrichte ab. Sie achtete wenig auf ihr Äußeres und kam meist ohne Make-up aus. Seit sie herausgefunden hatte, dass Tobias Kepler geschieden und Single war, hatte sich das geändert. Ihre langen braunen Haare hatte sie in einem Pferdeschwanz zusammengefasst. Strähnen rahmten ihr ausnahmsweise geschminktes Gesicht.

»Bea, du hast Verspätung.« Jeannette grinste, als sie mein erhitztes Gesicht sah. »Sieht aus, als wärst du geschmolzen.«

»Bin kurz davor, mich in Softeis zu verwandeln.« Ich goss mir ein Glas Wasser ein und stürzte es hinunter.

»Willst du dich umziehen? Dafür ist noch genug Zeit, bis die Verkostung startet.«

»Das würde ich gern. Aber meine Kleider sind im Auto, und das steht in der Birkenwaldstraße.«

Erst nach dem zweiten Glas hatte ich genug Energie, um Maja Kepler die Hand zu reichen und sie zu begrüßen. Anton Keplers Schwiegertochter war auf dem Weingut für die Buchhaltung zuständig und darüber hinaus für die Weinprodukte. Bei der Arbeit auf dem Weingut traf man die schlanke Blondine oft in Jeans, T-Shirt und Turnschuhen an. Wenn sie Dienst in der Laube hatte oder zu uns in die Agentur kam, kleidete sie sich deutlich weiblicher und bevorzugte Sommerkleider mit Blumenmuster. Heute trug sie ein lindgrünes mit Raffung am Ausschnitt, das zur Farbe ihrer Augen passte. Die schulterlangen, leicht gewellten

Haare hatte sie in einem hitzefreundlichen Dutt am Hinterkopf verstaut.

Während wir uns begrüßten, betrachtete sie interessiert das Ding auf meinem Kopf. Ihrem belustigten Gesichtsausdruck nach zu schließen, löste sich das Haarkunstwerk in seine Bestandteile auf. Kein Wunder, so oft, wie ich es in den letzten Stunden aus der Stirn geschoben hatte. Leider hatte ich keine andere Wahl, als die Perücke aufzubehalten. Darunter sah ich sicher schlimm aus. Bei nächster Gelegenheit musste ich einen der Toilettenwagen aufsuchen und restaurieren, was ging.

Als Maja Kepler nach der Tupperbox griff und den Deckel abnahm, stieg ein leckerer Geruch nach Gouda auf.

»Frau Pelzer, Ihr Käsegebäck duftet herrlich. Es passt zu den Tellern und bildet einen tollen Kontrast zum Trollingergelee.«

Sie deutete zu den zartgelben Serviertellern, auf denen das Fingerfood für die Verkostung angerichtet werden sollte.

»Danke.« Angesichts der chaotischen Backaktion der letzten Nacht freute mich ihr Lob. »Das ist der zweite Versuch, das erste Blech war angebrannt.« Was soll der viel zu persönliche Ton?, fragte ich mich. So nett Frau Kepler auch war, sie war eine Kundin. Außerdem hatte sie einen guten Draht zu André, und so konnte ich nur hoffen, dass mein Missgeschick unter uns blieb. André hatte mich sowieso schon auf der Abschussliste.

Die Schiebetür ging auf, und Hannes Kepler trat herein.

»Maja, seid ihr so weit?«, fragte er, schnappte sich ein Stück Käsegebäck aus der Box und ließ es im Mund verschwinden.

»Mhm, lecker, der Goudageschmack«, sagte er und nahm ein zweites Stück. Kauend wandte er sich an Jeannette und mich. »Ihr könnt die Teller fertig machen und rüberbringen. Die Gäste sind im Nebenraum, André will mit der Verkostung beginnen.«

Jeannette verteilte Fingerfood auf Tellern, stellte sie auf ein Tablett und verließ die Küche. Kaum war sie draußen, drängte sich ein groß gewachsener Mann mit schulterlangem silbernem Haarschopf herein. Er beäugte meine aus der Zeit gefallene Erscheinung und trat zu Hannes Kepler. Die beiden gaben sich die Hand und wechselten einige Worte.

Theo Silber war Inhaber der Werbeagentur »Silber« im Westen und ein alter Bekannter aus der überschaubaren Stuttgarter Werbeszene. Wie es sich für seinen Berufsstand gehörte, trug er ein körpernah geschnittenes schwarzes Hemd zur perfekt sitzenden Anzughose mit ethisch bedenklichem, dafür optisch auffallendem Krokodilledergürtel. Schwarze Slipper aus weichem Kalbsleder vervollständigten das teure Outfit.

Silber war mir und meinen Kollegen mehrfach auf dem Weingut begegnet. Obwohl er seinen imageträchtigen Kunden an André hatte abgeben müssen, hielt er engen Kontakt zur Winzerfamilie. Vielleicht hoffte er, sie bald wieder für seine Agentur gewinnen zu können.

Selbstsicher trat Theo Silber zu Maja Kepler und legte ihr den Arm um die Schultern. »Hallo, meine Schöne. Tolles Kleid.« Sie antwortete mit einem Lächeln. »Und, läuft's bei euch? Alles gut, hoffe ich? Eure Laube ist schick geworden. Die Kombination von Gold, Rot und Schwarz ist freilich gewöhnungsbedürftig.«

»Das mag sein. Dafür ist sie einprägsam«, antwortete Maja Kepler. »Und zwar genau aus diesem Grund. Sie unterscheidet sich von anderen und macht uns einzigartig.« Offenbar hatte sie bei den Agenturmeetings und den Gesprächen mit André viel über Marketing gelernt.

Ihr Mann reichte Theo Silber einen Würfel Weingelee auf einer Serviette. »Willst du probieren? Dieses Gelee aus unserem Trollinger hat André Hohlberg für uns entwickelt.« Nach einem liebevollen mahnenden Klaps seiner Frau fügte er hinzu: »Mit Maja zusammen, wollte ich sagen. Die beiden testen Varianten mit Trauben und Erdbeeren. Die sind eine Augenweide.«

Entwickelt, das klang in meinen Ohren reichlich übertrieben. Ich hatte für André Rezepte aus dem Internet ausgedruckt, und nach zwei, drei Fehlversuchen war das Weingelee fertig gewesen.

Ich stellte ein weiteres Tablett mit Fingerfood zusammen und verschwand aus der Küche. Beim Durchqueren des Gastraums beobachtete ich unseren Grafiker Teddy Ternes. Er hatte Andrés grobe Ideen und Skizzen für die Laube in brauchbare Entwürfe umgesetzt. Teddy flirtete mit einer jungen Bedienung, deren

Haar einen Hauch zu blond und deren Rock minikurz war. Aber vielleicht war ich voreingenommen, weil sie so rosig wirkte, als wäre sie gerade erst aus der Wiege geklettert. Wie Flirten bei Teddy aussah, wusste ich. Schließlich hatte ich ihn während unserer jahrelangen Beziehung oft dabei beobachten müssen. Lächeln, die charmanten kommaförmigen Grübchen neben seinen Mundwinkeln wirken lassen und mit den dunkelblauen Augen funkeln. Mehr war nicht nötig, um neunundneunzig Prozent aller Frauen dieses Planeten zu bezirzen. Seine Taktik funktionierte auch bei der Bedienung. Beim Einschenken wäre der Blonden fast die Weinflasche aus der Hand gerutscht. Wie gut, dass Teddy ihr rechtzeitig zu Hilfe kam und sie dabei ausgiebig befingerte.

An einem Tisch beim Eingang standen die Gäste auf. Kundenberaterin Pauline sammelte Viertelesgläser und zerknüllte trollingerrote Stoffservietten ein. Dass sie heute zum Helfen eingeteilt war, überraschte mich. Ob André sie kurzfristig miteingeplant hatte, um genug helfende Hände für seine Verkostung um sich zu haben?

Auch Jeannette hatte Teddys Flirtattacke mitbekommen. Als ich in den Nebenraum kam, in dem die Verkostung stattfand, flüsterte sie mir zu: »Ts, ts, ts. Dein Ex kann die Patschehändchen nicht von Blondie lassen. Man sollte glauben, er würde langsam erwachsen werden, aber nichts da. Auch nicht in seinem Gehirn.«

Betont gleichmütig verteilte ich die Teller mit dem Fingerfood. Das Thema Teddy war für mich erledigt. Das hoffte ich zumindest. Vorsichtshalber wich ich dem Berufscharmeur aus, wo es nur ging. Aus Erfahrung wusste er zu genau, welche Knöpfchen er bei mir drücken musste. Damit hatte er mich das eine oder andere Mal wieder rumgekriegt, was ich für die Zukunft unbedingt vermeiden wollte.

Die Teilnehmer meiner Führung hatten sich an den Tischen niedergelassen und griffen bei Käsegebäck und Weingelee herzhaft zu. André war in ein Gespräch mit dem attraktiven Jungwinzer Tobias Kepler vertieft, der Jeans zu einem weißen Hemd kombinierte. Die beiden standen vor einem Holzfass mit Gläsern und Weinflaschen. Jeannette wollte seine Aufmerksamkeit gewinnen, indem sie eine Strähne ihres langen braunen Haars aus dem Pferdeschwanz um den Finger wickelte. Leider schien der gute Tobias sich nicht angesprochen zu fühlen. Irritiert bemerkte ich, dass er mich anschaute. Bestimmt dachte er sich seinen Teil über mein langes Kleid und die Perücke.

Endlich gesellte sich Hannes Kepler zu uns. Damit waren wir vollständig. André stieß mit einem Löffel an das Weinglas in seiner Hand. Die Gespräche verstummten. Dank der lärmdämmenden Fensterscheiben, auf die André beim Bau der Laube bestanden hatte, war seine Stimme trotz des beachtlichen Geräuschpegels draußen gut zu verstehen.

Als er die Gäste willkommen hieß, sah ich seinen Blick aufflackern. Aus dem Augenwinkel verfolgte ich, wie Theo Silber hereintrat und sich neben der Tür postierte. Er verschränkte lässig die Arme, eine Geste, die abwehrend und abwartend zugleich wirkte.

Ich suchte Augenkontakt mit Jeannette und wies mit dem Kinn in Silbers Richtung. Nimmt der an unserer Verkostung teil?, sollte das heißen. Jeannette signalisierte mit einem Schulterzucken: Ich habe keine Ahnung.

André gab uns ein Zeichen, und wir schenkten den ersten Wein in die Gläser. Er hatte die Farbe reifer Honigmelonen. Hatten wir uns gestern Abend umsonst durch die Acolons getrunken?

Ein kurzer Blick zum Fass löste das Rätsel. André hatte vier Flaschen nebeneinander aufgereiht. Der Weißwein war der erste, der verkostet wurde.

Alle schnupperten an ihren Gläsern und ließen den Wein kreisen. André begann in gewohnt größenwahnsinniger Manier mit seiner Moderation.

»Der Riesling ist der König aller Weißweine, sagt man.« Andächtig hob er sein Glas an und schaute verklärt, als würde er das Abendmahl zelebrieren. »Diesen außergewöhnlichen Riesling des Weinguts Kepler könnte man gut und gern als den Kaiser der Weißweine bezeichnen. Vergangenes Jahr wurde er zu den besten Rieslingen überhaupt gewählt.« In die andächtige Stille hinein war ein Räuspern zu hören. Es kam von Hannes Kepler. Der Winzer ergänzte: »Zu den besten Steillagen-Rieslingen, meinst du sicher, André. Den trockenen.« »Du nimmst mir das Wort aus dem Mund, Hannes.« Geistesgegenwärtig schob André die Mundwinkel auseinander, bis fast alle seiner blendend weißen Zähne zu sehen waren, die er sich letztes Jahr hatte verpassen lassen. Er nahm einen Schluck und ließ den Riesling über die Zunge rollen. Seine Mimik erinnerte mich an eine Giraffe beim Kauen. Nach einem hingebungsvollen Seufzer schluckte er und begann zu schwärmen. »Die filigrane Aromatik dieses Rieslings ist beeindruckend und sehr komplex im Gaumen. Ganz zu schweigen vom kühnen Duktus, zu dem er sich aufschwingt.«

Das Wort Duktus kannte ich nur aus dem Werbesprech, aber schließlich war ich neu im Verkostungsgeschäft. Vielleicht war der Ausdruck üblich bei Weinkennern. André quälte mich seit Jahren mit Wortungeheuern und abenteuerlichen Satzkonstruktionen, mit denen er meine Texte vollstopfte. Nun stopfte er eben die Ohren der Weinfans voll.

Unsere Gäste taten es ihm nach und probierten vom Riesling. Aus dem unangenehmen Schweigen im Raum schloss ich, dass auch die Verlagsmenschen mit Andrés kryptischer Beschreibung wenig anzufangen wussten.

Tobias Kepler schien die Verunsicherung ebenfalls zu spüren und griff beherzt ein. »Schmecken Sie die feinen Pfirsich- und Ananasaromen heraus?«, fragte er, lächelte einnehmend und legte eine rhetorisch geschickte Pause ein. »Ja? Sehr gut. Denn genau diese Nuancen sind es, die unseren Riesling so lebhaft und rassig wirken lassen.«

Pfirsich und Ananas. Na bitte, dachte ich. Damit konnte jeder was anfangen. Allgemeines Nicken und »Hmmms« folgten.

Am Tisch links von mir hustete jemand. Einmal, dann zweimal hintereinander. Es war der schlanke Verlagsmensch, der als

Einziger im Anzug gekommen war. Sein Blazer hing über der Stuhllehne. Als er mit Husten fertig war, klopfte er sich mehrfach auf die Brust und griff nach seinem Wasserglas. Er hatte sich wohl verschluckt.

Jeannette und ich tauschten die Gläser gegen neue für die nächste Verkostung.

André nahm die zweite Flasche vom Holzfass und vertiefte sich in das Etikett. Es war ein Rosé, so viel konnte ich erkennen. Ich überlegte, ob es einen Rosé vom Acolon gab, als ich ein Stöhnen am Tisch vor mir hörte. Das war der Rothaarige, der sich mit Museen auskannte. Er verzog das Gesicht und fächelte sich mit einer Serviette Luft zu.

»Schwächelst du schon?«, sagte der Nebensitzer und schlug ihm freundschaftlich auf den Oberarm, wie es unter Männern üblich war. »Also ich habe immer noch gehörig Durst.«

Der Rothaarige winkte ab und wischte sich mit der Serviette Schweißtropfen von der Stirn. »Weiß auch nicht, was mit mir los ist. Muss die Hitze sein.«

André stieß mit einem Löffel an sein Glas und bat um Ruhe. »Verehrte Weinfreunde, freuen Sie sich auf den nächsten Genuss. Wir verkosten diesen wunderbar geschmeidigen Rosé aus der Lage Cannstatter Berg. Mich als Kunstliebhaber begeistert er durch seinen faszinierenden orange-rosa Schimmer.«

Beim Einschenken bewunderte er die anmutige Farbe des Rosés. Jeannette ging auf Zehenspitzen zu dem Anzugträger. Er war bleich wie das Tischtuch und öffnete die oberen Knöpfe seines Hemds, als bekäme er zu wenig Luft.

Jeannette wollte helfen, doch der Mann schob ihre Hand beiseite. Mit einem durchdringenden Quietschen rückte er den Stuhl vom Tisch weg und presste sich die Hände auf den Bauch.

André war derart verzückt von dem Bukett des Rosés, dass er den Zwischenfall nicht bemerkte. Hannes Keplers Aufmerksamkeit galt nach wie vor André. Sein Bruder Tobias dagegen sah beunruhigt zu unserem Gast. Als dessen Husten in ein Würgen überging, eilte der Winzer zu ihm und legte die Hand beruhigend auf seine Schulter.

Plötzlich war ein lautes Poltern zu hören. Das kam vom Nebentisch. Ich sah hinüber und stutzte. Wieso war ein Platz leer? War jemand unbemerkt hinausgegangen? Dann sah ich, dass der Rothaarige mitsamt seinem Stuhl umgekippt war. Mein Puls schoss in die Höhe. Noch ein Gast, der sich unwohl fühlte. Hier stimmte etwas nicht.

»André ...« Ich deutete auf den Mann am Boden. »Wir haben einen Notfall.«

Als ich wieder zu dem rothaarigen Mann sah, kniete Jeannette neben ihm und hielt sein Handgelenk. Sie sah auf und suchte meinen Blick. »Bea, ruf den Notarzt. Sein Puls ist viel zu schnell.«

Den Notarzt! Jetzt raste auch mein Puls. Doch wie bekam ich am schnellsten einen Notarzt hierher? Der Schillerplatz und die Umgebung waren voller Menschen.

Voller Menschen, genau das war es! Vielleicht war unter unseren Gästen jemand, der sich mit Schwächeanfällen auskannte. Ich raffte meinen Rock, riss die Tür zum Gastraum auf und rief: »Ist jemand Arzt oder Sanitäter? Ein Gast braucht Hilfe.«

Die Gespräche verstummten. Alle Blicke wanderten zu mir. Manche erstaunt, andere erschrocken. Aber niemand rief »Ja« oder sprang auf und griff nach seinem Arztkoffer, der praktischerweise unter dem Tisch bereitstand. Was nun?

Die Feuerwehr. Irgendwo auf dem Weindorf gab es für solche Fälle den Sanitätsdienst der freiwilligen Feuerwehr. Aber wo?

Ich spürte eine Berührung am Arm und zuckte zusammen. Es war Tobias Kepler.

»Wir haben eine Notfallnummer«, sagte er und lief zum Tresen. Für die Gäste unsichtbar, waren mehrere Notizzettel an die Wand gepinnt. Fahrig riss er einen Zettel nach dem anderen herunter, als könne sich darunter der gesuchte verbergen. »Mist, hier muss irgendwo die verdammte Telefonnummer sein.«

Ich folgte ihm. Im Gehen zog ich mein Handy aus einer verborgenen Tasche des voluminösen Rocks. »Soll ich den Notarzt anrufen?«, fragte ich und wollte die 112 tippen, als Tobias Kepler aufatmete.

»Diese Nummer haben wir von den Organisatoren bekommen.« Er hatte einen Zettel in seiner Hand. »Du wählst, ich lese vor.«

Vor Anspannung hielt ich den Atem an und tippte jede Zahl einzeln ein, die Tobias Kepler mir sagte.

Gleich nach dem ersten Klingelton meldete sich jemand. »Notfalldienst«, sagte eine männliche Stimme.

»Wir brauchen einen Arzt. Es ist dringend.« Ich zögerte und überlegte, welche Informationen wichtig waren.

»Laube«, sagte Tobias Kepler mir als Stichwort.

»Bitte kommen Sie zur Laube des Weinguts Kepler. Schillerplatz, beim Denkmal. Beeilen Sie sich!«

Nervös lief ich vor der Laube auf und ab und bemühte mich, alle Himmelsrichtungen gleichzeitig im Auge zu behalten. Es dauerte nur wenige Minuten, bis sich ein Sanitäter mit einem Notfallkoffer im Laufschritt näherte. Begleitet wurde er von zwei in Dunkelblau gekleideten Männern vom Sicherheitsdienst, die ihm einen Weg durch die Besuchermassen bahnten. Dabei konnte ich eine Art chemische Reaktion beobachten. Sobald die drei Helfer vorbeikamen, stockte die Masse und veränderte ihr Verhalten. Statt sich die Speisekarten der Lauben anzusehen oder Bekannte zu begrüßen, galt die Aufmerksamkeit plötzlich einem möglichen Unglück. Entspannte Weinfestbesucher verwandelten sich in Schaulustige, die den drei Helfern neugierig hinteräugten.

Ich winkte den Notarzt zur Laube und führte ihn in den Gastraum. »Ein Mann ist bei einer Verkostung umgekippt. Kurz darauf ist auch einem zweiten übel geworden.«

Die Securitymitarbeiter folgten uns. Einer sprach in sein Funkgerät und gab meine Informationen an die Einsatzzentrale weiter.

Der Sanitäter sah sich im Gastraum um. Alle Gäste starrten ihn an. »Wo sind die beiden?«

»Im Nebenraum.«

Dort waren die Tische auseinandergeschoben. In der frei

gewordenen Fläche in der Mitte des Raums lagen nicht wie erwartet zwei, sondern drei Männer auf Rettungsdecken aus dem Erste-Hilfe-Kasten. Der Mann im Anzug, der Rothaarige, und der Dritte war ein Untersetzter mit Halbglatze.

Jeannette tupfte dem Rothaarigen mit einem nassen Geschirrtuch die Stirn ab. Bei dem Mann mit Halbglatze kniete Maja Kepler und redete beruhigend auf ihn ein. Der Anzugträger lag reglos da, alle viere von sich gestreckt.

Der Sanitäter ging von einem Mann zum anderen, fühlte ihren Puls und leuchtete ihnen in die Augen, um die Pupillen zu kontrollieren.

»Diesen beiden haben wir Wasser gegeben, der Mann drüben ist bewusstlos«, erklärte Jeannette.

Der Notarzt beugte sich über den Rothaarigen. »Wie geht es Ihnen? Haben Sie Schmerzen?«

»Mir ist schlecht. Mein Bauch tut weh.«

Neben dem bewusstlosen Mann ging der Notarzt in die Hocke, neigte ihm den Kopf nach hinten und hob sein Kinn an. Tief über ihn gebeugt, lauschte er auf Atemgeräusche. Nachdem er den Mann in die stabile Seitenlage gedreht hatte, winkte er dem Securitymitarbeiter mit dem Funkgerät. »Krankenhaus, sofort.«

Er sah zu mir. »Gibt es irgendwo Decken?«

Ich schaute zu Maja Kepler.

»Ja, wir haben welche für den Außenbereich. Falls es abends kühl wird.« Sie verließ den Raum und kehrte mit einem Arm voller Fleecedecken in Trollingerrot zurück.

Noch während wir die Decken über die Erkrankten ausbreiteten, ertönte die Sirene eines Rettungswagens.

»Gott sei Dank«, sagte Jeannette, die eigentlich nicht an höhere Instanzen glaubte. »Hoffen wir, dass alles gut ausgeht.«

André stand neben dem Weinfass. Sein vorhin noch volles Glas war leer. Das Einzige, was sich rührte, waren seine malmenden Kiefer. Falls er dachte, sein Einstand auf dem Weindorf hätte nicht katastrophaler enden können, täuschte er sich gewaltig.

Kurz nach den Securitymitarbeitern trafen Polizisten im Einsatzwagen ein und sicherten den Eingangsbereich unserer Laube, um einen reibungslosen Abtransport der Erkrankten zu gewährleisten. Als die Sanitäter die drei Männer zu den Rettungswagen brachten, hatten sie eine Menge Publikum. Dicht an dicht drängten sich Passanten und Besucher des Weindorfs entlang des Absperrbandes, etliche deutlich alkoholisiert. Schaulustige filmten das Geschehen mit ihren Smartphones, als handelte es sich um die Performance eines Straßentheaters oder eine Übung der freiwilligen Feuerwehr.

Machtlos sah ich mir das Schauspiel an. Dieses Mal wäre ich gern diejenige gewesen, die begafft und gefilmt wurde. Die schweißdurchtränkte Perücke hatte ich in die Küche gelegt. Mein Haarschopf ähnelte dem einer nassen Langhaarkatze mit schlechtem Friseur, und das Make-up hatte sich im wahrsten Sinne des Wortes verdünnisiert. Das war mir egal. Wichtig war nur, dass die drei Männer wieder auf die Beine kamen.

Mit flackerndem Warnlicht fuhren die Rettungswagen im Schritttempo los. Ihr Ziel war die nächstgelegene Notaufnahme im Katharinenhospital. Ich sah den blauen Lichtflecken hinterher, die von den Wänden ringsum reflektiert wurden, und schickte für alle Fälle ein Stoßgebet zum Himmel. Die Antwort folgte prompt. Ein Donnergrollen breitete sich über uns aus. Aus den schlecht gelaunten Schafen mit ihren dicken grauen Bäuchen war eine wogende Wolkenmasse aus Schwarz-, Weiß- und Grautönen geworden, die an verschimmelte blumenkohlähnliche Gebilde erinnerte. Wie ein Zeichen aus dem Alten Testament hing die düstere Wolkenfront über der Innenstadt und kündigte ein Sommergewitter an.

Vor dem Schlossplatz bogen die Rettungswagen nach rechts ab, und das blaue Flackern ihrer Warnlichter verschwand. Es donnerte erneut. Ein Regentropfen klatschte auf meine Wange, ein zweiter folgte. Aus den einzelnen Tropfen wurde ein Vorhang aus Regen und schließlich ein Wolkenbruch. Mit gerafftem Rock spurtete ich über das Kopfsteinpflaster zur Laube. Als ich unter der Markise Schutz fand, war ich durchnässt. Bei jeder Bewegung gaben meine Sneakers quietschende Geräusche von sich.

Mein bodenlanger Rock klebte an den nackten Beinen, was sich unangenehm feucht anfühlte. Ich wedelte mit den Stoffbahnen, um Regentropfen abzuschütteln, da drang Zigarettenrauch in meine Nase. Sofort bekam ich Lust auf Nikotin, was an meinem Adrenalinpegel lag.

Auf der Suche nach der Quelle des Rauches bemerkte ich einen schwarz gekleideten Mann. Er lehnte lässig an der Laubenecke und hob sich vom dunklen Anthrazit der Holzwand kaum ab. Teddy streckte mir die Zigarette entgegen. Trotz des Verlangens nach Nikotin zögerte ich. Sich eine Zigarette zu teilen, hatte etwas sehr Intimes. Ach, auf das bisschen Nikotin kam es heute auch nicht mehr an.

Nach dem zweiten Zug spürte ich, wie sich mein Körper entspannte und ich mich besser fühlte, auch wenn ich Tausende Giftstoffe inhalierte. Ich blies den Rauch in die feuchte Hitze.

»Blöd gelaufen.« Mein Ex kickte mit der Spitze seines Cowboystiefels gegen ein Holzfass. Diese Stiefel trug er jeden Tag, unabhängig von der Jahreszeit. »Mit solchen Veranstaltungen haben wir einfach kein Glück.« Er spielte auf das letzte Cannstatter Volksfest an. Damals war das Zelt eines neuen Festwirts abgebrannt, den unsere Agentur betreut hatte.

»Das kannst du laut sagen. Wie sieht's drinnen aus?«

Er hob die Augenbrauen und nahm einen Zug. »Die Bullen versuchen, die Weinprobe zu rekonstruieren. Wer was getrunken hat, was gegessen wurde, wem zuerst schlecht geworden ist …«

»Gegessen?«

»Die meinen das Fingerfood. Das Käsegebäck hast du doch mitgebracht?«

Mein Herz machte einen kleinen Satz. Aber nicht wegen Teddy, der mich mit blauen Augen anfunkelte. Ich nahm einen letzten tiefen Zug und reichte ihm die Zigarette.

Er drückte den Stummel im Aschenbecher aus. »Für mich hast du früher nie was gebacken. Wusste gar nicht, dass du das kannst.«

»Von Können war nie die Rede. Was hat mein Käsegebäck mit den Schwächeanfällen zu tun?«

»Das musst du die Sherlocks fragen.« Teddy deutete mit einer Kopfbewegung auf die Laube. »Jedenfalls ist ein Polizist dabei, den Kühlschrank leer zu räumen und alles Essbare und die Flaschen einzusammeln. Seine Kollegen löchern die Gäste und alle, die bei der Verkostung dabei waren.«

Ich straffte die Schultern und ging in die Laube. Im öffentlich zugänglichen Gastraum war es voll, noch hatte niemand nach Hause gehen dürfen. Die Gäste hockten enger beieinander als bisher. Aus dem einfachen Grund, weil an dem großen Tisch neben dem Eingang lediglich zwei Personen saßen statt zwölf oder vierzehn, die sonst Platz fanden.

Ein Polizist befragte eine ältere Frau mit Dauerwelle und Dirndl, die stockend ihre Eindrücke schilderte. Ihre Hände waren ineinander verknotet und schienen miteinander zu ringen. Die Frau wirkte eingeschüchtert. Kein Wunder, hatte sie doch nur einen fröhlichen Abend mit Freunden verbringen und ein, zwei Viertele trinken wollen.

Als der Polizist mich bemerkte, zählte er angesichts meiner königlichen, wenn auch mitgenommenen Aufmachung eins und eins zusammen.

»Aha. Sie waren das mit der Führung«, stellte er grammatikalisch bedenklich fest und wies auf den Verkostungsraum nebenan. »Meine Kollegen haben Fragen an Sie.«

Im Nebenzimmer roch es durchdringend nach Schweiß. Die Luft war stickig. Ich öffnete das kleine Fenster an der Frontseite der Laube. Von draußen drangen Regengeräusche und leises Donnern herein. Die Regenluft fühlte sich angenehm erfrischend auf meinem verschwitzten Gesicht an.

»Sind Sie Frau Pelzer?« Ein Polizist baute sich vor mir auf und betrachtete mein durchnässtes mintgrünes Kleid. »Wir brauchen eine Aussage von Ihnen.«

Mit einem mulmigen Gefühl folgte ich ihm zu einem Tisch an der Stirnseite. Die Weinflaschen waren vom Holzfass verschwunden, auf dem André sie aufgereiht hatte. Ebenso die Teller mit dem Fingerfood. Die Tische waren von den Wänden weggerückt und standen wie ursprünglich in der Mitte des Raumes. An einem befragte ein Beamter André, der beim Reden andauernd seine Haare glatt strich. Auf der anderen Seite des Raumes hatten sich die übrig gebliebenen Teilnehmer der Führung versammelt und warteten, bis sie an der Reihe waren. Von der Winzerfamilie war niemand im Raum. Vielleicht wurden sie im Einsatzwagen der Polizei befragt.

»Frau Pelzer, Sie waren am längsten mit den Verlagsmitarbeitern zusammen«, sagte der Beamte. Er verlagerte das Gewicht nach links und zog aus der rechten Gesäßtasche seiner Hose einen Notizblock. »Wir müssen wissen, was die Männer im Laufe des Tages zu sich genommen haben. Gab es bei Ihrer Führung Getränke oder Essen?«

»Nein. Wir waren ja nur eineinhalb Stunden unterwegs.«

»Also kein Vesper.«

»Nein.«

Über seine Schulter sah ich die Tür aufgehen. Jeannette kam mit zwei Flaschen Mineralwasser in den Händen herein, zwei weitere unter die Achseln geklemmt. Pauline folgte ihr mit einem Tablett leerer Gläser. Sie verteilten die Gläser und schenkten Wasser ein. Als Jeannette mir ein Glas reichte, hob sie mitfühlend die Mundwinkel.

Ich erinnerte mich daran, dass uns eine Mitarbeiterin des Weinguts nach dem Spaziergang durch den Weinberg Getränke gereicht hatte. Das erzählte ich dem Polizisten.

»Bitte schildern Sie, was bei der Verkostung passiert ist, Frau Pelzer.«

»Tja, wo soll ich anfangen?« Ich überlegte kurz. »Als die Führung zu Ende war und wir die Laube erreichten, boten mein Chef André Hohlberg, Hannes Kepler und meine Agenturkollegin Pauline den Teilnehmern einen Aperitif an. Rosé oder Wasser.«

Der Polizist fragte ein paarmal nach und notierte Stichworte.

»Also gab es erst in der Laube was zu essen? Und zwar dieses rote Weindings, äh, -gelee aus dem Kühlschrank und Gebäck?«

»Ja. Vielleicht hat jemand ein Gericht von der Karte bestellt, während ich mich in der Küche aufhielt. Dazu kann ich nichts sagen.«

»Gut, Sie können gehen. Ihre Personalien haben wir.«
Das war gut gemeint, aber natürlich konnte ich die Laube noch nicht verlassen. Zumindest nicht, solange André noch da war.

Mit zitternden Knien erhob ich mich und atmete durch. Die Luft in der Laube war abgestanden. Ich brauchte Sauerstoff, damit ich nicht auch noch umkippte.

Im Toilettenwagen hinter dem Fruchtkasten blieb ich länger als nötig in der winzigen Kabine, um mich zu beruhigen. Beim Händewaschen begutachtete ich mich im Spiegel über dem Waschbecken. Ich sah schlimmer aus als befürchtet. Meine braunen Haare wirkten wie verfilzt. Das Haargummi war verrutscht und hatte zottelige Strähnen in die Freiheit entlassen, die sich in der feuchten Luft kräuselten. Ich hielt meine Hände unter den Wasserhahn und bändigte das Durcheinander. Mit einem grauen eklig riechenden Papierhandtuch wischte ich die verlaufene Wimpertusche weg.

Das Gewitter hatte seine nasse Fracht entlassen und die drückende Hitze gemildert. In der einsetzenden Dämmerung wirkte das warme gelbe Licht der Lauben einladend und beruhigend, als böten sie eine Zuflucht vor den Grausamkeiten des Lebens. Auf Bierbänken und an Stehtischen genossen Weinfreunde den Sommerabend. Wenn sie den Vorfall in der Kepler'schen Laube mitbekommen hatten, war er vergessen. Gesprächsfetzen, zwangloses Lachen und Gläserklingen kündeten von steigenden Alkoholpegeln.

Gemächlichen Schrittes kam ich bei der Laube an. Zwischen den gut besuchten Nachbarlokalitäten wirkte ihr Außenbereich verlassen wie auf einem Bild von Edward Hopper. Von der gelben Markise tropfte der ablaufende Regen auf das Kopfsteinpflaster und bildete kleine Pfützen in den Ritzen. Darin spiegelte sich das Licht aus den Fenstern der Laube.

In den Gassen war es deutlich voller als nachmittags. Pärchen und Gruppen von jung bis alt flanierten vorbei. Die Besucher musterten die verlassenen Holzfässer vor unserer Laube, die als Stehtische gedacht waren, an denen sich aber niemand aufhielt.

Das Absperrband war inzwischen entfernt, der Einsatzwagen der Polizei stand außer Sichtweite. Nichts wies auf den schrecklichen Zwischenfall hin, der sich hier ereignet hatte. Davon würden die Besucher aus den Nachrichten erfahren, wenn sie nach Hause kamen und ihre Fernseher einschalteten.

Der Gastraum in der Laube war fast leer. Jeannette saß in sich zusammengesunken vor einem Glas Wasser.

»Willst du was trinken?«, fragte sie, als ich mich zu ihr setzte.

»Nein, ich kann kein Wasser mehr sehen.«

Sie seufzte. »Geht mir genauso. Die paar Flaschen Mineralwasser sind das Einzige, was die Gesetzeshüter uns dagelassen haben. Alles andere haben sie mitgenommen. Mir wäre ein Schnaps lieber, das kannst du dir denken. Aber bitte kein Grappa oder Tresterbrand. Von diesem ganzen Weinzeugs habe ich die Nase gestrichen voll.«

»Ist die Polizei noch da?«

Jeannette nickte. »Die quetschen den letzten Teilnehmer deiner Führung aus und besprechen mit André und den Kepler-Brüdern, wie's weitergeht.«

»Die machen die Laube dicht«, schätzte ich.

»Zumindest so lange, bis geklärt ist, warum es den Jungs die Beine weggezogen hat.«

Schweigend verfolgten wir, wie endlich auch der letzte Verlagsmitarbeiter aus dem Nebenraum kam. Der Mann in dunklen Jeans und Kurzarmhemd schaute weder nach rechts noch nach links und rannte aus der Laube wie auf der Flucht.

»Du siehst aus wie die Tochter von Bob Marley.« Jeannette zeigte auf meine Haare. »Wo ist dein Mopp abgeblieben?«

»Du meinst die Perücke? Hat sich mit Schweiß vollgesogen. Ich hab sie in die Küche gelegt.«

»Hoffentlich dürfen wir bald abhauen. Möchtest du mit mir fahren? Dein Auto steht in der Birkenwaldstraße.«

»Stimmt. Hab ich völlig vergessen.«

»Soll ich dich hinbringen?«

»Das wäre lieb.«

Als die Kepler-Brüder mit André und Teddy aus dem Nebenraum kamen, holte ich die Perücke aus der Küche und steckte sie in meine Umhängetasche. Gemeinsam verließen wir die Laube. Der Polizist, der mich befragt hatte, schloss die Tür ab und deponierte den Schlüssel in seiner Hemdtasche.

Jeannette brachte mich in ihrem grünen Golf in die Nebenstraße zu meinem Corsa. »Wir sehen uns gleich. Fahr vorsichtig, ja?« Auf dem Fahrersitz schälte ich mich aus meinem Kostüm. Durch meine Körpertemperatur war es fast trocken, abgesehen vom Saum. Meine Sneakers waren feucht. Mangels Ersatzschuhen zog ich sie wieder an. In Jeans und Bluse fühlte ich mich ein bisschen mehr nach mir selbst. Ich warf Perücke und Kleid auf den Rücksitz. Mit tiefen Atemzügen sammelte ich die letzten Reste Konzentration zusammen und machte mich auf in den Stadtkessel.

Während ich fuhr, wechselten sich verstörende Bilder vor meinem inneren Auge ab. Die drei Verlagsmitarbeiter auf den Rettungsdecken ausgestreckt, bleich und kraftlos. Der bohrende und gleichzeitig teilnahmslose Blick des Polizisten bei der Befragung. Dutzende Smartphones, die festhielten, wie die Sanitäter und Rettungsassistenten die Erkrankten auf Tragen in die Rettungswagen verfrachteten.

Vor lauter Ablenkung übersah ich auf der Friedrichstraße eine rote Ampel und fuhr weiter. Bis von rechts ein riesiger weißer SUV in die Kreuzung schoss und mich fast zu Tode erschreckte. Instinktiv drückte ich das Gaspedal bis zum Anschlag durch. Der Motor heulte auf. Ich schaffte es gerade noch, mein Heck aus der Reichweite des Stadtpanzers zu bringen.

In der Autohauptstadt Deutschlands war ich daran gewöhnt, in meinem alten Kleinwagen kein gleichberechtigter Verkehrsteilnehmer zu sein. Früher hatten die Straßen in Stuttgart automatisch den Autos mit Stern gehört. Heute galt das automobile Recht des Stärkeren beziehungsweise Größeren. Wer mehr Masse besaß, war privilegiert. Ein verbeulter Corsa mit sechzig PS zählte da so wenig wie eine Ameise auf einem Elefantentrampelpfad.

Auf den restlichen Kilometern zur WG behielt ich die Umgebung wie ein Luchs im Auge. Um diese späte Uhrzeit waren nur wenige Menschen auf den Straßen, dafür aber einige besonders unverschämte Zeitgenossen, deren Fuß auf dem Gaspedal festgeklebt schien.

Nach zwei Runden um den Block fand ich einen Parkplatz in der Senefelderstraße. Ich packte die Perücke in die Hutschachtel und das Kostüm in den Kleidersack. Mit meinem Gepäck trottete ich zu unserem Haus und ging in den dritten Stock.

Vor der Wohnungstür stellte ich die Hutschachtel ab und wühlte mit einer Hand in meiner Umhängetasche nach dem Schlüssel. Durch die elfenbeinfarben lackierte Holztür mit Milchglasfenster drangen Stimmen in den Flur. Jeannette war also noch wach. Ich sparte mir die Schlüsselsuche und drückte auf die Klingel.

Schritte kamen näher, die Tür schwang auf und ein schwacher Duft nach Kirschwasser drang in den Flur.

»Bea, na endlich. Wir haben Besuch.« Jeannette nahm mir den sperrigen Kleidersack ab und warf ihn achtlos über die Kommode neben der Garderobe. »Deine Stiefmutter braucht eine reißerische Überschrift für ihren Zeitungsartikel.«

Heute war ich zu erschöpft für die übliche Retoure, Gerit sei gar nicht meine Stiefmutter. Sie war zwar die zweite Frau meines Vaters, entsprach aber ganz und gar nicht dem Klischee einer Stiefmutter. Nach Anlaufschwierigkeiten kamen Gerit und ich inzwischen gut miteinander klar und waren fast Freundinnen. Sie war nur wenig älter als ich und hatte als Redakteurin der »Stuttgarter Zeitung« einen ähnlich aufreibenden Arbeitsalltag.

Ich schlüpfte aus den Sneakers und fragte mich, wie Gerit derart schnell von der Misere auf dem Weindorf erfahren hatte. Die Haut an meinen Füßen war verschrumpelt wie nach einem langen Vollbad. Ich kickte die Hutschachtel über die Türschwelle und um die Ecke neben Jeannettes Turnschuhe. Bevor ich zu Bett ging, musste ich die feuchte Perücke zum Trocken herausnehmen, damit sie keinen Schimmel ansetzte. Die Vorstellung von Schimmelflecken, die über die verhasste

Hochfrisur wucherten wie Flechten über einen Felsen, heiterte mich für eine Sekunde auf.

In der Küche kam Gerit mir entgegen. Mitfühlend schloss sie mich in die Arme.

»Du armes Mädchen! Das muss ein Schock für dich gewesen sein.« Sie strich mir liebevoll über den Rücken. »Soll ich dir einen heißen Kakao machen?«, fragte sie mit mütterlichem Instinkt, obwohl sie keine Kinder hatte. Sie ließ den Arm um meine Schultern und begleitete mich zum Tisch.

Jeannette hockte wie üblich an ihrem Stammplatz auf der Eckbank, die Beine unter dem Tisch ausgestreckt. »Gerit, ich wette, Bea braucht was Hochprozentiges. Stimmt's oder hab ich recht?« Ohne meine Antwort abzuwarten, griff sie nach der Flasche mit Kirschwasser vor ihr und schraubte sie auf. Sie reckte sich nach einem Schnapsglas im Regal neben der Eckbank und schenkte mir einen Doppelten ein.

Ich trank den Schnaps in einem Zug aus. Er brannte höllisch in meiner Kehle, aber das kleine Feuer, das er in meinem Magen anzündete, fühlte sich gut an.

»Du siehst so grauenhaft aus, wie ich mich fühle, Bea«, stellte Jeannette wenig einfühlsam fest und seufzte. »Aber ich will nicht jammern. Schließlich hatte ich Dusel und bin vom Krankenhaus verschont geblieben.«

Bei diesem Thema schaltete sich Gerit ins Gespräch ein. »Wisst ihr bereits, warum euren Gästen übel geworden ist?«

Jeannette beugte sich über den Tisch zu mir herüber. »Deine Stiefmutter will morgen auf die Titelseite und hofft auf blutrünstige Details.«

Gerit winkte ab. »Eine schamlose Übertreibung, Jeannette. Wir sind eine seriöse Zeitung.«

»Da gehen die Meinungen stark auseinander. Vor allem seit eurer Zwangsfusionierung mit dem Feindblatt. Sei ehrlich, bei euch im Pressehaus geht's zu wie im Raubtierkäfig, wenn der Dompteur auf dem Klo ist.«

Gerit achtete nicht auf Jeannettes Sticheleien und legte mir die Hand auf den Arm. »Bea, ich habe Verständnis, wenn du

Ruhe brauchst. Aber du bist eine wichtige Augenzeugin. Du hast Informationen aus erster Hand. Details, die uns dabei helfen herauszufinden, was genau passiert ist.« Sie verneinte, als Jeannette ihr Kirschwasser nachschenken wollte. »Ich brauche einen klaren Kopf und muss noch fahren. Also, Bea, was weißt du über den Stand der Ermittlungen?« Innerhalb weniger Sätze wechselte sie von mitfühlend zu investigativ. Fehlte nur noch, dass sie unser Gespräch mitschnitt.

Nach diesem langen, heißen Tag und dem Schock am Abend war ich völlig erledigt. Mein Gehirn verweigerte die Mitarbeit. Jeannette sprang für mich ein. »Die Bullen haben alles mitgenommen, was an Getränken und Speisen in der Laube war. Die denken wohl, davon sei was in der Hitze schlecht geworden.« Sie sah zu mir. »Ich habe Gerit alles von der Weinprobe erzählt. Auch wie die Männer umgekippt sind.«

Gerit nickte. »Naheliegender Gedanke, das mit den Lebensmitteln. Es könnte aber auch die Hitze selbst gewesen sein. Bea, bei deiner Führung wart ihr lange in der prallen Sonne, oder? Bei fünfunddreißig Grad kann der Kreislauf leicht schlappmachen. Vor allem bei zu wenig Flüssigkeitszufuhr. Wie hast du dich gefühlt?«

Die schlimmen Eindrücke der vergangenen Stunden überlagerten alles, was zuvor passiert war. Ich versetzte mich gedanklich auf den Kriegsberg. Flirrende Hitze zwischen den Reben. Trockene Erde, die bei jedem Schritt aufwirbelte. Kein Schatten weit und breit, in den man sich hätte flüchten können.

»Die Sonne brannte vom Himmel, das stimmt«, sagte ich schließlich. »Aber da oben in Halbhöhenlage war es weniger stickig als auf dem Schillerplatz. Und ich habe doppelt so viel geschwitzt wie die Teilnehmer. Wegen meines Kostüms. Ich war als Königin Katharina verkleidet und habe ein langärmeliges, bodenlanges Kleid mit mir herumgeschleppt. Dazu trug ich eine Hochfrisurperücke aus Echthaar. Jeder Menge Echthaar.«

Gerit musterte meine verfilzten Locken. »Verstehe. Als ihr in der Laube angekommen seid, warst du erschöpft. Trotzdem hat dein Kreislauf weiterhin funktioniert.« Sie schürzte die Lippen und betrachtete unsere leeren Schnapsgläser auf dem Tisch. »Die Hitze wäre eine mögliche Ursache … Oder es lag am Wein. Habt ihr beiden von dem Wein probiert, den euer Chef verkostet hat? Es war Riesling, hast du gesagt, Jeannette?«

»Ja, der erste Wein war ein Riesling. Bevor André die nächste Pulle servieren konnte, hat der erste Mann geröchelt. Nur Minuten später ist der Rothaarige vom Stuhl gekippt, das habe ich dir bereits erzählt. Bea und ich haben nichts probiert. Wir waren als Bedienmamsells eingeteilt. Für uns gab's nur Wasser.«

»Der Wein könnte also der Auslöser gewesen sein.« Gerit ließ den Kopf sinken. »Mir fällt es schwer, euch das alles zu fragen. Bei dieser Recherche stecke ich in der Zwickmühle. Als Journalistin zählen für mich nur Fakten. Aber natürlich bin ich nicht so unbeteiligt, wie ich es sein sollte. Immerhin ist mein Mann einer der Geschäftsführer der Werbeagentur, die diese Weinprobe veranstaltet hat.«

Die Werbeagentur Hohlbergs Reich wurde von zwei Geschäftsführern geleitet, André Hohlberg und meinem Vater Peter Herzog. Die beiden teilten sich die Kunden auf und achteten darauf, dass sich die Zuständigkeiten nicht vermischten.

»Aber Peter hat doch gar nichts mit diesem Auftrag zu tun«, sagte Jeannette. »Das Weingut ist allein Andrés Sache. Schließlich war er es, der den Kunden an Land gezogen hat.« Sie sah zu mir. »Ist dein Vater wieder in Stuttgart? Soweit ich weiß, hatte er heute einen Kundentermin in München.«

»Er wollte am frühen Abend in der Agentur sein. Aber ich weiß nicht, ob André während der Befragung durch die Polizei überhaupt Zeit hatte, ihn zu informieren.«

Gerit strich sich durch die kurzen blonden Haare. »Bevor ich hierhergefahren bin, habe ich vom Pressehaus aus im Katharinenhospital angerufen und mich nach dem Zustand der drei Männer erkundigt. Ohne Erfolg, die halten dicht. Im Weingut geht nur der Anrufbeantworter ran. Und bei der Pressestelle der Polizei hat man mich auf morgen vertröstet.«

»Mensch, ist das ein Schlamassel.« Jeannette richtete sich auf und reckte die Arme zur Decke. Gähnend ging sie zum

Kühlschrank. »Ich weiß, das ist pietätlos, aber ich habe einen Riesenhunger.« Mit einem schmatzenden Geräusch der Gummidichtung schwang die Kühlschranktür auf. Jeannette durchforstete den Inhalt. »Vanillejogurt, eine angetrocknete Cabanossi, Erdbeermarmelade, eine halb verschimmelte Salatgurke, der Rest Spaghetti von gestern.« Frustriert warf sie die Kühlschranktür zu. »Als Hausfrauen sind wir Totalausfälle.«

Auf der Suche nach Essbarem entdeckte sie den Brotkasten. Sie öffnete den Deckel, zog eine Scheibe Knäckebrot aus der Packung und schnupperte daran. Zufrieden biss sie hinein und verteilte Brösel auf der Ablage.

»Der Kühlschrank!«, rief Gerit und wirkte wie elektrisiert. »Sagt mal, ihr habt doch sicher einen großen Kühlschrank in der Laube? Für die Gerichte auf der Speisekarte. Oder bereitet ihr die frisch zu?«

»Nö, viel zu viel Aufwand«, sagte Jeannette und nestelte eine weitere Scheibe Knäckebrot aus der Packung. »Dafür ist das Küchenkabuff auch zu klein. Das Essen wird von einer Weinstube im Westen frisch angeliefert und bei uns aufgewärmt.«

»Also könnte das Essen verdorben gewesen sein.« Gerit wirkte, als hätte sie eine heiße Spur entdeckt.

»Möglich.« Jeannette wischte sich Knäckebrotkrümel vom T-Shirt. »Aber soweit ich weiß, hat niemand bei der Verkostung was von der Karte gegessen. Abgesehen von dem Weingelee natürlich.«

»Und vor der Verkostung? Seid ihr sicher, dass keiner etwas zu sich genommen hat?«

Jeannette schüttelte den Kopf. »Das hätte ich mitbekommen, weil ich für den Küchendienst eingeteilt war. Alle Bestellungen kamen von den Besuchern im Gastraum. Die Verkostung fand ja nebenan statt. Es sei denn, jemand hätte in der Zeit bestellt, in der ich um die Ecke war.«

»Um die Ecke?« Gerit stutzte. »Was für eine Ecke meinst du?«

»Die diskrete Ecke.« Jeannette zwinkerte ihr zu. »Die Strecke zum nächsten Toilettenwagen ist weit, das sind locker drei- oder vierhundert Meter. Miiindestens. Unter uns gesagt ist das die einzige Gelegenheit, aus Andrés Dunstkreis zu kommen und eine Pause einzulegen.«

Plötzlich klang das »Tatata-taaa« von Beethovens fünfter Sinfonie durch die Küche.

Jeannette blickte auf die schwarz-weißen Fliesen des Küchenbodens. »Oh. Unsere neuen Nachbarn sind Klassikfans.«

In der Wohnung unter uns hatten Anfang des Monats die Mieter gewechselt. Die neuen unterhielten uns mit zweifelhaften Geräuschen. Zum Beispiel Waschmaschinenschleudern nachts um elf oder lautes Stöhnen in aller Frühe. Jeannette tippte auf Sex zum Wachwerden, ich auf morgendliches Warm-up.

»Der Klassikfan bin ich«, klärte Gerit uns auf und holte ihr Handy aus dem Lederbeutel über der Stuhllehne. »Ich habe einen Artikel über die Jubiläumskonzerte im Beethoven-Jahr geschrieben und den Klingelton gewechselt.« Als sie auf das Display schaute, hellte sich ihr Gesicht auf. »Das ist Peter. Ihr entschuldigt mich kurz.« Sie entfernte sich ein paar Meter und lehnte sich an den Türrahmen. Jetzt, wo sie mit meinem Vater sprach, klang ihre Stimme viel weicher und weiblicher.

»Schatz, bist du endlich daheim? – Ich bin noch bei Bea und Jeannette. Du, Peter, ich muss dir etwas sagen. Auf dem Weindorf ist heute … – Ach, das weißt du … Wieso soll ich mich setzen?« Sie ließ sich wieder auf ihrem Stuhl nieder. »Ich sitze. Was ist los? Du klingst ernst.«

Während sie meinem Vater zuhörte, wechselte ihr Gesichtsausdruck von erfreut zu überrascht und dann zu erschrocken. »Was?«, stieß sie aus und fasste sich an den Mund. »Woher weißt du das? Ich habe vorhin im Krankenhaus angerufen, aber man wollte mir keine Auskunft … – Gut, ich fahre sofort los. Bis gleich.« Sie beendete die Verbindung und atmete tief durch. Unter ihrer Sommerbräune wirkte sie auf einmal sehr blass. »André hat ihn vorhin angerufen. Einer der Männer ist im Krankenhaus gestorben.«

Erst als ich am nächsten Morgen über die große Schachtel im Flur stolperte, erinnerte ich mich an die Perücke. Das durchgeschwitzte Teil hatte ich gestern Abend waschen und zum Trocknen aufhängen wollen. Doch nach dem Anruf meines Vaters war alles andere vergessen gewesen.

Gerit war sofort aufgebrochen. Verständlich, dass sie in dieser Situation bei ihrem Mann sein wollte.

Weil ich nicht hatte glauben können, was sie uns erzählt hatte, hatte ich meinen Vater auf dem Handy angerufen. Ohne Begrüßung war ich mit der Tür ins Haus gefallen.

»Stimmt das, was du Gerit gesagt hast?«, fragte ich misstrauisch. »Wieso ist der Mann denn gestorben? Ich dachte, wenn der Rettungswagen die drei ins Krankenhaus bringt, erholen sie sich und ...« Mein Hals schnürte sich zu.

»Bea, beruhige dich«, sagte mein Vater. »Es tut mir leid, aber für einen eurer Gäste konnten die Ärzte leider nichts mehr tun. Ich habe Gerit alles erzählt, was ich von André erfahren habe. Offenbar hat er einen befreundeten Arzt angerufen, der im Katharinenhospital arbeitet. Der Arzt hat sich auf Andrés Drängen hin bei seinen Kollegen erkundigt und ihn informiert. Noch weiß niemand, warum der Mann so unerwartet gestorben ist.«

Ich sah die drei Teilnehmer meiner Führung auf den Rettungsdecken in der Laube liegen. »Weißt du, welcher Mann es ist?«

»Nein. Das weiß André vermutlich selbst nicht wegen dem Datenschutz. Ich kann dir also keinen Namen nennen.«

Ein Name hätte mir nicht weitergeholfen, fiel mir ein. Aus dem einfachen Grund, weil André mir vor der Führung nur gesagt hatte, wie viele Teilnehmer dabei sind. Eine Liste mit Namen hatte ich nicht. André und Pauline regelten alles Organisatorische und die Abstimmung mit den Kunden direkt. Ich bekam nur den Treffpunkt mitgeteilt.

Vater hatte beruhigend auf mich eingeredet. »Versuch zu schlafen, Kind. Morgen erfahren wir sicher mehr. Heute kannst du sowieso nichts mehr tun.«

Nach dem Telefonat hatten Jeannette und ich noch eine Weile in der Küche gesessen und zu begreifen versucht, was sich in den letzten Stunden ereignet hatte. Schließlich verschwand Jeannette in ihrem Zimmer. Ich ging unter die Dusche und hoffte, das Wasser würde neben meinem Schweiß auch die Bilder in meinem Kopf wegspülen. Vor Erschöpfung fiel es mir schwer, die Arme zu heben, um mir die Haare zu waschen. Noch halb nass taumelte ich ins Bett und wollte nur schlafen und alles vergessen. Doch kaum hatte ich mich ausgestreckt, war ich hellwach. Das Adrenalin tobte durch meine Adern und ließ meinen Blutdruck in die Höhe schießen. Ich wälzte mich von einer Seite auf die andere, bis mir alle Knochen wehtaten. Irgendwann musste ich doch eingeschlafen sein. Als der Wecker wie üblich um sieben geklingelt hatte, war ich aus einem Alptraum aufgeschreckt, in dem ich schreiend durch einen Weinberg gerannt war.

Auf dem Weg in die Küche war ich dann über die Schachtel mit der Perücke gestolpert.

Jeannette hockte mit angezogenen Beinen auf der Eckbank. Ihre Augen waren verquollen, als hätte sie geweint. Vor ihr lag die Regionalausgabe einer großbuchstabigen Tageszeitung. Die mopste sie gelegentlich aus dem Briefkasten unserer Vermieterin. »Ich weiß jetzt, wer gestorben ist. Der Mann im Anzug.« Sie tippte auf ein Schwarz-Weiß-Foto, das auf der Titelseite abgedruckt war. »Du weißt schon, der schlanke Mann im weißen Hemd, der bei der Verkostung husten musste und bewusstlos war, als der Notarzt eingetroffen ist.«

Zögernd trat ich näher und sah mir das Foto an. Mein Herz klopfte bis zum Hals. Das Bild sah aus wie ein Porträtfoto aus einem Personalausweis oder einer Personalakte. Es zeigte einen Mann Mitte vierzig mit dunklem Haar und Brille. Seine Haare waren auf dem Foto deutlich länger und reichten ihm über die Ohren, trotzdem erkannte ich ihn sofort. Erst jetzt, da ich das

Bild des Toten vor mir sah, begann ich die Tragödie in ihrer ganzen Dimension zu begreifen. »Verkostung einer Werbeagentur endet tödlich«, lautete die riesige Schlagzeile in blutroter Druckfarbe.

Ich überflog den Artikel und musste mehrmals heftig schlucken. Gleich im Vorspann wurde Andrés Name genannt und auch der von Hohlbergs Reich. Weiter unten erwähnte der Journalist die Mitglieder der Familie Kepler, die gestern Abend dabei gewesen waren. Und Anton Kepler, den Familienpatriarchen, dem das Weingut gehörte. *Noch* gehörte, fügte ich in Gedanken hinzu. Seinen Rückzug aus dem Betrieb hatte Anton Kepler bereits angekündigt.

»André flippt garantiert aus, wenn er den Namen seiner Agentur auf der Titelseite sieht«, prophezeite Jeannette. Sie rollte die Zeitung zusammen und stand auf. »Wir müssen los, Bea. Bist du so weit?«

Im Erdgeschoss schob sie das Boulevardblatt geräuschlos in den Briefkasten unserer Vermieterin. Auf Zehenspitzen schlichen wir an der Tür des Hausdrachens vorbei und traten auf die Reinsburgstraße. Die enge Straßenschlucht war von der Sonne bereits aufgeheizt. Ihre gleißende Helligkeit wurde vom Lack der parkenden Autos reflektiert.

Jeannettes Golf stand vor dem Nebenhaus. Wir reihten uns in den morgendlichen Stoßverkehr auf der Schwabstraße ein und durchquerten den Schwabtunnel. Quer durch Heslach ging es weiter nach Süden.

Die ganze Zeit über musste ich an den Mann im Anzug denken, der tot in einem gekühlten Raum im Kellergeschoss des Katharinenhospitals lag. Vielleicht schnitt ein Pathologe ihm in diesem Moment die Brust auf und durchtrennte seine Rippen mit einer Knochenschere, um die Organe freizulegen und die Todesursache zu klären. Meine Phantasie ließ mich das Geräusch der Knochenschere hören und zeigte mir einen geöffneten blutigen Brustkorb. Wie eine Welle stieg die Übelkeit in mir auf und brachte mich zum Würgen.

»Was ist los? Musst du dich übergeben?« Jeannette fuhr die

Filderstraße entlang und sah zu mir herüber. »Soll ich da vorn am Friedhof anhalten? Du kannst aussteigen und ... na ja, tun, was immer du tun musst.«

Am Friedhof. Das fehlte noch. Ich verneinte und atmete tief in den Bauch, bis der Brechreiz sich legte.

Wenige Augenblicke später setzte Jeannette den Blinker und bog von der Neuen Weinsteige auf den Parkplatz einer altehrwürdigen Jugendstilvilla ein. Im obersten Stock residierte Hohlbergs Reich in begehrter Halbhöhenlage. Jeannette parkte ihren Golf neben einem weißen Alfa Romeo, dem besonderen Stolz unseres Grafikers Teddy.

Die denkmalgeschützte Villa war mit ihrer eleganten Sandsteinfassade, den Säulen, Dreiecksgiebeln und floralen Ornamenten ein gut erhaltenes Beispiel für die Architektur des Historismus, der vor den massiven Zerstörungen im Zweiten Weltkrieg Stuttgarts Gesicht geprägt hatte. Hinter der Villa erstreckte sich ein parkähnlicher Garten. Unterhalb der B27 waren die ansteigenden Terrassen im Gelände gut zu erkennen. Wie an vielen anderen Stellen in Halbhöhe hatte sich hier früher ein Weinberg befunden. Das gesamte Mittelalter über war der Weinbau die Haupterwerbsquelle der Stuttgarter Bevölkerung gewesen. Die meisten Weinberge erstreckten sich auf der Nordseite des Kessels, um die Kraft und Wärme der Sonne von früh bis zum Abend voll auszunutzen. Auch im Süden hatte es bis in die Zeit der Industrialisierung hinein Weinberge gegeben, das machte der Straßenname Weinsteige deutlich.

Jeannette und ich betraten den imposanten Eingangsbereich der Villa mit Marmorboden. Die Holzdielen der Treppe knarrten vornehm. Deutlich weniger vornehm ging es in Andrés Werbeagentur mit Premiumblick auf den Talkessel und die Hügel der Landeshauptstadt zu.

Beim Eintreten empfing uns der Duft frisch aufgebrühten Kaffees. Dazu dröhnten meist dumpfe Bässe aus dem Grafikatelier durch den Flur, heute aber war es still. Totenstill. Die farbenfrohen Sonnenblumen, die gestern noch auf der Empfangstheke gestanden hatten, hatte jemand gegen einen Strauß weißer Königslilien getauscht. Ihr schwerer, süßlicher Geruch verlieh dem Kaffeeduft einen exotischen Akzent.

Wir wechselten schweigend einen Blick und gingen zu dem kleinen Büroraum, den wir uns auf der Rückseite der Villa teilten, also gewissermaßen im Dienstbotentrakt. Statt Panorama sah man von unserem Fenster aus die B27, die den Garten nach Süden hin begrenzte und nach Degerloch hinaufführte.

Auf dem Flur fing uns Kundenberaterin Pauline ab. Wie in der Werbebranche üblich, bevorzugte sie bei ihrer Kleidung Farbtöne von Anthrazit bis Schwarz. Um sich von stromlinienförmigen Werbern abzugrenzen, kombinierte sie dazu knallige Kontraste wie einen gelben Schal oder orangefarbene Leggings. Heute trug sie Schwarz in Schwarz. Unter ihrem Arm klemmte eine der Jobmappen aus Leder, die für jeden Agenturkunden angelegt wurden.

»Endlich seid ihr da.« Die dunklen Ringe unter ihren Augen wiesen auf wenig Schlaf hin. »Ihr seid die Letzten. Geht am besten ohne Umweg über Los in den Besprechungsraum. André hat eine Krisensitzung für alle anberaumt, die gestern auf dem Weindorf waren. Ich komme gleich nach, muss nur noch das loswerden.« Sie hob die Jobmappe an und verschwand im Zimmer der Kundenberaterinnen.

Jeannette atmete hörbar durch. »Krisensitzung. Na, da bin ich gespannt.« Sie ging voran bis zum Besprechungszimmer, drückte die Klinke, und wir traten ein.

Meine Kolleginnen und Kollegen aus dem Team, das für die Betreuung des Weinguts zuständig war, standen rings um den Besprechungstisch. Seine Glasfläche war durch eine bunte Sammlung von Tageszeitungen und Ausdrucken aus dem Internet fast komplett verdeckt. André beugte sich über die Titelseite der Boulevardzeitung, deren heutigen Aufmacherartikel Jeannette und ich bereits kannten.

Mit spitzen Fingern hob er die Zeitung an und las die Schlagzeile vor. »Verkostung einer Werbeagentur endet tödlich.« Er spuckte die Worte geradezu aus. Sichtlich gereizt sah er auf und strich sich eine dunkelbraune Strähne aus der hohen Stirn. »Unverschämtheit!« Er deutete auf eine Stelle im Vorspann, vermutlich den Satz, in dem sein Name genannt wurde. »*Mon Dieu!* Diese Schmierfinken werde ich verklagen. Das ist Rufschädigung!«

Unser Eintreten war in der Aufregung noch nicht bemerkt worden. Auf Andrés Wutausbruch folgte Stille, die Jeannette offensiv nutzte.

»Hallo zusammen«, sagte sie selbstbewusst und ging an ihren Platz.

Mit eingezogenem Genick folgte ich ihr. André brauchte ein Ventil für seine Wut, und ich legte keinen gesteigerten Wert darauf, sein Opfer zu werden.

Mit finsterer Miene fixierte er Jeannette und mich. »Die Damen konnten es einrichten, das ist schön.« Seine Worte waren neutral gewählt, der höhnische Tonfall drückte das genaue Gegenteil aus.

Als ich realisierte, was vor mir auf dem Tisch lag, schoss mir der Schreck in alle Glieder. Es war ein Ausdruck aus einem Nachrichtenportal – und darauf war ich zu sehen! Ob André den Artikel absichtlich an meinen Platz gelegt hatte?

Die Meldung bestand aus einer mageren Textspalte, dafür waren die beiden Bilder im Großformat abgedruckt. Eines zeigte die Rettungswagen vor der Weinlaube der Keplers. Das andere mich in meiner Kostümierung als Königin Katharina mit mintgrünem Kleid und Hochfrisur. Ich griff nach dem Ausdruck und überflog die Bildlegende. »Für einen Teilnehmer nahm die Führung im historischen Kostüm ein tragisches Ende.«

Grammatikalisch und semantisch war dieser Satz alles andere als korrekt. Erleichtert stellte ich fest, dass mein Name auch in der Textspalte nicht auftauchte. Das Bild zeigte meine gestrige Gruppe und mich bei der letzten Station der Führung vor dem Fruchtkasten. Früher hätte ich mir das Hirn zermartert, wie es in das Nachrichtenportal gelangt war. Im Zeitalter der Smartphone-Invasion lag die Antwort auf der Hand. Ein Passant hatte es aufgenommen und in einem Social-Media-Kanal gepostet.

Entweder hatte er es an die Redaktion verscherbelt, oder die hatten es geklaut.

Als ich bemerkte, dass meine Kollegen sich gesetzt hatten, sank ich auf den Chromschwinger. Pauline kam mit einem Tablett herein. Solange alle damit beschäftigt waren, sich eine Tasse zu sichern, legte ich meine Hand unauffällig auf das Foto von mir.

Jeannette neigte sich herüber und flüsterte: »*Don't panic*, Bea. Das Bild ist unscharf, darauf erkennt dich keiner.« Das war nett gemeint, aber leider eine freundschaftliche Beschönigung. Mein Gesicht war deutlich zu sehen.

Nachdem sich alle mit einem Schluck Kaffee gestärkt hatten, fuhr André fort.

»Herrschaften, wir haben heute eine Menge zu regeln, *n'est-ce pas?*«, verkündete er und faltete die manikürten Hände ineinander. Eine Geste, die klarstellte, an wem die Arbeit hängen blieb. Auf jeden Fall nicht an ihm.

Die Vorliebe für französische Ausdrücke hatte er bereits vor seinem Aufenthalt auf dem Weingut gepflegt. Dazu kombinierte er gern dramatische Gesten, die den Eindruck erweckten, er wäre der Sonnenkönig höchstpersönlich und mindestens genauso wichtig.

»Die Darstellung in der Presse ist viel zu einseitig.« Er machte eine wegwerfende Handbewegung. »Berufskrankheit. Die stürzen sich auf alles Negative. Wir müssen positiv dagegenwirken.«

Als André seine Kommunikationsstrategie erläuterte, traute ich meinen Ohren nicht. Mit keinem Wort ging er auf den Toten im Katharinenhospital ein. Oder hatte er sein Bedauern darüber geäußert, bevor wir hereingekommen waren? Unauffällig sah ich zu meinen Kollegen, wurde aber aus ihren stoischen Mienen nicht schlau. Dabei verpasste ich einen entscheidenden Teil von Andrés Ansprache.

»Und deshalb schreibst du sofort nach dieser Besprechung eine Pressemeldung, *n'est-ce pas?*«, hörte ich ihn sagen.

Erst als Jeannette mich mit dem Knie anstupste, ging mir auf, wen André meinte.

»Eine Pressemeldung? … Äh, über das, was gestern bei der Verkostung passiert ist?«

André schlug mit der flachen Hand auf den Tisch. Aus seiner Tasse schwappte braune Brühe. »Bea, reiß dich zusammen und strapaziere meine Geduld nicht länger. Positiv, habe ich gesagt. Du promotest wie geplant das Weingut.«

Wie ich dabei vorgehen sollte, hatte ich verpasst. Für alle Fälle nickte ich mehrmals.

»Wir müssen die negative Presse neutralisieren wie zu viel Säure im Wein.« André ballte die Faust in der Luft. »Die Keplers sind ein traditionsreicher Familienbetrieb und führen eines der bedeutendsten Weingüter in der Region. Das muss den Menschen draußen als Erstes in den Sinn kommen, sobald der Name Kepler fällt. Der bedauerliche Zwischenfall auf dem Weindorf gestern darf nicht an ihnen hängen bleiben, *avez-vous entendu?*«

Andrés Sicht der Dinge machte mich sprachlos. Seine Aufmerksamkeit galt nun Teddy, der mir gegenübersaß.

»Wann sind die Entwürfe für die Anzeigenstrecke über die preisgekrönten Weine fertig? Wir müssen den Erscheinungstermin vorziehen, um den Namen Kepler positiv zu besetzen.« André wischte die Zeitungen auf dem Tisch mit einer symbolischen Geste zur Seite. »Als Gegengewicht zu dieser einseitigen Berichterstattung.«

Teddy kniff die Augen zusammen. Sollte das bedeuten, auch er fand Andrés Vorgehen merkwürdig? Mein Ex besaß die beneidenswerte Gabe, nur das herauszuhören, was er wollte. Was unserer langjährigen Beziehung den Todesstoß versetzt hatte, erwies sich in der Agentur als das beste Überlebenskonzept.

»Die meisten Anzeigenlayouts hast du bereits gesehen, André«, antwortete er diplomatisch. »Die können wir nach der Reinzeichnung sofort schalten. Sofern die Texte bis dahin gefinisht sind.«

»*Très bien*, Teddy«, kommentierte André. »Bea, sind deine Copys fertig?«

Fertig? Mit den Anzeigentexten hatte ich noch nicht einmal

begonnen. Was daran lag, dass ich keine Informationen darüber hatte, welche Weine André bewerben wollte.

»Dafür brauche ich Basics über die ausgewählten Weine«, sagte ich in professionellem Ton. »Charakter, Lage, welche Auszeichnungen sie gewonnen haben, zu welchen Speisen sie passen und so weiter.«

Auf Andrés glatter Stirn nahm ich Mikrobewegungen wahr, als wollte er sie runzeln, um sein Missfallen kundzutun. Dafür hatte seine Stirn zu viel Botox intus. »Darum kannst du dich bei deinem Termin heute Mittag auf dem Weingut kümmern.« Er klang genervt. »Das Briefing bekommst du von Hannes und Tobias Kepler. Oder vom Kellermeister.«

Ein Termin auf dem Weingut? Davon hörte ich zum ersten Mal. »Weingut? Heute Mittag? Du sagtest, als Erstes steht die Pressemeldung an.«

»*Oui.* Du kannst mit Gerit gleich die Platzierung besprechen. Erwähne die Anzeigenserie, die wir in der ›Stuttgarter Zeitung‹ schalten wollen. Im Gegenzug dafür kann sie deine Pressemeldung lancieren und uns redaktionelle Berichterstattung verschaffen.«

Wegen Anzeigenschwunds und sinkender Auflagen war dieses Vorgehen an der Tagesordnung. Aber wenn ich Gerit mit dieser Forderung käme, würde sie mich schallend auslachen.

»Bedauerlicherweise müssen wir auf die Kepler'sche Weinlaube als Location für unsere Verkostungen vorerst verzichten. Der kulinarische Abschluss deiner Jugendstilführung durch das Heusteig- und das Lehenviertel morgen findet daher auf dem Weingut statt. Die Details besprichst du mit den Keplers und lässt mir eine Notiz zukommen.«

»Die Jugendstilführung? Die ist doch erst fürs Wochenende geplant.« Und das war gut so, denn bisher hatte ich keine Zeit gehabt, die Stationen zusammenzustellen.

André verdrehte die Augen zur Stuckdecke. »*Mon Dieu*, Bea, ich glaube, du bist in der falschen Branche. Bei uns ist Flexibilität gefragt. Und Eigeninitiative, aber diese Eigenschaft gehört bedauerlicherweise nicht zu deinem Repertoire.«

Nach dieser verbalen Abreibung wandte er sich an Jeannette. »Wie weit bist du mit der Imagekampagne über Tobias' Bioweine?«

Mit unzweideutigem Lächeln erläuterte Jeannette, warum sie Tobias Kepler selbst als Testimonial vorgesehen hatte. Natürlich behielt sie den wahren Grund für sich: um möglichst viel Zeit mit dem smarten Biowinzer verbringen zu können.

»Auf den Plakaten zeigen wir Tobias Kepler bei der Arbeit im Weinberg, beim Ausbau der Weine mit dem Kellermeister und bei einer Verkostung«, sagte sie, als jemand an der Tür klopfte.

André sah grimmig zu Pauline. »Keine Störungen, habe ich gesagt.«

Pauline hob die Schultern. »Das habe ich so an die Kolleginnen weitergegeben. Muss wichtig sein.« Sie stand auf und ging auf den Flur, um die Besprechung nicht zu stören.

Jeannette und Teddy diskutierten über die Farbwelt der Imagewerbung für Tobias Kepler, als Pauline wieder erschien. Hinter ihr streckte Loretta, eine unserer Praktikantinnen, den Kopf herein.

»Sorry, Boss, aber ich konnte ihn nicht aufhalten.«

Sie wich zurück, als sich ein Mann mit schwarzem Haarschopf an ihr vorbeidrängte. Seine Schultern waren nach vorn gezogen, was ihm einen leicht deprimierten Ausdruck verlieh.

Mein Herz setzte für einen Schlag aus. Diesen Mann kannte ich. Es war Kommissar Gabriel vom Dezernat für Tötungsdelikte.

Der Kommissar trat ins Besprechungszimmer und sah zu André. »Herr Hohlberg, guten Tag. Wir kennen uns bereits. Das gilt auch für andere im Raum.«

Kommissar Gabriel spielte auf den letzten Cannstatter Wasen an, das zweihundertjährige Jubiläum des Volksfestes. Hohlbergs Reich betreute damals das Festzelt eines Kunden, aber die Lust aufs Feiern verging uns schnell. Noch vor der Eröffnung des Wasens fand die Feuerwehr in den Trümmern des abgebrannten Zeltes eine Leiche. Kommissar Gabriel hatte die Ermittlungen geleitet.

André stand auf und strich sein schwarzes Hemd glatt. Er wirkte angespannt, wahrte aber die Form und gab den Gastgeber. »Kommissar Gabriel, was führt Sie hierher? Kann ich Ihnen einen Kaffee anbieten oder einen Cappuccino? Aus handverlesenen Bohnen, direkt aus Peru. Frisch gemahlen, versteht sich.« Kommissar Gabriel hob die Hand. »Danke, vielleicht nachher. Ich komme vom Weindorf. Aus der Laube der Familie Kepler, die, wenn ich richtig informiert bin, zu den Kunden Ihrer Agentur gehört.«

André wollte etwas sagen, aber der Kommissar ließ ihn nicht zu Wort kommen. »Nach Ihrer Verkostung wurden gestern Abend drei Männer ins Katharinenhospital eingeliefert. Für einen dieser Männer konnten die Ärzte leider nichts mehr tun. Er ist auf der Intensivstation gestorben. Sein Name ...« Er stockte und holte einen Notizblock aus der Brusttasche. Nach kurzem Blättern beendete er den begonnenen Satz. »Sein Name ist Thomas Schäfer.«

Thomas Schäfer, wiederholte ich in Gedanken und sah den schlanken Mann mit weißem Hemd und blauem Anzug vor mir. Plötzlich bedauerte ich, bei der Führung kein persönliches Wort mit ihm gewechselt zu haben.

Kommissar Gabriel räusperte sich. »Die Todesursache ist noch unklar. Aber wir haben erste Hinweise, und die führen mich zu Ihnen, Herr Hohlberg.«

André trat von einem Fuß auf den anderen, als frage er sich, was die Erläuterungen des Kommissars mit ihm zu tun hatten.

»Die Pathologie hat bei der Obduktion Speisereste im Magen des Toten gefunden. Anscheinend ist der Mann vergiftet worden.«

André trat einen Schritt zurück und blinzelte ungläubig. »Vergiftet? Sind Sie sicher?« Man sah den zuckenden Muskeln in seinem Gesicht an, wie es in ihm arbeitete. »Herr Kommissar, Sie glauben doch nicht, meine Agentur habe mit dem Tod des Mannes zu tun?«

»Nun, Herr Hohlberg, für Glaubensfragen bin ich nicht zuständig. Mein Bereich sind Fakten, Beweise und Motive. Aus dem Mageninhalt hat der Gerichtsmediziner rekonstruiert, was der Verstorbene in den Stunden vor seinem Tod zu sich genommen hat. Es handelt sich um, Augenblick …« Wieder zog der Kommissar seinen Notizblock zurate. »Hier haben wir's. Thomas Schäfer hat einen gemischten Salat und ein Roggenbrötchen gegessen. Außerdem einen Müsliriegel oder ein Müsli, Weingelee und Gebäck mit Käse. Und er hat Wein getrunken.« Er sah von seinem Block auf. »Meine Kollegen befragen die Mitarbeiter des Weinguts, die gestern vor Ort waren. Ist es richtig, dass dieses Gebäck und das Weingelee bei Ihrer Verkostung serviert wurden?«

André schluckte hörbar. »Das ist korrekt«, presste er zwischen schmalen Lippen heraus. »Aber ich verstehe nicht, was meine Agentur damit zu tun hat.«

»Um das herauszufinden, bin ich hier. Ich muss mit jedem Mitarbeiter sprechen, der gestern Abend in der Weinlaube war. Beginnen wir mit Ihnen, Herr Hohlberg.«

Seit geraumer Zeit starrte Jeannette auf dieselbe Stelle ihres Bildschirms. Ihre Hände lagen wie versteinert auf der Tastatur.

Auch mich beschäftigte die schockierende Nachricht. Der Mann war an einer Vergiftung gestorben, wenn ich Kommissar Gabriel richtig verstanden hatte. Jemand musste ihm Gift verabreicht haben. Wahrscheinlich über eines der Nahrungsmittel, die er zu sich genommen hatte.

Ich fragte mich, wer so etwas tun sollte und welchen Grund er dafür gehabt haben könnte. Und warum das ausgerechnet am Tag meiner Führung passieren musste. Wieso war Thomas Schäfer und den beiden anderen Männern während unserer Verkostung schlecht geworden? Ob Kommissar Gabriel einen konkreten Verdacht hatte? Gegen jemanden aus der Agentur?

So ging es die ganze Zeit über in meinem Kopf. Ein Gedanke jagte den anderen.

Um das Karussell zu stoppen, listete ich die Jobs auf, die André mir aufgebürdet hatte. Ich nahm einen Kugelschreiber aus der Stiftebox und kritzelte auf ein Blatt, was ich alles erledigen sollte:»Pressemeldung, positiv«, notierte ich als Erstes.»Texte für Weinanzeigen. Führung Jugendstil vorbereiten. Fünfzehn Uhr Besprechung im Weingut. Fragen dafür notieren.« Eine Weile waren nur das Summen der Lüfter in unseren Rechnern und das Kratzen meines Kugelschreibers auf dem Papier zu hören.

Schließlich regte sich Jeannette.»Bea, sag bloß, du kannst einen sinnvollen Gedanken fassen?«, fragte sie über ihren Bildschirm hinweg.»Bei mir geht's da oben rund wie in einer Achterbahn. Ich frage mich die ganze Zeit, ob ich den Notarzt früher hätte alarmieren sollen. Vielleicht wäre der Mann noch am Leben.«

»Mir geht es ähnlich. Es mag seltsam klingen, aber ich mache mir Vorwürfe. Ich habe über eine Stunde auf ihn eingeredet, aber mit ihm direkt nur wenige Worte gewechselt.«

»Glaubst du, das hätte was geändert? Er wäre auch gestorben, wenn du mit ihm über die Auswirkungen des Klimawandels auf den Weinanbau diskutiert hättest. Nur um ein Beispiel zu nennen.« Jeannettes Gehirn schien wieder zu funktionieren.

»Glaubst du, jemand aus der Agentur hat was mit dem Tod des Mannes zu tun?«

»Hat ihn vergiftet, meinst du«, konkretisierte Jeannette.»Das wäre möglich, sonst hätte sich der Kommissar den Besuch gespart. Was er wohl mit André bespricht? Da würde ich zu gern Mäuschen spielen.«

»Ich weiß genau, was er dem Kommissar über mich erzählt. Schließlich habe ich das Käsegebäck mitgebracht.« Endlich hatte ich ihn ausgesprochen, diesen Gedanken, der mich so quälte.

»Bea, entspann dich. Wieso sollte der Kommissar dich verdächtigen? Du hast gehört, was die in Schäfers Magen alles gefunden haben. Er hat vor seinem Tod mehr als dein Gebäck zu sich genommen. Außerdem kanntest du den Mann gar nicht. Vielleicht war es nur ein böser Zufall, dass gerade er sterben musste. Seine beiden Kollegen hätte es genauso erwischen können, glaubst du nicht auch?«

Bevor ich antworten konnte, klingelte unser Telefon. Es war Pauline.

»Bea, du sollst ins Besprechungszimmer kommen. Der Kommissar möchte dir Fragen stellen.«

»Ist André dabei?«

»Nein, den hat er schon ausgequetscht. Muss schlimm gewesen sein. Er hat sich mit einer Flasche Bordeaux in seinem Büro verbarrikadiert. Bis zum Meeting im Weingut will er seine Ruhe haben.«

Im Besprechungszimmer saß Kommissar Gabriel vor einer halb leeren Tasse Kaffee und den Resten einer Butterbrezel. Er schien in seinen Notizblock vertieft. Als er mich eintreten hörte, deutete er auf den Stuhl gegenüber. »Frau Pelzer, bitte nehmen Sie Platz.«

Seine hellgrauen Augen verfolgten, wie ich auf den Stuhl sackte, bevor meine Knie unter mir nachgaben.

Ich hatte schon etliche unschöne Begegnungen mit Kommissar Gabriel gehabt. Vor lauter Anspannung war sämtliche Spucke aus meinem Mund verschwunden. Ich öffnete eine der kleinen Wasserflaschen, die auf einem Tablett bereitstanden, und goss mir ein Glas voll. Nachdem ich es leer getrunken hatte, war ich so weit und schaute den Kommissar an.

»Frau Pelzer«, sagte er und begann mit der Befragung. »Ihr Chef hat mich darüber informiert, dass Sie es waren, die das Käsegebäck für die Verkostung gebacken hat.« Mit seinem ersten Satz ließ er gleich die Bombe platzen, vor der ich mich gefürchtet hatte. »Darf ich fragen, warum?«

Weil André ein Geizhals ist, lag mir auf der Zunge, aber das konnte ich kaum sagen. Stattdessen wich ich ins Allgemeine aus. »Kochen und Backen sind voll im Trend. Herr Hohlberg ist ein großer Fan dieser neuen Esskultur und möchte den Gästen bei seinen Verkostungen Hausgemachtes bieten. Darum backen wir das Fingerfood für die Weinproben selbst. Wir Frauen, meine ich.«

Über diese geschlechtsspezifische Ungerechtigkeit wurde unter meinen Kolleginnen und Kollegen heftig diskutiert. Bislang schaltete André auf stur, und freiwillig hatte sich noch kein Mann an den Herd gestellt.

»Dieses Mal waren Sie mit dem Backen an der Reihe?«

»Ja. Zusammen mit meiner Kollegin Jeannette, aber die hatte ...« Rechtzeitig hielt ich inne und entschied, den wahren Grund für Jeannettes Rückzieher – zu viel Acolon – lieber für mich zu behalten. »Jeannette hatte keine Zeit. Also habe ich das Käsegebäck übernommen. Nach einem Rezept meiner Mutter und mit den üblichen Zutaten. Mehl, Backpulver, Bergkäse, Eier, Butter, Salz. Also völlig bodenständig.« Mit der Erwähnung des Familienrezepts wollte ich deutlich machen, dass ich eine erprobte Mischung verwendet hatte. Und dass es in unserer WG keinen Giftschrank gab.

»Verstehe«, brummte Kommissar Gabriel und trank einen Schluck Kaffee. »Dieses Gebäck haben Sie zur Verkostung auf dem Weindorf mitgebracht?«

»Ja.«

»Hätte irgendjemand Gelegenheit gehabt, es zu manipulieren?«

»Manipulieren?« Ich überlegte, worauf der Kommissar hinauswollte. »Was meinen Sie damit?«

»Hatten Sie das Gebäck die ganze Zeit bei sich? Auch bei Ihrer Stadtführung?«

»Während der Führung auf dem Kriegsberg lag es in einer Tupperbox in meinem Auto. Als wir auf dem Schlossplatz ankamen, habe ich es Jeannette mitgegeben. Sie hat es zur Weinlaube gebracht. Ich war mit meiner Gruppe noch eine Weile unterwegs, und es hätte bizarr ausgesehen, wenn ich in meiner Rolle eine große Plastikdose mit mir herumgetragen hätte.«

»In Ihrer Rolle?« Mit sicherem Gespür legte Kommissar Gabriel den Finger in die Wunde.

In knappen Worten beschrieb ich mein Kostüm inklusive Perücke.

»Sie waren als Königin von Württemberg verkleidet«, konstatierte er und verzog dabei keine Miene, was ihn mir fast sympathisch machte. »War das Ihre Idee?«

»Nein, um Gottes willen. Das war ein Einfall von Herrn Hohlberg. Er will seinen Kunden ein besonderes Erlebnis bieten und ist der Ansicht, meine Führungen würden in historischer Verkleidung authentischer wirken.«

»Sie mussten also backen und bei dieser Hitze ein langes Kleid und ein Haarteil tragen.« Kommissar Gabriel spitzte die Lippen. »Davon waren Sie nicht besonders angetan, oder? Herr Hohlberg hat gewisse Spannungen zwischen Ihnen angedeutet.«

»Spannungen? Hat er das gesagt?«

Gabriel nickte und schien mir anzusehen, wie unwohl ich mich fühlte. Als wäre ich in einen Schraubstock eingespannt.

»André Hohlberg ist der Inhaber dieser Agentur, und ich bin seine Angestellte.« Ich bemühte mich, unser Verhältnis sachlich zu beschreiben. »Meine Meinung ist unerwünscht. Es geht einzig und allein ums Geschäft.«

»Trotzdem gab es des Öfteren Streit zwischen Ihnen und Herrn Hohlberg. Haben Sie ihm gegenüber Rachegedanken? Oder anders gefragt, sind Sie loyal?«

»Behauptet er, ich sei nicht loyal?« In meinen Ohren begann es zu rauschen. Ich spürte, wie die Wut in meinem Inneren ein kleines Feuer entfachte. Reiß dich zusammen, sagte ich mir. Der Kommissar will dich provozieren. Lass dich auf dieses Spiel nicht ein. Bleib cool. Fürs Erste versuchte ich es mit Schweigen.

Kommissar Gabriel wechselte die Taktik. »Frau Pelzer, meine Aufgabe ist es, den gewaltsamen Tod eines Menschen aufzuklären. Nur deshalb interessiere ich mich für die Konflikte zwischen Ihnen und Ihrem Chef, die mir persönlich egal sind. Ich versuche herauszufinden, warum dieser Mann sterben musste und wer ein Motiv für die Tat gehabt haben könnte.«

Die Flammen loderten höher auf. »Hat André behauptet, ich hätte ein Motiv? Aber ich kannte den Toten doch gar nicht. Wieso hätte ich ihn umbringen sollen?«

»Als Mittel zum Zweck?«, schlug Kommissar Gabriel vor. Im Gegensatz zu mir war er die Ruhe selbst. »Um damit Herrn Hohlbergs Geschäften zu schaden?«

»Aber Herr Kommissar, ich bringe doch niemanden um, nur um ihm eins auszuwischen.«

»Möglicherweise hatten Sie auch gar nicht die Absicht, jemanden umzubringen, Frau Pelzer. Vielleicht wollten Sie Ihrem Chef nur einen Strich durch die Rechnung machen und seine Verkostung stören.«

»Indem ich irgendein Gift in das Käsegebäck mische?« Meine Stimme überschlug sich. »Aber das ist absurd.« Ich sprang vom Stuhl auf und war kurz davor, vor Empörung gegen das Tischbein zu kicken.

Kommissar Gabriel beobachtete mich aufmerksam wie ein Versuchsleiter sein Labortier.

Durchatmen, sagte ich mir. Einatmen, ausatmen. »Ich habe keine Ahnung, was das für ein Gift war, Herr Kommissar, das schwöre ich. Geschweige denn, wo man so etwas herbekommt.«

»Aus dem Internet? Dort findet sich heutzutage alles, glauben Sie mir.«

Das Feuer in meinem Inneren legte sich. Stattdessen bekam ich eine Gänsehaut. Ich gehörte tatsächlich zum Kreis der Verdächtigen. Die hellen Augen ruhten geduldig auf mir, als wäre es nur eine Frage der Zeit, bis ich ein Geständnis ablegte.

Ein leises Brummen ließ den Tisch vibrieren. Es kam von einem Handy neben der Kaffeetasse des Kommissars. Das Display leuchtete blau.

»Einen Moment bitte.« Er griff nach dem Telefon. »Ja? Das passt. Ich bin noch in der Weinsteige und komme nach.« Er beendete die Verbindung.

»Frau Pelzer, wer außer Ihnen und Ihrer Freundin hatte Zugang zu den Speisen, bevor sie bei der Verkostung serviert wurden?«

Ein Hoch auf den Erfinder des Handys, dachte ich. Nach dem kurzen Telefonat hatte Kommissar Gabriel den Schraubstock gelockert. Ich bereute meinen emotionalen Ausbruch und die Blöße, die ich mir dadurch gegeben hatte. Wenn André davon erfuhr, würde er triumphieren.

»Sie meinen das Fingerfood?« Betont kontrolliert ließ ich mich wieder auf dem Stuhl nieder. »Im Prinzip jeder, der gestern Nachmittag in der Laube war.« Ich zählte alle Personen auf, die vor und während der Weinprobe dort gewesen waren.

Kommissar Gabriel notierte sich die Namen. »Wo wurde das Essen bis zur Weinprobe aufbewahrt?«

»In der Küche. Beziehungsweise im Kühlschrank. Wegen der Hitze wurde es erst kurz vor Beginn der Veranstaltung herausgenommen. Wir haben es auf Tellern angerichtet und in den Verkostungsraum gebracht.«

»Wer war in dieser Zeit in der Küche anwesend?«

»Frau Kepler, meine Kollegin Jeannette und ich. Hannes Kepler war ebenfalls dort. Und der Inhaber einer anderen Werbeagentur. Sein Name ist Theo Silber. Er hat das Weingut betreut, bevor André Hohlberg es abgeworben hat.«

Kommissar Gabriel legte den Stift aus der Hand. »Danke, Frau Pelzer. Wir setzen unser Gespräch ein andermal fort. Bitte sagen Sie Ihrer Kollegin Jeannette Wagenbach, ich möchte mit ihr sprechen.«

Wieso hatte ich mich so provozieren lassen? Wenn Kommissar Gabriel mich aus der Reserve hatte locken wollen, war ihm das gelungen.

Ich steuerte direkt auf den Papierkorb zu und kickte das Chromteil durch die Gegend. »Mist, verfluchter«, schimpfte ich. »Du blöde Kuh, wieso bist du ausgeflippt?«

Belustigt verfolgte Jeannette, wie sich Papierknäuel, gelbe Haftzettel und leere Kugelschreiberminen auf dem beigen Teppichboden verteilten. »Du bist ausgeflippt? Oh, da habe ich was verpasst. Mach dir keine Vorwürfe, Bea. Jeder kann die Kontrolle verlieren, das ist nur menschlich. Vor allem, wenn es um die Schreckensherrschaft unseres Häuptlings geht.«

»Wer sich aufregt, hat verloren. Aber bei diesen Unterstellungen hättest du dich genauso wenig beherrschen können. Dabei ist das alles völlig aus der Luft gegriffen. André will mir eins auswischen, hat es aber genau andersherum dargestellt. Und jetzt denkt der Kommissar ernsthaft, ich sei eine Giftmischerin. Das ist Andrés Schuld.« Ein letzter Kick gegen den Papiereimer, der scheppernd auf die Lamellen der Heizung flog.

»Was wieder einmal beweist: Der Fisch stinkt vom Kopf.«

Jeannette hielt sich die Nase zu und deutete mit den Lippen einen Fischmund an. »Immerhin hat er dich nicht in Handschellen abgeführt.«

»Freu dich nicht zu früh, Jeannette. Vielleicht hat er die Handschellen für dich reserviert. Der Kommissar erwartet dich drüben.«

Jeannette hob die Augenbrauen. »Verrate mir noch schnell, was er von dir wissen wollte.«

In wenigen Sätzen fasste ich das unerfreuliche Gespräch zusammen.

»Auf in den Kampf.« Jeannette löste ihr Haargummi und band den Pferdeschwanz neu.

Mir fiel etwas ein. »Kann ich mir nachher dein Auto leihen? Ich muss um drei im Weingut sein.«

»Na klar, kein Problem. Du könntest auch bei André mitfahren. Der hat um zwei ein Meeting mit den Keplers.«

»Niemals! Lieber gehe ich zu Fuß. Mit dem will ich so wenig wie nötig zu tun haben.«

»Mach dich locker. Der kann dir gar nichts anhängen, schließlich hast du den Mann nicht umgebracht. Wenn es überhaupt ein Mord war, das steht noch in den Sternen. Ich muss los, sonst schickt der Kommissar ein Sondereinsatzkommando, um mich zu holen.«

Missmutig sammelte ich die Papierknäuel und den anderen Unrat ein und warf alles in den Chromeimer. Bei der Kollision mit der Heizung hatte er eine Delle abbekommen. Ich schob ihn unter den Tisch und drehte die Beule nach hinten. André musste nicht mitbekommen, dass ich seine Büroausstattung sabotiert hatte.

Ich machte mich an den Pressetext über das Weingut. Positiv darstellen, lautete meine Vorgabe. »Langjährige Tradition«, notierte ich als erstes Stichwort in meiner Datei. »Familienunternehmen, Panoramalage, bald in der nächsten Generation, prämierte Weine.« Aus diesen Zutaten bastelte ich einen halbwegs passablen Text über die Winzerfamilie zusammen, ohne den Todesfall auf dem Weindorf zu erwähnen.

Mein Aufhänger war der bevorstehende siebzigste Geburtstag von Anton Kepler, der das Weingut fast vier Jahrzehnte erfolgreich geleitet hatte. Aus unserer Fotodatenbank suchte ich ein Bild heraus, auf dem er stolz prachtvolle Rebstöcke begutachtete. Als weitere Illustrationen wählte ich eine Aufnahme des Weinguts mit dem Fernsehturm im Hintergrund sowie eine Montage aus Teddys Anzeigenserie mit Flaschen preisgekrönter Jahrgänge. Die drei Aufnahmen versah ich mit imagefördernden Bildlegenden, die in der Pressearbeit üblich waren.

In einer halben Stunde musste ich los. Genug Zeit, um Gerit vorzuwarnen und mir Fragen für das Meeting im Weingut zu überlegen. Bei dieser Gelegenheit konnte ich den Pressetext gleich von der Familie freigeben lassen. Ein Problem weniger.

Nach dem zweiten Klingelton meldete sich Gerit. »Bea, wie geht es dir? Hast du überhaupt ein Auge zugetan nach der Aufregung gestern?«

Ihre mitfühlende Stimme war Balsam auf meinen Nerven. Eigentlich wäre es die Aufgabe meiner Mutter gewesen, sich um mich zu kümmern. Aber die hatte sich noch nicht gemeldet. Seit mein Vater nach Stuttgart zurückgekehrt war, hatte sich unser Verhältnis abgekühlt. Mutter kreidete es mir an, dass ich mich mit meinem Vater versöhnt hatte. Sie hingegen ließ nach wie vor kein gutes Haar an ihm, auch wenn die Scheidung über zwanzig Jahre her war. Die lebenslustige junge Frau, die er aus München mitgebracht hatte, war ihr ein weiterer Dorn im Auge.

Ich schilderte Gerit mein Gespräch mit Kommissar Gabriel. Sie war ebenso empört über Andrés Verdächtigungen wie ich und redete mir gut zu.

»Gerit, ich wollte dich vorwarnen«, sagte ich und kam zum Grund meines Anrufs. »André hat es sich in den Kopf gesetzt, das Image seiner Agentur mit Wohlfühlartikeln über das Weingut aufzupolieren. Über dich als Kontakt will er die in euren Blättern platzieren. Als Gegenleistung für unsere Anzeigenstrecke.«

Gerit schnaubte. »Ein richtiger Kuhhandel. Unter anderen Umständen würde ich André in die Wüste schicken. Aber unsere

Abonnenten brechen weg, und deshalb brauchen wir jede Anzeige. Mail mir das Ding rüber. Ich sehe, was ich tun kann. Aber
wenn du mich fragst, schneidet er sich ins eigene Fleisch. Jede
Zeitung stürzt sich auf den Todesfall, vor allem, seit die ersten Fotos von der Familie durchs Netz geistern. Dazwischen
einen Wohlfühlartikel zu platzieren, ist unklug.« Sie senkte die
Stimme.»Da merkt doch jeder, dass der gekauft ist.«

»Fotos von seiner Familie?«

»Ja, die Kollegen von der lauten Fraktion mit den Groß-
buchstaben haben sie als Erste gebracht. Inzwischen haben die
meisten nachgezogen. Wir auch, und darauf bin ich nicht stolz.«

Ich öffnete die Onlineausgabe unserer Tageszeitung und stieß
sofort auf ihren Artikel.»Gib mir einen Augenblick«, bat ich
sie und legte das Handy zur Seite.

Zunächst sah ich mir die drei Abbildungen an. In einer schmalen Spalte war das Porträt des Toten zu sehen, das ich bereits
kannte. Ein anderes Foto zeigte eine Doppelhaushälfte aus den
Fünfzigern. Mit ihrem spitzen Satteldach, den bunten Blumen-
rabatten im gepflegten Vorgarten, einem Sandkasten und einer
Sitzgruppe auf der Terrasse wirkte sie wie das Sinnbild eines
harmonischen Heims.

Beim Anblick des dritten und größten Fotos musste ich heftig
schlucken. Das Bild gleich unter der Überschrift zeigte Thomas
Schäfer mit Jeans und Poloshirt neben einer braunhaarigen Frau
mit Kurzhaarschnitt und einem rostroten Kostüm. Zwischen
ihnen stand ein Mädchen mit Stupsnase und riesiger Schultüte.
Die Knie durchgedrückt, strahlte sie übers ganze Gesicht. Ein
Familienbild aus glücklichen Tagen, die seit gestern der Vergangenheit angehörten. Frau Schäfer war zur Witwe geworden und
ihre Tochter eine Halbwaise, die ohne ihren Vater aufwachsen
musste.

»Bea, bist du noch dran? Ich habe gleich eine Besprechung.«
Fast hätte ich Gerit vergessen. Ich griff nach dem Handy.»Ja,
bin ich. Ich habe mir die Fotos in deinem Artikel angesehen.«

»Familienidylle pur. Da hat unsere Bildredaktion ganze
Arbeit geleistet.« Das klang, als hätten die Bilder Gerit ebenso

berührt wie mich. »Hat der Kommissar im Gespräch erwähnt, um was für ein Gift es sich handelt?«

»Nein. Dazu hat er nichts gesagt.«

Gerit seufzte. »Schade. Na ja, ich versuche es weiter bei der Pressestelle. Bis bald, Bea. Lass dich nicht provozieren.«

Dieser Rat kam genau rechtzeitig. Als ich die Toilette aufsuchen wollte, hörte ich das typische Absatzklackern von Andrés italienischen Edelslippern näher kommen. Es war zu spät, um zu flüchten. Ich bemühte mich um eine selbstbewusste Miene. André bog um die Ecke. Das Klackklack verlangsamte sich.

»Geh mir aus den Augen, bevor ich dich hochkant hinauswerfe«, zischte er und schaffte es trotz Botox, die Stirn ansatzweise in Falten zu werfen. »Und damit eins klar ist: Du bist ab sofort vom Backen suspendiert. Die Küche ist für dich tabu, verstanden?« Sprach's und stelzte an mir vorbei.

Im Waschraum ließ ich kaltes Wasser über meine Handgelenke laufen. Ich fühlte mich wie ein Mobbingopfer. André kommunizierte gewohnheitsmäßig in Gemeinheiten, das war Alltag in der Agentur. Aber wie eine Verbrecherin behandelt zu werden, verletzte mich sehr. Es gab nur einen Ausweg: Ich musste beweisen, dass ich unschuldig war. Doch wie sollte ich das anstellen?

Bevor ich mich auf den Flur wagte, spähte ich mit eingezogenem Kopf die Umgebung aus. Ich hatte mir einen Kaffee aus der Küche holen wollen. Damit wartete ich besser, bis André zu seinem Termin aufgebrochen war.

»Pst«, kam es aus dem Raum der Kundenberaterinnen.

Pauline zog mich vom Flur und machte mit dem Zeigefinger eine Bewegung an ihrem Hals, als wolle sie jemandem die Kehle aufschlitzen.

»Hab alles mit angehört, falls du ihn verklagen willst und eine Zeugin brauchst.« Sie drückte mich an sich. »Ignoriere diesen Höhlenmenschen einfach. Freu dich lieber, dass du keine Kekse mehr beisteuern musst.«

»Danke fürs Trösten, lieb von dir. Ich hoffe nur, er verhält sich bei der Besprechung auf dem Weingut fair.«

»*Don't worry*, Bea. Nach außen gibt André den Saubermann. Vor allem bei so wichtigen Kunden.«

Nach einer letzten Überarbeitung druckte ich die Pressemeldung über das Weingut ein paarmal aus und legte die Ausdrucke in eine schwarze Ledermappe. Es war bereits kurz vor halb drei. Zu spät, um mich auf das Meeting mit den Keplers vorzubereiten. Jeannettes Autoschlüssel, fiel mir ein. Ob sie noch mit Kommissar Gabriel im Besprechungszimmer war? Wahrscheinlich hatte sie die Befragung längst überstanden und spazierte um den Block.

Ich tauschte meine Sandalen gegen schwarze Sneakers und zog die dunkelgraue Kurzarmbluse über, die ich für spontane Kundentermine in meinem Büroschrank bereithielt. Aus einer Schublade an Jeannettes Schreibtisch nahm ich den Schlüssel für ihren Golf und verließ die Agentur.

Ich reihte mich in den Verkehr auf der B27 ein. Im Stop-and-go fuhr ich am Bopser vorbei hinunter zum Olgaeck und fädelte mich am Charlottenplatz auf die Abbiegespur ein.

Hier unten ballte sich die Hitze, als hätte jemand eine riesige Heizdecke zwischen den Hügeln über den Kessel gespannt. Die Lüftung in Jeannettes altersschwachem Golf blies warmen Dampf ins Wageninnere. Als ich das Seitenfenster herunterkurbelte, fluteten Lärm und Gestank herein. Unser sommerliches Stadtparfüm aus Abgasen, in der Sonne gärendem Müll und Reifenabrieb auf aufgeheizter Straße wurde von Motorendröhnen begleitet. Manche Autofahrer feierten die tropischen Temperaturen mit lauten Bässen und Hip-Hop, oder wie man den Musikstil nannte, bei dem Menschen mit Underdog-Feeling banale Reime ins Mikro grölten.

Am Bahnhof bog ich ab und folgte der Heilbronner Straße stadtauswärts. Das bevorstehende Gespräch mit der Winzerfamilie lag mir im Magen. Es war unsere erste Begegnung seit dem tragischen Ende der Verkostung. Wie würden die Keplers auf den Todesfall und die Presseberichte reagieren?

Auf dem Besucherparkplatz vor dem Weingut stellte ich den

Golf ab und stieg aus. Es war kurz vor drei, dennoch nahm ich mir Zeit, um das großartige Panorama zu bewundern. Gegenüber die filigrane Nadel des Fernsehturms, links davon der Fernmeldeturm auf der sanften Kuppe des Frauenkopfs, im Osten das Neckartal mit seinen romantischen Weinlagen. Im Westen der Birkenkopf, der höchste Punkt des Stadtgebietes, im Volksmund Monte Scherbelino genannt. Nach dem Zweiten Weltkrieg war der Birkenkopf rund vierzig Meter himmelwärts gewachsen wegen des Trümmerschrotts, den man am Gipfel aufhäufte.

Trümmerschrott. Ein passender Begriff für das, was von den Plänen der Agentur für das Weindorf übrig geblieben war. Bestimmt hatte André bei seinem Treffen mit den Keplers schon mit den Aufräumarbeiten begonnen.

Widerwillig riss ich mich von der Aussicht los und lief über den Parkplatz zum Weingut. Im Schatten einer Kiefer stand ein schwarzer Cayenne, Andrés neueste Errungenschaft. Nur wenige Meter dahinter begann der terrassierte Weinberg, durch den ich meine Gruppe gestern geführt hatte.

Unten im Kessel hatte sich, vom Fahrtwind abgesehen, kein Lüftchen geregt. Hier oben in Halbhöhenlage spürte ich zumindest eine leichte Brise im Gesicht. Die saftig grünen Blätter der Weinstöcke raschelten und fächelten den prallen roten Trauben im unteren Bereich der Reben frische Luft zu. Über mir kreiste ein Greifvogel und stieß gellende Laute aus. Plötzlich stoppte er seine Bahn, flatterte im Rüttelflug auf der Stelle und stieß fast senkrecht in den Weinberg hinunter. Als der Greifvogel wieder aufflog und über den Reben an Höhe gewann, erkannte ich etwas braun Geflecktes in seinem Schnabel, das sich hin und her wand. Vielleicht eine Eidechse, die der geschickte Jäger beim Sonnenbad auf einer der Trockensteinmauern überrascht hatte.

Turmfalken gehörten wie Hasen, Füchse und Marder zu den Tieren, die ihren Lebensraum in die Stadt verlegt hatten und Komposthaufen, Mülleimer und Gelbe Säcke als kaltes Büfett nutzten. Bei diesem Falken musste es sich der rotbraunen Kopffärbung nach um ein Weibchen handeln. Das wusste ich deshalb so genau, weil ich letzten Monat ein Präsentations-Booklet für einen Hersteller von Kletterzubehör geschrieben hatte. Teddy hatte dafür ein Logo entworfen, das von der Silhouette eines Falken inspiriert war.

Ich schaute dem Greifvogel über dem Weinberg nach und überlegte, wo er sein Nest haben könnte. Vielleicht ganz in der Nähe. Vor Jahren hatten Turmfalken die Abrissarbeiten an der alten Bahndirektion in der Heilbronner Straße ins Stocken gebracht. Ausgerechnet das Dach dieses Gebäudes hatte sich ein Falkenpärchen zum Brüten ausgesucht und sofort Naturschützer und S21-Gegner auf den Plan gerufen.

»Hallo, Frau Pelzer«, hörte ich eine helle Frauenstimme aus Richtung des Weinguts rufen.

Eine Mitarbeiterin stand auf der Veranda neben dem Eingang und winkte. Es war Brigitte Jonas, eine sympathische Frau Mitte vierzig, die überall aushalf, wo sie gebraucht wurde. Nach dem Rundgang durch den Vorzeige-Weinberg gestern hatte sie uns kalte Getränke serviert.

Der Großteil des Hofes lag in der prallen Sonne und dampfte vor Hitze. Umso angenehmer war es im Schatten der Veranda. An der Fassade des Weinguts rankte eine Glyzinie und breitete sich nach allen Seiten aus. Ihre Blütendolden hingen malerisch über die Veranda herab. Der blauviolette Farbton bildete einen anmutigen Kontrast zum cremeweißen Putz des dreistöckigen Weinguts.

Das Hauptgebäude stammte aus den dreißiger Jahren und erinnerte dank seiner Sprossenfenster, nostalgisch wirkenden Klappläden und der Verkleidung aus rotem Sandstein am Sockelgeschoss an ein idyllisches Weingut im Elsass. Im rechten Winkel zum Hauptgebäude erstreckte sich der Neubau aus den Achtzigern in sachlicher Formensprache. Im Erdgeschoss lag der Verkostungsraum, darunter befanden sich Weinkeller und Lagerräume.

Vor der zweiflügeligen Glastür luden weiß lackierte verschnörkelte Metallstühle und runde Tische inmitten eines Blütenmeers zum Verweilen ein. Riesige rosa und weiß blühende Oleanderbüsche, Rosenbäumchen mit roten und weißen Blüten und knorrige Olivenbäume in Tontöpfen verliehen dem terrassenartigen Platz ein südländisches Flair. Ein kleines verborgenes Paradies inmitten des eng mit Villen und repräsentativen Verwaltungsbauten zugepflasterten Kriegsbergs.

»Herrlich, diese Blütenpracht«, sagte ich zu Brigitte Jonas und zeigte hinauf zur Glyzinie, deren Blütendolden wie ein farbiger Vorhang wirkten.

Sie folgte meinem Blick und schirmte ihre Augen mit der Hand vor der Sonne ab. »Ja, nicht wahr? Dieses Jahr fällt die zweite Blüte fast noch üppiger aus als die erste. Das sind die erfreulichen Begleiterscheinungen des Klimawandels.« Sie wies zum Neubau auf der anderen Seite des Hofes. Das Lächeln verschwand aus ihrem Gesicht. »Herr Hohlberg und die Brüder sind im Verkostungsraum. Frau Kepler wollte nachher mit dem Senior dazustoßen, sobald der Physiotherapeut mit den Gehübungen fertig ist. Ich bringe Ihnen gleich eine Erfrischung hinüber.« Sie verschwand im Hauptgebäude.

Anton Kepler, der neunundsechzigjährige Besitzer des Weinguts, hatte einen Schlaganfall erlitten, von dem er sich nur langsam erholte. Ich mochte den gutmütigen alten Herrn, der nie ohne seine schwarze Baskenmütze aus dem Haus ging und zu jeder seiner Trauben eine innige persönliche Beziehung zu pflegen schien. Schon vor Jahren hatte der Witwer seine Söhne Hannes und Tobias in die Leitung des Familienunternehmens eingebunden und die meisten Weinberge unter den Brüdern aufgeteilt. Jeder hatte seinen eigenen Bereich, und das war gut so. Die Brüder unterschieden sich nicht nur in Aussehen und Temperament, sondern auch in ihren Ansichten über die Zukunft des Weinguts.

Als abzusehen war, dass die Folgen des Schlaganfalls Anton Kepler dauerhaft beeinträchtigen würden, hatte er seinen Rückzug aus dem Weingut angekündigt. Seine Hoffnung, diese Entscheidung würde die Söhne zusammenschweißen und ihre Streitigkeiten beenden, wurde enttäuscht. Der jüngere Sohn Tobias wollte nach den Weinbergen, die sein Vater ihm bereits zugesprochen hatte, auch den Vorzeige-Weinberg neben dem

Parkplatz auf Bioanbau umstellen und aus dem Weingut ein mustergültiges ökologisches Unternehmen machen. Seinem Bruder Hannes Kepler lag vor allem der Umsatz am Herzen. Sein Ziel war es, sich im Premiumbereich anzusiedeln und mehr Kunden zu gewinnen, die bereit waren, für Qualität angemessene Preise zu bezahlen. Die zukünftige Ausrichtung des Weinguts war Chefsache. Dennoch hatte ich mitbekommen, dass Hannes Kepler auf dem oberen Bereich des Weinbergs eine Vinothek plante, um die einmalige Panoramalage noch besser zu promoten.

Vom süßlichen Duft der Glyzinienblüten und dem Summen und Brummen der daran naschenden Bienen und Hummeln begleitet, hielt ich auf den Neubau zu. Die Glastür stand wenige Zentimeter offen. Männerstimmen drangen nach draußen.

»Du mit deinem Ökotripp«, höhnte jemand mit tiefer Stimme. »Du willst alles auf den Kopf stellen. Aber wer garantiert uns, dass deine Bioweine auch gefragt sind?«

»Es gibt keine Garantie, das weißt du genau, Hannes.« Das war Tobias, sein Bruder. »Aber bei meinen Weinbergen stimmt der Umsatz. Wir mussten den Boden drei Jahre lang umstellen und hatten Verluste. Aber dieses Jahr sind die Verkaufszahlen gut, und wie du weißt, ist mein Trollinger mit einem Preis ausgezeichnet worden.«

Wie so oft stritten die Brüder darüber, wie es mit dem Weingut weitergehen sollte. Ihre Auseinandersetzungen umfassten von sachlichen Gesprächen bis zu lautstarkem Gebrüll alle Tonarten. Sollte ich mich in die Höhle der Löwen wagen oder abwarten, bis sich die Lage beruhigt hatte?

Mittlerweile war es kurz nach drei. Mehr Verspätung wollte ich nicht riskieren. Am besten, ich hielt mich aus allen Konflikten raus und kümmerte mich nur um die morgige Verkostung und den Pressetext.

Beherzt zog ich die Glastür auf. Im Vergleich zu den tropischen Temperaturen draußen war die Luft im Verkostungsraum angenehm kühl.

Auch im Inneren war der Neubau sachlich und modern gehalten. Steinboden, quadratische Fenster ohne Vorhänge, korallenrot getünchte Wände und helle Ahornmöbel im skandinavischen Stil prägten die angenehm zurückhaltende Atmosphäre. An einem der Tische saßen vier Männer. Vor ihnen lagen farbige Ausdrucke. Ob das Teddys Anzeigenserie war?

Wie ein Schlichter thronte André zwischen den beiden Brüdern an den Stirnseiten. Mit dem Rücken zu mir saß ein beleibter Mann im karierten Kurzarmhemd. Er lehnte sich über den Tisch und studierte die Ausdrucke. Die Ellbogen waren nach beiden Seiten ausgestreckt, als wolle er sich die Streithähne vom Leib halten. Das war Werner Schmälzle, der Kellermeister des Weinguts. Von einem Rundgang durch den Weinkeller abgesehen, hatte ich bislang nur wenig mit ihm zu tun gehabt. Wie er sich im Streit der Brüder positionierte, wusste ich nicht.

»Tobias, Hannes«, sagte André und hob die Hände in einer beschwichtigenden Geste. »Eure Planungen in allen Ehren, aber im Moment haben wir andere Probleme. Die Polizei wollte sich nicht auf einen konkreten Termin festlegen, aber ich schätze, wir können die Laube auf dem Weindorf frühestens am Wochenende wieder nutzen. Bis dahin brauchen wir einen Plan B.«

Hannes Kepler wischte sich über die Stirn und atmete hörbar aus. »Du hast recht, André. Wir sitzen in der Scheiße, um es deutlich zu sagen. Warum musste das ausgerechnet bei uns passieren?«

»Ist das deine einzige Sorge?« Sein Bruder schüttelte den Kopf. »Du hast aber schon mitbekommen, dass einer der Männer gestorben ist? Wichtig ist nur, dass die Polizei herausfindet, wie das geschehen konnte. Die paar Tage ohne Weinlaube werden wir verkraften.«

»Du hast gut reden, Tobias. Deine zwei Bioweine machen nur einen kleinen Teil unseres Sortiments aus. Wir haben den Umsatz auf dem Weindorf fest eingeplant.« Hannes Kepler trommelte mit den Fingern auf den Tisch und sah vor sich ins Leere.

»Als eure Werbeagentur sorgen wir dafür, dass die Verkostungen weiterhin stattfinden können. Für morgen haben wir bereits eine Alternative«, erklärte André mit zufriedenem Gesichtsausdruck. »Wir bringen die Kunden nach der Stadtführung mit einem Bus aufs Weingut und nutzen diesen repräsentativen Raum hier. Oder die Verkostung findet draußen statt, wenn das Wetter stabil bleibt. Einverstanden?« Als er von Bruder zu Bruder sah, entdeckte er mich an der Tür. »Eben ist Frau Pelzer eingetroffen. Mit ihr stimmen wir die Details ab.«

Nach einmal Rundum-Händeschütteln ließ ich mich auf dem freien Stuhl neben Kellermeister Schmälzle nieder und holte die Ledermappe heraus.

»Auf Wunsch von Herrn Hohlberg habe ich einen Pressetext entworfen«, begann ich meine diplomatische Mission und verteilte die Ausdrucke an die Kepler-Brüder, den Kellermeister und André. »Damit heben wir uns von der negativen Berichterstattung ab.«

Die Männer vertieften sich in meinen Text. Räuspern und Papierrascheln waren die einzigen Geräusche im Raum, solange ich auf Feedback wartete.

André war als Erster fertig. Mit unbewegter Miene lehnte er sich auf der Bank zurück und verschränkte die Arme vor der Brust. Fand er den Text nicht gut, oder wollte er die Meinung seiner Kunden abwarten? Seine Mimik verriet mir nichts.

Hannes Kepler legte das Blatt aus der Hand und kratzte sich am Kopf. »Tja, das klingt alles ganz nett. Aber ich weiß nicht recht.« Er verstummte kurz. »Dadrin geht es nur um unsere Familientradition und die Weine. Was ist mit der Verkostung gestern und dem Mann, der im Krankenhaus gestorben ist? Dazu müssen wir doch was sagen. Ich meine, es war unsere Laube, und wir waren alle dabei. Oder, Tobias, wie siehst du das?«

Der jüngere Kepler-Bruder nickte. »Furchtbar, was gestern passiert ist. Ich habe ein Bild seiner Familie in der Zeitung gesehen. Das will mir nicht aus dem Kopf gehen.«

»Wir alle bedauern diesen Todesfall zutiefst, das muss ich nicht extra betonen.« André faltete die Hände ineinander, als wollte er ein Gebet für den Toten sprechen. »Aber ich rate dringend, dazu vorerst keine Stellung zu beziehen. Was genau sollten wir auch sagen? Ich habe heute Morgen lange mit dem Kommissar gesprochen.« Er legte eine rhetorische Pause ein, um seine Worte wirken zu lassen. »Die Ermittlungen stehen noch am Anfang. Es gibt keinerlei Verdachtsmomente.«

Hätte ich ihn nicht länger gekannt, wären meine Augen so groß wie Unterteller geworden. Dieser Wichtigtuer spielte sich auf, als wäre er ein enger Vertrauter von Kommissar Gabriel und wüsste über jeden Schritt der Mordkommission Bescheid. In einem Punkt hatte er allerdings recht. Die Ermittlungen hatten erst begonnen. Aber nach der Befragung durch den Kommissar wusste ich, dass es durchaus Verdachtsmomente gab. Gegen mich zum Beispiel. Außerdem war klar, dass nicht die Hitze oder verdorbenes Essen den Tod des Mannes verursacht hatten. Sondern ein Gift. Um welches Gift es sich auch handelte und auf welchem Weg er die Substanz aufgenommen hatte – es war nicht von allein passiert.

Hannes Kepler sah zu mir. »Frau Pelzer, Sie haben diesen Text verfasst. Wie stehen Sie dazu?« Er trug ein einfarbiges dunkelgraues Poloshirt. Das war ungewöhnlich. Meist traf man ihn in karierten Hemden an, die auch Kellermeister Schmälzle zu tragen pflegte.

»Nun ja«, sagte ich. Wie sollte ich mich am besten ausdrücken? »Eine Stellungnahme zu den Ereignissen in Ihrer Laube steht Ihnen selbstverständlich offen. Das hier«, ich zeigte auf den Ausdruck vor mir, »erfüllt einen anderen Zweck. Es ist reine Werbung für Ihr Weingut. Dafür haben Sie uns engagiert.«

In meinen Ohren klang das gut. Zupackend und dynamisch, wie André es immer forderte. Was er von meinem Statement hielt, konnte ich an seinem Pokerface nicht ablesen.

»So, eine Erfrischung für euch.« Brigitte Jonas trat mit einem Tablett voller Gläser und Flaschen in den Raum. »Mineralwasser aus dem Kühlschrank und ein Weißherbst vom Cannstatter Zuckerle, ebenfalls gut gekühlt, wer mag.« Sie verteilte die Gläser und stellte eine Flasche Trollinger auf eine freie Fläche in der Tischmitte. Dann klemmte sie das Tablett unter den Arm und schaute über Hannes Keplers Schulter auf das Blatt vor ihm. Sie deutete auf das Bild von Anton Kepler im Weinberg. »Eine tolle Aufnahme. Man erkennt, wie sehr er seine Trauben liebt.«

»Du, Brigitte.« Hannes sah hoch. »Die Laube auf dem Weindorf ist vorläufig versiegelt. Wir verlegen die Verkostung morgen Mittag hierher zu uns. Hast du Zeit? So gegen sechzehn Uhr. Für voraussichtlich zehn Gäste.«

»Freilich.« Brigitte Jonas tätschelte Hannes Kepler die Schulter. »Auch ein paar schwäbische Tapas dazu?«

Hannes Kepler sah zu André. Dieser nickte und leckte sich die Lippen, als liefe ihm bei der Vorstellung von Maultaschenspießen und Flädleröllchen das Wasser im Mund zusammen. »Das wäre grandios, Frau Jonas.«

»Was für Weine werdet ihr ausschenken? Wie üblich zuerst der Riesling, anschließend der Trollinger –«

»Nein, nein, Brigitte.« Hannes Kepler unterbrach sie energisch. »Wir nehmen andere Weine als gestern. Was schlagen Sie vor, Herr Schmälzle?«

Der Kellermeister neigte abwägend den Kopf. »Als Erstes den Sauvignon Blanc aus Untertürkheim. Danach den Müller-Thurgau vom Zuffenhäuser Berg, trocken ausgebaut. Oder den Rosé vom Acolon.« Er brach ab, als es an der Glastür rumpelte.

Hinter der Scheibe war ein älterer Herr mit Baskenmütze zu sehen, der seinen Fuß anhob und sich vergeblich mühte, ihn über die Türschwelle zu bekommen.

Maja Kepler stand hinter ihm und beobachtete seine Bemühungen. Als sie merkte, dass er es nicht allein schaffte, hakte sie ihren Schwiegervater unter und half ihm, das Hindernis zu überwinden. »So, immer rein in die gute Stube, Anton.«

Bedächtig setzte der Senior einen Fuß hinter die Schwelle und stützte sich auf den Holzstock in seiner Rechten. Seine Stoffhose war ihm deutlich zu weit und wurde von Hosenträgern gehalten.

»Schau, Anton, da bekommen wir was zu trinken. Setz dich zu dem netten Herrn André auf die Bank.« Maja Kepler lotste ihn zur Sitzbank und stützte seinen Arm, während er sich plumpsen ließ. Sie blieb neben ihm stehen und stemmte die Hände auf die Hüften. »Puh, wir haben eine halbe Stunde lang

Treppen steigen mit dem Physiotherapeuten geübt. Anton hat das prima gemacht, aber er ist müde. Trotzdem wollte er kurz bei euch reinschauen.«

Anton Kepler zeigte keine Regung. Meinem Eindruck nach waren ihm Maja Keplers Worte peinlich. Das wunderte mich nicht. Bis vor Kurzem hatte alles auf sein Kommando gehört, und nun war er schon bei Alltäglichem auf die Hilfe von anderen angewiesen.

Der Patriarch hob die Baskenmütze an und fächelte sich damit Luft zu. »Heiß heute«, sagte er und nickte. »Gut für unsere Trauben. Gibt Aroma und Oechsle.«

Die Männer am Tisch stimmten murmelnd zu. Brigitte Jonas goss Mineralwasser in ein Glas und schob es zu Anton Kepler. Der winkte ab und machte eine Geste zum Trollinger. Ihm stand der Sinn nach Alkoholischem.

»Anton, du sollst doch keinen Wein trinken«, ermahnte ihn Maja Kepler in strengem, aber liebevollem Ton. »Wegen der Medikamente, hat der Arzt gesagt.«

Anton Kepler blieb standhaft und deutete so lange auf den Weißherbst, bis sie nachgab und ihm zwei Fingerbreit in ein neues Glas einschenkte. Zufrieden betrachtete er das zarte Himbeerrot und hob sein Glas. »*Santé.*«

Alle folgten seinem Beispiel und nahmen einen Schluck. André und Schmälzle hatten sich für den Wein entschieden, wir anderen tranken Wasser.

Nach einem zweiten Schluck machte André Schmatzgeräusche und leckte sich die Lippen. »Exzellent, diese frische Leichtigkeit. Genau das Richtige im Sommer. Nun, wir waren dabei, den Artikel, den Frau Pelzer für die Pressearbeit geschrieben hat, zu prüfen. Maja, willst du auch drüberlesen?«

Maja Kepler warf ihm einen fragenden Blick zu und wies mit dem Kinn unauffällig zu ihrem Schwiegervater. André deutete ein Kopfschütteln an.

Über dem Tisch lastete ein Schweigen, das sich anfühlte, als schwinge darin eine Menge mit.

Erst mit Verspätung fiel bei mir der Groschen. Die Keplers

hatten Anton das abrupte Ende der Verkostung bisher verschwiegen, ebenso den Tod eines ihrer Gäste. Und sie wollten, dass es dabei blieb.

»Nun, Anton, wie geht es Ihnen? Was macht die Gesundheit?«, erkundigte sich André und setzte die schleimerische Miene auf, mit der er Kunden einwickelte. Während er erneut mit Anton Kepler anstieß und das feine Bukett lobte, griff Maja Kepler nach dem Textentwurf, der vor ihrem Mann lag. Sie überflog ihn, biss sich auf die Unterlippe und legte das Blatt kommentarlos auf den Tisch zurück. Dann winkte sie Brigitte Jonas, die das leere Tablett unter den Arm klemmte und den Raum verlassen wollte.

»Brigitte, bist du so gut und bringst Anton ins Haus? Es ist Zeit für seinen Mittagsschlaf. Nach den anstrengenden Übungen braucht er eine Pause.«

Besonders begeistert war Anton Kepler darüber nicht. Er stellte sein Glas geräuschvoll auf den Tisch und sah zu seinem Ältesten und zu Tobias. »Bald ist mein Geburtstag.« Er hob das Kinn. »Bei dem Fest werde ich bekannt geben, wer mein Nachfolger wird.«

Neben mir atmete Kellermeister Schmälzle durch. Hannes Keplers Kiefer malmten aufeinander. André wiederum wirkte sehr zufrieden, als hätte er alles genau so geplant. Hatte er womöglich davon gewusst?

Anton Kepler griff nach seinem Stock und versuchte aufzustehen.

»Komm, ich helfe dir.« Brigitte Jonas zog ihn von der Bank hoch. »Ich bringe dich ins Haus. Das Arbeiten überlassen wir den Damen und Herren hier.«

An der Glastür drehte sich Kepler noch einmal um und hob die Hand zum Abschied an seine Mütze. Diesmal schaffte er die Türschwelle im ersten Anlauf und trat mit Brigitte Jonas auf den Hof.

Als die beiden den Raum verlassen hatten, herrschte Stille. Kein Wunder nach dieser überraschenden Ankündigung. Bereits zu Beginn der Zusammenarbeit mit Andrés Agentur hatte

Anton Kepler erklärt, die Geschäftsführung bald abgeben zu wollen. Einen genauen Zeitpunkt hatte er jedoch nicht genannt. Vielleicht in der Hoffnung, er würde sich mit Hilfe der Ärzte und Therapeuten gänzlich von den Folgen des Schlaganfalls erholen. Inzwischen konnte er sich wieder klar artikulieren, aber seine linke Körperseite war noch immer beeinträchtigt. Dies war womöglich nicht der einzige Grund für seine Entscheidung. Vielleicht hatte er genug von den Auseinandersetzungen zwischen seinen Söhnen, unter denen die Mitarbeiter des Weinguts ebenso wie unser Agenturteam litten.

»Davon hat er uns kein Wort gesagt«, sagte Hannes Kepler, dem die Verwunderung anzuhören war. Er schenkte sich Wein ein und nahm gleich mehrere Schlucke hintereinander. Nach einem Blick zu seinem Bruder und zu seiner Frau sagte er: »Aber ich denke, der runde Geburtstag ist ein guter Zeitpunkt. Danach wissen wir endlich, woran wir sind.«

Maja Kepler stimmte ihm zu. »Bin ganz deiner Meinung. Jetzt verstehe ich, warum er unbedingt bei euch vorbeischauen wollte. Die Gehübungen haben ihn angestrengt, aber er hat es sich einfach nicht nehmen lassen, hierherzukommen.«

»Ich sehe es ähnlich wie du, Hannes«, sagte André. »Wenn die Entscheidung über die Zukunft des Weinguts gefallen ist, können wir durchstarten. Selbstverständlich völlig unabhängig davon, wer sein Nachfolger wird«, setzte er rasch hinzu und sah zu Tobias Kepler. »Wir als eure Werbeagentur wollen nur das Beste für das Weingut und euch mit zielgenauen Marketingmaßnahmen unterstützen. Die Vorbereitungen für das Geburtstagsevent laufen bereits auf Hochtouren. Antons Rede planen wir im Programm ein.« Ein Wink zu mir verdeutlichte, wer dafür zuständig war.

Maja Kepler ließ sich an dem Platz nieder, an dem Anton gesessen hatte. »Wisst ihr, eine richtige Rede wird es nicht werden. Dafür reicht seine Kraft nicht mehr. Trotzdem sollte seine Entscheidung der Höhepunkt des Festes werden. Das sind wir ihm schuldig nach allem, was er für unsere Familie getan hat.« Sie zog das Blatt mit meinem Text zu sich, das sie vorhin überflogen hatte. »Wenn das als Zeitungsartikel gedacht ist, sollten wir auf das Fest am Sonntag hinweisen.«

»Maja, dafür haben wir einen größeren Artikel in den wichtigsten Tageszeitungen geplant.« André nutzte die Gelegenheit, sich als Macher darzustellen. »Wir sind bereits in Kontakt mit einer Redakteurin, die sehr an einem Interview mit Anton interessiert ist. Selbstverständlich wird sie sich nach unseren Wünschen richten. *Génial!*«

Von diesem Interview hörte ich zum ersten Mal. Hatte Gerit direkt mit André verhandelt und sich im Gegenzug für unsere Anzeigenstrecke dieses Exklusivinterview mit dem Jubilar gesichert? Es schien so. Wenn ein bekannter Stuttgarter Winzer sein Weingut nach vierzig Jahren an die nächste Generation übergab, war das ein gefundenes Fressen. Vor allem, wenn dabei eine Reihe von Anzeigen heraussprang.

Nach wenigen Änderungen gaben die Keplers meinen Entwurf frei. Der nächste Punkt auf der Tagesordnung war der Ablauf der Verkostung morgen.

»Kannst du mit der Weinprobe allein beginnen, André, falls ich es nicht rechtzeitig schaffe?«, bat Hannes Kepler. »Ich habe einen Termin bei der Bank und anschließend beim Architekten, das könnte länger dauern.« Er legte seiner Frau die Hand auf den Arm. »Hilfst du Brigitte bei der Bewirtung?«

Maja Kepler wirkte verärgert. »Eigentlich wollte ich dich begleiten. Ich dachte, du hättest die Besprechungen verschoben?«

»Diese Woche war leider kein anderer Termin mehr frei. Da Vater seine Entscheidung bald bekannt geben will, sollten wir uns unbedingt beraten lassen.«

»Na gut. Ich rede mit Brigitte, ob sie die Bewirtung allein schafft. Sie sind ja auch dabei, Frau Pelzer, und können ihr zur Hand gehen.« Maja Kepler sah zu André. »Es gibt schwäbische Tapas, das habt ihr mit Brigitte besprochen. Und bitte kein Weingelee mehr. Nach dem, was gestern passiert ist, sollten wir es von der Karte nehmen. Und den Verkauf stoppen. Ich kann mir zwar nicht vorstellen, dass es an unserem Gelee lag, aber besser, wir gehen auf Nummer sicher.«

»Was eure Produkte angeht, hast du das Sagen, Maja. Ich bin auch dafür, das Gelee vorerst nicht mehr anzubieten. Das gilt ebenso für das Gebäck. Ab sofort servieren wir …« Er schürzte die Lippen. »Wie wär's mit Butterbrezeln? Oder frischem Weißbrot mit Oliven? Das wurde auf dem Weingut in Südfrankreich gereicht. Harmonierte fabelhaft mit den gehaltvollen Weinen.«

»Eine super Idee, das mit den Oliven«, sagte Tobias Kepler. »Zu unseren kräftigen Roten kann ich mir das gut vorstellen.«

»Schon, Tobias, aber für die Oliven brauchen wir Besteck«, sagte Maja Kepler. »Sonst werden die Gläser ölig. Das ist unästhetisch.«

Wenig später war entschieden, welche Snacks und Weine es geben würde. Auf die Oliven wollten die Keplers verzichten und lieber verschiedene Brotsorten und salzlose Kräcker reichen.

»*Très bien.* Für heute wäre alles geklärt.« André trank den Rest aus seinem Glas. Er war im Begriff aufzustehen, als Maja Kepler einen Vorschlag machte.

»Was haltet ihr davon, wenn wir auf andere Produkte ausweichen? Weg von den Lebensmitteln. Wir könnten zum Beispiel Seife aus Rotwein anbieten oder Shampoo.«

»Das ist dein Bereich, Maja, da mische ich mich nicht ein«, entgegnete Tobias.

»Gute Idee.« André rieb sich die Hände. »Hauptsache, wir bringen die Produkte zeitnah in den Handel. Wir stellen dafür Rezepte zusammen und testen sie bei uns in der Agentur, bevor wir eine Manufaktur beauftragen.«

Ich ahnte, an wem diese Aufgabe hängen bleiben würde.

Pauline hatte recht behalten. Im Beisein der Keplers hatte sich André halbwegs fair verhalten, abgesehen von den zusätzlichen Jobs, die er mir eingebrockt hatte. Ich überlegte, ob ich unsere neue Praktikantin aus der Grafik mit den Recherchen beauftragen sollte. Die Grafikdesigner gaben kreative Aufgaben ungern aus der Hand, und so war Loretta, abgesehen von Handmusterbasteln, Farbmuster-Heraussuchen und Kaffeeholen, unterbeschäftigt.

Den ganzen Tag über hatte ich wegen der Hitze Unmengen getrunken. Meine Blase drückte. Ich benutzte die Toilette neben dem Verkostungsraum und spritzte mir kaltes Wasser ins Gesicht. Als ich zurückkehrte, waren alle verschwunden. Zeit für eine Pause. Der Hof war erfüllt vom Brummen der Insekten und dem Duft der blühenden Pflanzen in den Tontöpfen. Die schattige Idylle unter den Oleanderbüschen sah verlockend aus. Aber vielleicht geisterte André noch auf dem Weingut umher. Beim Nichtstun erwischt zu werden, war zu riskant. Ich ging über den Hof auf das Hauptgebäude zu. Auf der glyzinienüberwucherten Veranda saß ein etwa vierzehnjähriges Mädchen mit wilden braunen Locken im Schatten. Das war Julie, die Tochter von Hannes und Maja Kepler. Wir hatten uns beim ersten Treffen mit der Familie und den Mitarbeitern kennengelernt.

Das Mädchen stützte die nackten Füße auf das Geländer und löffelte Erdbeeren mit Sahne aus einer Glasschüssel in ihrem Schoß. Eine grau gefleckte Katze strich mit erhobenem Schwanz um die Stuhlbeine und miaute jämmerlich, als würde sie verhungern. Julie nahm eine ordentliche Portion Sahne auf den Löffel und streckte ihn der Katze hin. Das Tier legte die Pfoten auf ihren Oberschenkel, machte sich lang und leckte die Sahne genüsslich ab. Obwohl ich gute fünf Meter entfernt war, hörte ich das Schnurren des Stubentigers. Als Julie mich sah, legte sie den Zeigefinger auf ihren Mund.

Ich winkte ihr zu.»Keine Sorge, das bleibt unser Geheimnis.«

Inzwischen war die Schwüle fast unerträglich. Allein vom Laufen brach mir der Schweiß aus. Auf dem Parkplatz wurde Jeannettes Golf von der prallen Sonne gebraten. Darin würde ich schmelzen.

Neben mir wurde ein Motor angelassen. Ein tiefes Röhren erfüllte den Parkplatz. Es kam von Andrés Cayenne. Dessen Lack saugte die Sonnenstrahlen auf wie ein schwarzes Loch, aber das Luxusgefährt verfügte über eine Lüftungsanlage, die diesen Namen verdiente.

Als André aufs Gas trat, sprang ich aus seiner Reichweite. An das Gute im Menschen glaubte ich nach wie vor, aber nicht mehr an das Gute in Agenturchefs. Vor allem nicht, wenn sie mit Nachnamen Hohlberg hießen.

Mit dem Porsche-typischen satten Sound, der auf den Straßen dieser Stadt oft zu hören war und die meisten Menschen in Ekstase versetzte, rollte das Ungetüm zur Ausfahrt. Eben bog ein silberfarbenes Cabrio von der Birkenwaldstraße ab und steuerte auf den Parkplatz. André rangierte zur Seite. Als er das Cabrio mit dem Stern auf der Motorhaube passierte, hob er die Hand und grüßte den Fahrer. Der hob lässig wie ein Biker die Finger vom Lenkrad und erwiderte die Geste.

Der Mercedes kam näher. In dem silbernen Lack spiegelte sich das Sonnenlicht und blendete mich. Als ich den Fahrer sah, traute ich meinen Augen nicht. Schlank und drahtig, schmales Gesicht, sandfarbenes Haar. Hellblaues Hemd mit zurückgeschlagenen Manschetten, eine teure Uhr. In mattem Stahl umrandete Sonnenbrille in angesagtem Vintagedesign. Der Mann wartete, bis André abgebogen war, und fuhr im Schritttempo auf den frei gewordenen Parkplatz neben der Kiefer.

Ich blieb wie festgenagelt stehen. Der Fahrer schwang seine langen Beine aus dem Cabrio und stieg aus. Nein, ich hatte mich nicht getäuscht. Einen Moment geriet ich in Panik und erwog, in den Weinberg zu flüchten. Aber das wäre albern gewesen. Der Fahrer hatte mich längst gesehen.

Es war niemand anders als Georg, mit dem mich bis vor ein paar Monaten eine intensive, wenn auch wechselhafte Beziehung verbunden hatte. Nach einem formvollendeten Heiratsantrag in einem Grandhotel am Canal Grande, den ich ignoriert hatte, und einer Affäre seinerseits hatten wir uns aus den Augen verloren. Seitdem lag unsere Beziehung auf Eis. Vielleicht gehörte sie sogar der Vergangenheit an, denn in der Zwischenzeit hatte sich Georg einer Kollegin aus seinem Bankhaus zugewandt.

Er nahm ein dunkelgraues Jackett vom Rücksitz, das zu seiner Anzughose passte und aus ihm den erfolgreichen Banker Dr. Georg Bergmann von der Stuttgart Bank machte. Falls er über unsere unerwartete Begegnung erstaunt war, überspielte er es. Er schloss seinen Wagen ab, warf das Jackett salopp über die Schulter und kam auf mich zu. Im Gehen nahm er die Sonnenbrille ab und musterte mich mit seinen hellgrünen Augen. »Was für eine schöne Überraschung«, sagte er und lächelte mich an. Um seine Augen bildete sich ein feines Netz aus Fältchen, das ihm gut stand. »Bea, du bist genauso hübsch wie in meiner Erinnerung.«

Wie charmant Georg sein konnte, hatte ich vergessen. »Und du bist immer noch ein Gentleman.« Ich spürte, wie meine Wangen heiß wurden. Wenigstens klang meine Stimme halbwegs normal. »Und außerdem ein souveräner Lügner. Ich hab wenig Schlaf bekommen und fühle mich grauenhaft.«

Er zog einen Mundwinkel hoch. »Daraus schließe ich, du arbeitest noch in dieser Werbeagentur in der Weinsteige?«

Mit einem Schulterzucken näherte ich mich Jeannettes Golf. »Willst du deinen Weinvorrat aufstocken?« Georg hatte ein Faible für Weißwein.

»Eine verlockende Idee, aber ich bin geschäftlich hier.« Er deutete auf den grünen Golf. »Neues Auto?«

»Neu ist der auf keinen Fall.« Ich musste lachen. Jeannettes Wagen hatte noch mehr Jahre auf dem Buckel als mein Corsa. »Eher ein Oldtimer. Er gehört Jeannette.«

»Aha. Und was machst du hier? Hast du neuerdings deine Leidenschaft für Wein entdeckt?«

In seiner Frage schwang keinerlei Spott mit, was mich freute. Aus unserer gemeinsamen Zeit wusste Georg, wie wenig ich von Wein verstand. »Nein, oder sagen wir, ich beschäftige mich damit erst in letzter Zeit. Beruflich, meine ich. Mein Agenturchef hat einen dicken Fisch an Land gezogen.« Ich wies mit dem Kopf auf das Weingut. »Frag mich nicht, wie er das eingefädelt hat. Du weißt ja, André ist der Houdini der Kundenakquise. Du machst also Geschäfte mit den Keplers?«

Georg trat ein paar Schritte auf mich zu und verkürzte die Distanz zwischen uns wieder. »So könnte man es sagen. Ich bin Kundenberater des Weinguts und habe gleich einen Termin mit

Tobias Kepler.« Er stockte und fasste sich an die Stirn. »Ach, Bea, entschuldige. Wie dumm von mir.« Seine Stimme bekam einen ernsten Ton. »Ich habe heute Morgen von dem Unglück auf dem Weindorf in der Zeitung gelesen. Und dass es ausgerechnet deine Agentur war, die diese Verkostung organisiert hat. Du musst dich schrecklich fühlen.«

Von einer Sekunde auf die andere verflog meine Souveränität, und ich war kurz davor, in Tränen auszubrechen. Den ganzen Tag über hatte ich mich beherrscht, und ausgerechnet bei Georg verlor ich die Nerven. Das musste an der Vertrautheit liegen, die uns einmal verbunden hatte. Bei ihm hatte ich nie die Starke spielen müssen. Er kannte meine Schwächen und hatte mich oft getröstet und wieder aufgebaut, wenn ich Ärger in der Agentur hatte oder mit meiner Mutter aneinandergeraten war. Ich biss mir auf die Lippen und zog die Nase hoch, um die Tränen aufzuhalten.

»Bea, das tut mir leid. Warst du dabei, als …« Er brach ab und legte mir die Hand auf den Arm.

Die Wärme seiner Berührung ging mir durch und durch. Dennoch ließ ich mir nichts anmerken. »Bei der Verkostung habe ich ausgeholfen, ja. Es fühlte sich wie ein Alptraum an. Und als ich erfahren habe, dass einer der Männer gestorben ist …« Ich schluckte heftig.

Noch immer berührte Georg mich am Arm. »Du hast mein Mitgefühl, Bea. Wenn ich dir irgendwie helfen kann, lass es mich wissen.«

»Danke, das ist lieb von dir.« Ich wischte eine Träne weg, die sich nicht hatte aufhalten lassen, und überlegte, ob ich ihm von Andrés Beschuldigungen erzählen sollte.

Etwas hinter mir lenkte seine Aufmerksamkeit ab. Er beschirmte die Augen mit der Hand und sah in den Himmel. »Ist das ein Falke?«

Über uns entdeckte ich den Greifvogel. »Ja. Den habe ich vorhin beobachtet. Er hat sich eine Eidechse von einer Trockensteinmauer geholt. Besser gesagt, sie. Das ist ein Weibchen.« Der Falke zog direkt über uns seine Kreise.

»Wundervolles Tier«, sagte Georg leise. Der Druck seiner Hand auf meinem Arm verstärkte sich.

Unsere Blicke begegneten sich, und wir sahen uns wortlos an. In meinem Inneren regte sich etwas. Es war nur eine kleine Bewegung, irgendwo in der Nähe meines Herzens, aber sie überraschte mich. War da noch ein Rest von Gefühl zwischen uns?

Es war Georg, der sich als Erster abwendete. Er sah dem Falken hinterher, der zum Weinberg flog, und löste seine Hand von meinem Arm. »Ich muss los, Bea. Tobias wartet auf mich.«

»Ja, natürlich.« Ich straffte die Schultern und trat zum Golf.

»Also. Mach's gut, Georg.«

»Du auch, Bea. Melde dich, wenn ich etwas für dich tun kann.« Sein Mundwinkel zuckte. »Ein Crashkurs in Sachen Weißwein zum Beispiel.«

»André würde es bestimmt begrüßen, wenn ich ihn nicht mehr dauernd blamierte.«

»Du hast ja meine Nummer. Ruf an, wenn du Unterstützung brauchst.« Er hob die Hand und drehte sich um.

Ich holte den Schlüssel aus meiner Tasche und öffnete die Fahrertür. Aus dem Golf stieg Saunahitze auf und versengte mir fast das Gesicht. Nachdem ich alle vier Türen und die Heckklappe sperrangelweit geöffnet hatte, schaute ich wie beiläufig zum Weingut. Georg war nicht mehr zu sehen.

Zurück in der Agentur, klebte die Bluse wie eine nasse zweite Haut an meinem Rücken. Das durchgeschwitzte Teil muffelte nach Stress und Schweiß. Heute Abend musste ich sie rauswaschen und für den nächsten Sondereinsatz im Büroschrank deponieren.

Nach einer Katzenwäsche in der Damentoilette ging ich in den Raum, den Jeannette und ich uns teilten. Sie saß am Rechner und postete Fotos der neuen Etiketten, die Teddy für die Bioweine von Tobias Kepler entworfen hatte, auf der Facebook-Seite des Weinguts.

»Ist André in der Agentur?«, fragte ich, während ich die Bluse in meine Umhängetasche schob und das T-Shirt von heute Morgen wieder überzog. »Ich brauche eine Dosis Koffein, aber er hat mir verboten, die Küche zu betreten.«

»Und das lässt du dir bieten? Kaffee ist ein Menschenrecht.« Jeannette griff mit gespielt empörtem Gesichtsausdruck zum Hörer unseres Festnetztelefons. »Soll ich Amnesty International einschalten?«

»So schlimm ist es nicht. Könntest du mir einen Cappuccino holen? Extrastark und mit viel Zucker?«

»Feigling.« Sie rollte ihren Bürostuhl zur Seite. »Ich muss rüber ins Grafikatelier und mit Teddy das Shooting morgen besprechen. Aber vorher bringe ich dir deine Extraportion Koffein.«

»Shooting? Was für ein Shooting?«

»Für die Imagekampagne von Tobias, du weißt schon.« Jeannette bedachte mich mit einem verführerischen Augenaufschlag, der dem jüngeren der Kepler-Brüder galt. »Sexy Jungwinzer hüllenlos im Weinberg!«, flötete sie und wedelte mit ihrem nicht vorhandenen Rock wie Marylin Monroe in ihren besten Zeiten.

»Was? Ihr wollt ihn ohne Kleider shooten?«

Jeannette kicherte. »Schön wär's. Ich wollte dich nur aufmuntern. Du machst ein Gesicht, als hättest du ein Gespenst gesehen.«

»So ähnlich.« Von meiner Begegnung mit Georg wollte ich ihr lieber nicht erzählen. Früher hatte sie ihn als »Krawatte« oder »Finanzhai« betitelt und mich davon zu überzeugen versucht, wie wenig wir zueinander passten. »Stell dir vor, Anton Kepler kam vorbei und hat mit uns ein Gläschen getrunken. Er hatte spannende Neuigkeiten. Bei seinem Geburtstagsevent will er endlich bekannt geben, wer in seine Fußstapfen tritt.«

»Das wird aber auch Zeit. Womöglich hätten sich die Brüder sonst duelliert, um zu entscheiden, wer das Weingut bekommt.« Sie ging zur Tür. »Ich hole dir deinen Muntermacher.«

»Bringst du mir eine Butterbrezel mit, falls eine vom Frühstück übrig ist?« Jeden Morgen holte eine Praktikantin belegte Brötchen und Brezeln für alle vom Bäcker. Mit dieser Maßnahme wollte André dem Heißhunger seiner Mitarbeiter vorbeugen, damit sie ihre wertvolle Arbeitszeit nicht für einen Gang zum Bäcker oder zum Metzger unterbrechen mussten.

Wenig später reichte mir Jeannette einen großen Cappuccino und einen Teller mit einem Salamibrötchen. »Haben Sie weitere Wünsche, die Dame?« Sie machte einen Diener wie ein Oberkellner in einem Wiener Kaffeehaus.

»Nein danke, der Herr. Die Rechnung bitte«, erwiderte ich im Scherz. »Könntest du Loretta zu mir schicken?«

Während ich den Cappuccino schlürfte und das Salamibrötchen aß, fügte ich die gewünschten Änderungen im Pressetext ein. Mit einem knappen Anschreiben mailte ich ihn an unsere Ansprechpartner in den Redaktionen von Print- und Onlinemedien in Stuttgart und der Region. An Gerits E-Mail-Adresse schickte ich den Text separat mit der Anmerkung: »Hier kommt ... du weißt schon.«

Als Nächstes musste ich mich um meine Route für die Jugendstilführung kümmern, die André vorverlegt hatte. Normalerweise wäre morgen ein Rundgang zu touristischen Wein-Highlights in der Innenstadt mit Ausklang in der Laube der Keplers an der Reihe gewesen. Aber normal war seit gestern nichts mehr in meinem Leben. Bis die Kripo den Tatort freigab, waren in der Laube keine Verkostungen möglich.

Sobald ich Zeit hatte, musste ich unbedingt die aktuellen Meldungen im Internet sichten. Vielleicht gab es Neuigkeiten. Oder sogar erste Hinweise auf den wahren Täter, die mich entlasteten. André würde sich bei mir entschuldigen und als Wiedergutmachung mein Gehalt verdoppeln.

Träum weiter, sagte ich mir, gähnte ausgiebig und nahm einen Kunstband über die Jugendstilarchitektur der Landeshauptstadt aus dem Regal.

Bald war der restliche Cappuccino kalt und meine Route durch das Lehenviertel grob festgelegt. Ausgangspunkt war die Markuskirche in der Filderstraße. Die Kirche war ein Highlight dieser Tour, die ich als Königin Katharina von Württemberg machen würde, auch wenn die Landesherrin mit der Epoche des Jugendstils nichts zu tun hatte. Das mintgrüne Kleid hing in der WG. Die Perücke lag noch in der Schachtel und hatte wahrscheinlich Schimmel angesetzt.

»Perücke waschen!!!«, notierte ich auf einem gelben Haftzettel und klebte ihn an mein Schlüsselmäppchen.

»Hallo, Bea. Du wolltest mich sprechen, sagt Jeannette.« Loretta ließ die Hand auf der Türklinke, als wüsste sie nicht recht, was sie im Raum der Texterinnen sollte.

»Ja, komm rein.« Ich deutete auf Jeannettes verwaisten Drehstuhl. »Keine Angst, ich beiße nicht.«

Loretta hielt sich an den unausgesprochenen Werber-Dresscode und trug ein ärmelloses schwarzes Shirt zu einer engen dunklen Stoffhose. Der Saum war hochgewickelt, und man sah zierliche Knöchel über schwarzen Stoffturnschuhen. Sogar ihre kurzen Haare waren rabenschwarz. Gefärbt, schloss ich aus dem hellen Ton ihrer Haut.

Die Grafikpraktikantin war Anfang zwanzig und mager. Ihre Schlüsselbeine und die oberen Rippen zeichneten sich im Ausschnitt des Shirts deutlich ab.

»André möchte das Weingelee durch andere Produkte ersetzen. Er will weg von Lebensmitteln.«

Lorettas Augen weiteten sich. »Wegen der Sache auf dem Weindorf? Ich meine, wegen dem … dem Gift?« Sie sah mich voller Misstrauen an, als wäre ich die Hauptverdächtige. Womit sie nicht ganz unrecht hatte.

»Maja Kepler hatte die Idee, Seife oder Shampoo anzubieten.«

»Das verstehe ich nicht.« Loretta blinzelte ratlos. »Was haben Seife oder Shampoo mit dem Weingut zu tun?«

»Ganz einfach. Man kann Seife mit Wein herstellen. Und auch Shampoo. André braucht dafür Rezeptvorschläge. Könntest du die Recherche übernehmen und mir was aus dem Internet ausdrucken?«

»Ja, kein Problem. Bis wann brauchst du die Infos?«

Na bitte, ging doch. Die Kleine hatte sogar das Grundgesetz der Werbung verinnerlicht: ASAP. As soon as possible. »So schnell wie möglich. Schaffst du das bis morgen?«

»Ich lege die Ausdrucke in dein Fach, okay?«

Bevor ich antworten konnte, klingelte das Telefon. Loretta verließ eilig das Zimmer.

»Werbeagentur Hohlbergs Reich, Bea Pelzer, was kann ich für Sie tun?«, sagte ich automatisch, während ich das Stichwort »neue Produkte« von meiner To-do-Liste strich.

»Kind, was machst du nur für Sachen!«, tönte eine mahnende Frauenstimme aus dem Hörer. »Und wie läufst du in der Öffentlichkeit rum? Ein langes Kleid und eine Perücke! Ich verstehe nicht, was das soll.«

Das war typisch für meine Mutter. Statt sich um mein Wohlergehen zu sorgen, weil ich in eine Mordermittlung verwickelt war, ging es ihr vor allem darum, was die Nachbarn sagen würden. »Mutter, guten Tag. Wie geht es dir?«

»Lenk nicht ab, Kind.« Ihre Stimme blieb resolut. »Was ist das nur für eine unseriöse Firma, in der du arbeitest? Hast du das nötig?«

»Mutter, ich muss Geld verdienen. Nicht jeder hat einen Traumberuf wie du.«

Meine Mutter war Allgemeinärztin und hatte eine eigene Praxis in Leinfelden-Echterdingen. Ihr Leben verlief in ruhigen Bahnen. Sie lebte nach wie vor in dem Bungalow, den sie mit meinem Vater gebaut hatte und in dem ich aufgewachsen war. Auch sonst hielt sie an Althergebrachtem fest. Zwielichtige Branchen wie die Werbeszene gehörten bei ihr fast zum Rotlichtmilieu.

»Ich mache Führungen durch Stuttgart, das weißt du doch ...«, erklärte ich zum sicher tausendsten Mal.

Und zum tausendsten Mal wies meine Mutter darauf hin, welche Karrieremöglichkeiten mir offengestanden hätten, wenn ich mein Studium abgeschlossen hätte. Nach und nach verfiel sie in ihren typischen Jammerton. Als würden ständig dieselben Rillen einer Schallplatte abgespielt.

Bald riss mir der Geduldsfaden. »Mein Chef ruft nach mir, Mutter. Ich melde mich. Mach's gut.« Ich knallte den Hörer auf das Telefon, kippte die Stuhllehne nach hinten und ließ alle viere und den Kopf baumeln. Einatmen, ausatmen, abregen. Einatmen, ausatmen, abregen.

»Machst du Siesta, oder ist das eine neue Kreativtechnik?«, fragte eine männliche Stimme.

Ich schreckte hoch und bekam Herzrasen. Wenn André mich beim Ausruhen erwischte, würde er mich zur Schnecke machen. Aber es war nur Teddy, der meinen Körper mit seinen dunkelblauen Augen abtastete.

»Das ist Erschöpfung, falls du jemals von diesem Zustand gehört hast«, sagte ich schroff und stellte die Lehne in die Senkrechte. »Was machst du hier? Ich dachte, du besprichst mit Jeannette euer Shooting.«

»Genau deshalb bin ich hier.« Teddy legte Farbausdrucke neben meine Tastatur. »Das sind die Entwürfe für Tobias' Anzeigenserie. Bis wann kannst du uns dafür die Copys liefern?«

»Heute auf keinen Fall. Morgen Mittag habe ich eine Führung.«

»Und davor? Wir brauchen die Texte dringend, die erste Anzeige soll in der Wochenendausgabe erscheinen. André konnte eine Verlängerung für uns rausschlagen.«

»Ich versuch's. Dafür habe ich was gut bei dir. Den Text für die erste Anzeige schiebe ich morgen Vormittag ein. Worum soll's gehen?«

»Das fragst du mich? Du bist für die Inhalte zuständig.«

»Mensch, Teddy! Jeannette und du, ihr habt euch bei den Entwürfen doch sicher was gedacht?«

Er schob die Hände in die Hosentaschen und machte keinen Mucks.

»Was haben wir uns wobei gedacht?«, fragte Jeannette, die eben hereinkam. Sie sah von Teddy zu mir und von mir wieder zu Teddy, als wäre sie überrascht, dass wir uns nicht die Kleider vom Leib gerissen hatten. »Störe ich? Ihr wirkt so intim miteinander.«

Das machte sie absichtlich, um mich in Verlegenheit zu bringen. »Es geht um die Anzeigen für deinen Biowinzer.«

»*Meinen* Biowinzer.« Jeannette lächelte nun unschuldig wie ein Barockengel. »Das wäre prickelnd, wenn es meiner wäre. Bisher nähern wir uns vorsichtig an.«

»Vorsichtig nennst du das?« Teddy lachte. »Beim letzten Meeting hättest du dich fast auf seinen Schoß gesetzt, so dicht, wie du an ihn herangerobbt bist.«

»Ich bin eine moderne Frau, die weiß, was sie will.« Jeannette setzte sich, holte mit den Füßen Schwung und drehte eine Runde auf ihrem Stuhl. »Bei schüchternen Männern muss die Frau die Initiative ergreifen, sonst wird das nie was.«

»Ich verziehe mich, damit ihr ungestört euren Frauenkram bereden könnt.« Teddy wich dem Textmarker aus, den Jeannette nach ihm warf.

»Apropos Frauenkram«, sagte sie. »Pauline und ich wollen heute Abend tanzen gehen. Wir müssen Adrenalin abbauen. Kommst du mit?«

»Nach Tanzen ist mir nicht. Außerdem muss ich die Führung vorbereiten. Der morgige Vormittag ist für Teddys Anzeigentext geblockt.«

»Du kannst es dir ja überlegen und dich uns spontan anschließen. Zum Abendessen bist du zu Hause? Pauline wollte vorbeikommen und drei Pizzas mitbringen.«

Wir vertieften uns in die Bildschirme und arbeiteten schweigend unser Pensum ab.

Bald wurde es auf dem Flur laut. Absätze klapperten auf dem Parkett, Gesprächsfetzen flogen hin und her, und unsere Kolleginnen und Kollegen verabschiedeten sich einer nach dem anderen.

Jeannette sah auf die Uhr über unserer Bürotür. »Wieso gehen die alle schon? Ist noch nicht mal sieben.«

»Käptn's Dinner«, mutmaßte ich. So nannten wir es, wenn André einen Kunden mit Gourmetkost oder Sterneküche verwöhnte, sprich ihm Honig ums Maul schmierte. Entweder weil wir Mist gebaut hatten oder weil ein potenzieller Neukunde sich für seine Agentur interessierte. Oder ein Etat für einen lukrativen Auftrag lockte, den es zu ergattern galt.

»Stimmt. André speist mit der Fischinger im Steigenberger.« Jeannette schaltete ihren Computer aus.

Doris Fischinger leitete eine große Personalagentur. André war zu Ohren gekommen, sie wolle ihren nächsten Etat in einem Pitch vergeben und sich die Ideen der Konkurrenz anhören, statt wie bisher seine Agentur direkt damit zu beauftragen. Ein typischer Fall für solch ein Käptn's Dinner, die unser frankophiler Chef bevorzugt in Gourmetrestaurants mit französischer Küche ausrichtete.

»Bea, worauf wartest du? Mach die Kiste aus, wir haben Freigang.«

Ich speicherte den Stand meiner Führung auf einem Stick und fuhr den Computer herunter. Den Rest musste ich zu Hause erledigen.

Pauline kam herein, wedelte mit einem Mobiltelefon und ratterte herunter: »Einmal *alla vongole* für mich, einmal *quattro stagioni* für dich, Bea, und einmal *diavolo* mit extra Zwiebeln und Käse für Jeannette – also wie immer. Extrawünsche?

»Bring eine Flasche Roten mit, Montepulciano«, bat Jeannette. »Ich brauche einen Abend ohne Württemberger.«

»Wird erledigt. Ich geb die Bestellung durch. Bis gleich bei euch.«

Jeannette, Pauline und ich warteten im Wohnzimmer auf die Regionalnachrichten des SWR. Auf dem Fernsehbildschirm flimmerten bunte Bilder ohne Ton. Aromatische Düfte nach Oregano, Tomatensoße und Käse stiegen aus den Pizzakartons auf dem Couchtisch und von den Stücken auf, die wir in der Hand hielten.

»Gleich geht's los«, sagte Jeannette mit vollem Mund und drückte auf eine Taste der Fernbedienung. Die Eröffnungsmelodie der Nachrichtensendung ertönte.

Ich knabberte an einem Pizzastück herum, ohne wirklich mitzubekommen, was genau ich da kaute. Den abgenagten Rand legte ich in die Schachtel und wischte die Finger an der Jeans ab. Das Herz klopfte mir bis zum Hals.

»Atmen nicht vergessen«, erinnerte mich Jeannette von der anderen Seite des Couchtisches. Sie teilte sich das Sofa gegenüber schwesterlich mit Pauline. »Hast du Angst, die zeigen gleich ein Video von dir mit Lockenperücke?« Sie kicherte und hob entschuldigend die Hand. »Sorry, Bea. Ich bin genauso zappelig wie du.«

»Pssst.« Pauline deutete auf den Fernseher und ließ den Rest ihres Pizzastücks im Mund verschwinden. Auf ihrem schwarzen Shirt klebten Teigbrösel, und eine halbe Olive kullerte in ihren Schoß.

»Guten Abend und willkommen zu SWR Aktuell, meine Damen und Herren«, sagte der Moderator, ein streng blickender Mann mit klobiger Brille, Polohemd und blauem Blazer. Hinter ihm war eine Luftaufnahme des Schillerplatzes mit den Buden des Weindorfs zu sehen. »Nach dem tödlichen Ausgang einer Verkostung auf dem Weindorf gestern ermittelt die Polizei weiter in alle Richtungen.«

Als hinter dem Moderator eine Frontalaufnahme der Kepler'schen Weinlaube eingeblendet wurde, bekam ich feuchte Hände. Die Kamera zoomte näher heran, bis der Verkostungsraum zu sehen war. Zwei Männer in weißen Schutzanzügen und gelben Plastikhandschuhen beugten sich über das Holzfass, auf dem die Flaschen gestanden hatten, und machten sich mit Pinzetten daran zu schaffen. Eine dritte weiße Gestalt kniete auf dem Holzboden, tupfte mit einem Stück Watte einen Fleck auf und schob die Watte in eine kleine braune Glasflasche.

»Drei Mitarbeiter eines Stuttgarter Verlagshauses mussten wegen Übelkeit ins Katharinenhospital eingeliefert werden. Wenige Stunden später verstarb einer der Männer.«

Die nächste Filmsequenz zeigte einen Rettungswagen mit Blaulicht vor der Notaufnahme des Krankenhauses. »Die Kripo ermittelt wegen mutmaßlich vorsätzlicher Vergiftung. In den Snacks, die zur Verkostung gereicht wurden, konnte eine gefährliche Substanz nachgewiesen werden.«

Eine gefährliche Substanz! Ich rutschte vor bis auf den Rand der Couch, um nichts zu verpassen. War das Gift in meinem Käsegebäck gefunden worden? Fast fürchtete ich, die Kripo würde gleich in die WG stürmen und mich verhaften.

»Wir sprechen mit dem Leiter der ›Soko Wein‹.« Der Moderator drehte sich ins Profil und sah zu Kommissar Gabriel, der neben ihm eingeblendet wurde. Der Kommissar hielt ein Mikro in der Hand. Seinem mürrischen Gesichtsausdruck nach war er wenig erfreut, dem Fernsehsender Rede und Antwort stehen zu müssen, wo es doch einen Mörder zu fassen galt.

Das Sofa gegenüber quietschte. Jeannette nahm sich ein weiteres Pizzastück aus ihrer Schachtel und zog Käsefäden quer über den Couchtisch.

»Guten Abend, Herr Kommissar. Wissen Sie bereits Genaueres über das Gift?«

»Die toxische Substanz konnte noch nicht eindeutig identifiziert werden.« Kommissar Gabriels Kiefer malmten aufeinander. »Laut kriminaltechnischem Labor könnte es sich um ein Spritzmittel handeln, das heute verboten ist und nicht mehr eingesetzt werden darf.«

»Ein Spritzmittel aus der Landwirtschaft?«, fragte der Moderator. »Oder aus dem Weinbau?«

»Es ist ein Pflanzenschutzmittel zur Bekämpfung von Pilzkrankheiten, das früher auch im Weinbau verwendet wurde.«

Im Weinbau! Das deutete auf einen Täter aus der Weinbranche hin. Oder von einem Weingut.

Der Moderator teilte meinen Gedankengang. »Haben Sie bereits konkrete Hinweise auf den Täter? Womöglich aus dem Umfeld des Weinguts, zu dem die Laube gehört?«

Kommissar Gabriel schien kurz davor, das Mikro zur Seite zu schleudern. Der Blick seiner hellen grauen Augen wurde stechender, als würde er den Moderator am liebsten durchbohren, damit der ihn endlich in Ruhe ermitteln ließ. »Aus ermittlungstaktischen Gründen kann ich nicht mehr dazu sagen. Aber es wird Ihre Zuschauer freuen zu hören, dass die beiden anderen Männer sich erholt haben. Sie konnten die Klinik heute Morgen verlassen.«

Der Moderator brauchte ein paar Sekunden, um von sensationslüstern auf mitfühlend umzustellen. »Das sind erfreuliche Neuigkeiten, Herr Kommissar. Danke für das Gespräch.« Er wendete sich frontal zu den Zuschauern. Das Bild des Kommissars verschwand. »Wir werden Sie über die Ermittlungen auf dem Laufenden halten.«

Der Bildschirm erlosch. Jeannette legte die Fernbedienung auf ein Sofakissen.

»Ein Spritzmittel also«, murmelte sie und schwang die Beine vom Sofa. »Das ist übel. Ich vermute, der Kommissar hat den Keplers bereits einen Besuch abgestattet. Bin gespannt, was Tobias dazu sagt.« Sie griff nach ihrem Glas und nahm einen großen Schluck Montepulciano, den sie über die Zunge rollen ließ. »Hm, vollmundig und wenig Säure. Fast samtig, dieser Rote. Mit einem Hauch von Himbeere und Vanille.« Sichtlich stolz schaute sie zu mir. »Meine Sensorik wird feiner. Langsam zahlt sich das wochenlange Saufen und Ratgeberlesen aus.«

Pauline schüttelte konsterniert den Kopf. »Bist du aus Eis, oder tust du nur so cool, Jeannette? Wie kannst du seelenruhig einen Wein probieren, wo dein Tobias vielleicht ein Giftmörder ist?«

»Wie kommst du auf diese abstruse Idee?« Jeannette richtete sich empört auf und stellte das leere Glas ab. »Warum sollte Tobias jemanden vergiften?«

»Um seinem Bruder zu schaden?« Pauline schob sich ein Kissen in den Rücken und rutschte mit dem Hinterteil hin und her, um eine bequeme Position zu finden. »Der Kampf um das Weingut ist noch nicht entschieden. Und wenn ich richtig informiert bin, sind gestern ausschließlich Weine von Hannes Kepler ausgeschenkt worden.«

»Aber damit würde Tobias nicht nur seinem Bruder schaden, sondern dem Weingut insgesamt. Falls Antons Wahl auf ihn fällt und er sein Nachfolger wird, hätte Tobias sich ins eigene Fleisch geschnitten«, sagte ich. »So was tut doch kein vernünftiger Mensch.«

Jeannette sah von ihrem leeren Pizzakarton zu meinem, der

noch fast voll war. »Kann ich ein Stück von dir abhaben, Bea? Das mit den Artischocken?«

»Greif zu, ich habe sowieso keinen Appetit.«

Pauline hatte endlich eine bequeme Sitzposition gefunden. »Ein vernünftiger Mensch vergiftet auch keine Zeitgenossen, Bea, oder? Vernunft ist keine Eigenschaft, die für Mörder besonders typisch wäre.«

Jeannette klaubte genüsslich die Artischocken von der Pizza. »Der Kommissar hat gesagt, das Gift sei ein Spritzmittel, wie es auch Weinbauern verwenden. Beziehungsweise früher verwendeten. Es könnte also jemand aus dem Weingut dahinterstecken. Nicht unbedingt Tobias, aber vielleicht ein Mitarbeiter.«

»Aber warum sollte jemand von den Mitarbeitern das Weingut sabotieren?«, fragte ich und gab mir gleich selbst eine Antwort. »Vielleicht, um sich an den Keplers zu rächen. Weil er unzufrieden ist oder weil er bei einer Beförderung übergangen wurde.«

Pauline nickte. »Das könnte sein. Aber ich halte es für wahrscheinlicher, dass der Täter jemand von außerhalb ist. Vielleicht ein anderer Winzer, der neidisch auf den Erfolg der Keplers ist und sie in Verruf bringen will.«

»Jemand, der auch eine Laube auf dem Weindorf hat.« Jeannette schluckte das letzte Stück Pizza hinunter. »Ein Winzer, der im Keller dieses alte Spritzmittel hatte und damit unsere Snacks vergiftet hat.«

»Aber wie hätte er das anstellen sollen?«, fragte ich. »Ich meine, wie hätte er an die Snacks rankommen sollen? Die wurden wie die Gerichte von der Karte in der Küche aufbewahrt. Im Kühlschrank.«

»Die Laube war voll besetzt.« Jeannette klappte ihre Pizzaschachtel zu. »Der Täter hätte sich einfach unter die Gäste mischen und gezielt das Weingelee oder dein Käsegebäck vergiften können.«

»Vielleicht wollte er nur die Verkostung stören und nicht gleich einen Mord begehen«, überlegte ich laut. »Das wäre eine andere Möglichkeit. Wie auch immer, solange die Spurensicherung aktiv ist, bleibt die Laube geschlossen. Mit Sicherheit bis zum Wochenende, meinte André. Das bedeutet mehrere Tage kein Umsatz. Ein erheblicher finanzieller Verlust.«

Pauline pfiff durch die Zähne. »Da triffst du ins Schwarze, Bea. Geld ist bei vielen die größte Leidenschaft. Keine Ahnung, welchen Umsatz ein Winzer pro Tag auf dem Weindorf macht. Das sind bestimmt Tausende. Dazu der Imageschaden. So was bleibt jahrelang an einem Weingut hängen. Wenn die Rücklagen aufgebraucht sind und keine Bank dich mehr für kreditwürdig hält, musst du deinen Laden zumachen. Finito, Ende.«

»Oje«, jammerte Jeannette und schenkte sich reichlich nach. »Der arme Tobias.«

Der arme Thomas Schäfer, müsste man vielmehr sagen, dachte ich. Und seine armen Kollegen. Bei diesem Gedanken spuckte eine bisher vernachlässigte Gehirnzelle eine Idee aus. »Vielleicht ging es gar nicht um das Weingut, sondern um die Teilnehmer meiner Führung. Das waren alles Mitarbeiter eines Stuttgarter Verlagshauses. Mindestens einige gehören zur Redaktion der Weinzeitschrift, die in diesem Verlag erscheint. Was, wenn jemand dem Blatt schaden wollte? Oder der Redaktion?«

»Das bekomme ich heraus.« Pauline wirkte plötzlich sehr dynamisch. »Ich rufe die Personalabteilung des Verlages an. Oder die Redaktion. Oder ich frage André. Der hat ein paarmal mit dem Chefredakteur telefoniert, als die Anfrage wegen der Führung kam.«

Ich verfolgte meinen Gedankengang weiter. »Wer über Weine und Weingüter schreibt, kennt sich mit Spritzmitteln aus … Und er weiß, wo man dieses Zeug herbekommt. Vielleicht steckt ein Kollege dahinter, der sich benachteiligt fühlte. Oder ein früherer Mitarbeiter, der bei einer Sparrunde seine Stelle verloren hat. Die Verlagshäuser sind alle am Kämpfen. Die Digitalisierung und sinkende Verkaufszahlen machen auch denen zu schaffen, nicht nur den Tageszeitungen.«

Pauline trank einen Schluck. »Ein früherer Mitarbeiter?« Sie stellte ihr Glas weg. »Mir kommt da eine ganz andere Idee: Silberrücken.«

»Silberrücken?«, wiederholte Jeannette irritiert. »Was hat ein Gorilla mit unserer Laube zu tun?«

»Vor Hohlbergs Reich habe ich in einer Agentur im Westen gearbeitet. Bei Theo Silber. Meine Kollegen haben ihn Silberrücken genannt. Weil er wie ein Gorilla brüllen konnte, wenn ihm was nicht passte.«

»Was willst du damit sagen, Pauline?« Ich verstand nicht, was ihr früherer Arbeitgeber mit dem tragischen Tod von Thomas Schäfer zu tun hatte.

»Das Weingut war ein Vorzeigekunde von Silber. Bis André es ihm vor der Nase weggeschnappt hat. Das wäre ein triftiger Grund, um Rache zu nehmen. Du weißt doch, wie egozentrisch Agenturchefs sein können. Die nehmen alles gleich persönlich.«

Jeannette nickte. »Das kannst du laut sagen. Außerdem war Silber in der Laube, also quasi am Tatort.«

»Er war sogar in der Küche«, erinnerte ich mich. »Er hat mit Hannes und Maja Kepler gesprochen. Kurz bevor wir den ersten Wein ausgeschenkt haben.«

»Und während wir das Gelee und dein Gebäck auf den Tellern angerichtet haben«, sagte Jeannette. »Wie heißt es bei den Klingonen so treffend? Rache ist ein Gericht, das am besten kalt serviert wird.«

Am späten Abend besetzten Jeannette und Pauline das Bad und hübschten sich fürs Ausgehen auf. Mechanisch verspeiste ich das letzte Stück meiner Pizza, das Jeanette übrig gelassen hatte, schaltete den Laptop ein und konzentrierte mich auf meine Tour durchs Lehenviertel.

Aus dem Bad schallten Gelächter und Gekreische herüber. Das störte mich beim Denken. Endlich stöckelten die beiden in einer Wolke aus Haarspray davon, und ich hatte Ruhe. Ich druckte die Texte für die einzelnen Stationen aus und klebte sie auf Karteikarten.

Im Flur stolperte ich über die große Schachtel unter der Garderobe. Die Perücke! Ich nahm den Deckel ab und wich zurück. Ein ekliger Geruch nach Schweiß und muffiger Feuchtigkeit stieg auf. Ich nahm die Perücke heraus und tastete das Gewebe ab, an dem die braunen Haare festgenäht waren. Feucht war das Teil nicht mehr, aber es roch modrig und fühlte sich fettig an.

Im Bad waren auf allen Ablageflächen Make-up-Tuben, Wimperntusche, Döschen mit Lidschatten, Highlighter und Lippenstifte verteilt, als würden in der WG schminkwütige Influencerinnen leben, die neue Produkte für ihren Instagram-Account getestet hatten. Es roch wie in einer Parfümerie. Ich riss das Fenster auf und ließ die künstlichen Aromen hinaus.

Nachdem ich lange braune und halblange schwarze Haare aus dem Waschbecken geklaubt hatte, ließ ich warmes Wasser einlaufen und fügte ein Spezialshampoo für Perücken hinzu, das mir die netten Damen vom Fundus der Oper mitgegeben hatten. Mit sanften Bewegungen zog ich die Perücke durchs Wasser und wusch das Gewebe aus. Nach mehreren Spülungen tupfte ich sie mit einem Handtuch ab und rollte die Haare auf Lockenwickler. Auf einem Styroporkopf föhnte ich darüber, bis die meiste Feuchtigkeit verdampft war. Wie das Ergebnis meiner Friseurkunst ausfiel, würde ich erst morgen sehen.

Mit dem Rest Montepulciano setzte ich mich an den Laptop und rief die Onlineversion der »Stuttgarter Zeitung« auf. Der Todesfall beherrschte die Titelseite, aber ich entdeckte keine neuen Infos. In einem Artikel beschäftigte sich Gerit mit Pflanzenschutz und Schädlingsbekämpfung im Weinbau. Die Überschrift lautete: »Spritz-Tour im Weinberg«.

Ich begann zu lesen und kam aus dem Staunen nicht mehr heraus. Im konventionellen Weinanbau gehörten Spritzmittel auch heute noch zum guten Ton. Nirgends in der europäischen Landwirtschaft werde derart oft zur Chemiekeule gegriffen wie im Weinbau, schrieb Gerit. Allein in den Weinbergen Europas wurden knapp neunzigtausend Tonnen Pilzgifte ausgebracht, und zwar jedes Jahr. Eine erschreckend hohe Zahl angesichts der Tatsache, dass die Gesamtfläche der Weinberge im Vergleich zum Anbau anderer Kulturpflanzen eher gering war. Der Grund dafür sei einfach, so Gerits Erklärung. Je stärker das Pflanzenschutzmittel, umso weniger Arbeit hatte der Winzer.

Als ich den Begriff Glyphosat las, verschwammen mir die Buchstaben vor den Augen. War dieses Unkrautbekämpfungsmittel bei uns nicht längst verboten? Nein, da war ich falsch informiert, klärte mich der Artikel auf. Bis 2020 war Glyphosat in der EU zugelassen. Also auch in Weinbergen. Und das, obwohl ein Gremium der Weltgesundheitsorganisation das Teufelszeug als »wahrscheinlich krebserregend« einstufte.

Ich sah zum Weinglas neben meinem Laptop. Es war noch fast halb voll, aber mir war der Appetit auf Rotwein vergangen. Ich brachte das Glas in die Küche, leerte den Wein in die Spüle und sah zu, wie die rote Flüssigkeit im Abfluss verschwand.

Am nächsten Morgen stand ich eine halbe Stunde früher auf, brühte mir einen extrastarken Kaffee und trottete ins Bad. Der Parfümeriegeruch hatte sich in Stuttgarts Nachtluft verteilt, stellte ich zufrieden fest und schloss das Fenster. Ich schnupperte an der Perücke. Der muffige Gestank war verschwunden. Sorgfältig wickelte ich die Strähnen ab und legte die Lockenwickler in Jeannettes Regal. Ich begutachtete das Ergebnis meiner Premiere als Perückenfriseurin. Die Korkenzieherlocken erinnerten an eine Faschingsperücke und waren an vielen Stellen merkwürdig geknickt. Was ich da vor mir auf dem Styroporkopf sah, hatte keinerlei Ähnlichkeit mit der kunstvollen Hochfrisur, die einer Landesherrin angemessen war.

Kurz entschlossen griff ich nach einer Haarbürste und kämmte die Lockenpracht gründlich durch. Viel besser. Mit Jeannettes Haarklammern fasste ich einige Strähnen am Hinterkopf zusammen. An den Schläfen formte ich mit dem Lockenstab Kringel, die fast so aussahen wie ihre Vorgänger.

Ich verstaute den Styroporkopf in einen Wäschekorb, damit die Frisur nicht zerdrückt wurde, nahm das Kleid und lief zu meinem Auto.

In der Agentur hängte ich das Kostüm in den Büroschrank und stellte den Perückenkopf auf die Fensterbank.

In meinem Postfach am Empfang lagen Ausdrucke. Lorettas Rezeptvorschläge für Weinseife und Shampoo mit Wein. Vielleicht konnte sie mir in Zukunft öfter zur Hand gehen.

Ein Gong dröhnte durch den Flur. Mit wehendem schwarzem Rock kam Pauline aus dem Raum der Kundenberaterinnen. Unter ihren Augen zeichneten sich dunkle Ringe ab. Um den Hals hing trotz der sommerlichen Temperaturen ein schwarzgelbes Tuch mit Leopardenmuster.

Sie öffnete die Eingangstür. »Guten Tag, Frau Kepler. Bitte kommen Sie herein. André erwartet Sie bereits.«

Maja Kepler trat in den Flur. Sie trug ein schwarzes Kleid mit einer goldfarbenen Brosche in Form eines Weinblattes am Revers. Im Arm hatte sie einen Pappkarton, den sie Pauline reichte.

»Hier sind die Zutaten für unsere neuen Produkte. André meinte, Frau Pelzer hätte passende Rezeptvorschläge für uns zusammengestellt.« Das war eine Feststellung, keine Frage. Die enge Zusammenarbeit mit André färbte auf sie ab.

Pauline stutzte, als hätte sie keine Ahnung, worum es ging. Ich umrundete den Tresen und überreichte Maja Kepler die Ausdrucke aus meinem Fach.

»Wir haben uns auf Seifen und Shampoos konzentriert. Falls Sie weitere Informationen brauchen, stellen wir die jederzeit für Sie zusammen«, erklärte ich geschäftig und nahm mir vor, Loretta für die schnelle Lieferung zu danken. Die hatte mir den Hals gerettet.

Prompt kam André aus seinem Büro stolziert und steuerte auf Maja Kepler zu, ohne mich zu beachten. »Maja, wie schön, dich zu sehen. Geschmackvolle Brosche«, sagte er und hofierte die Kundin in gewohnter Manier. »Kaffee? Cappuccino? Oder vielleicht ein Mokka aus meiner Spezialmischung?« Er rieb sich die Hände voller Vorfreude auf den zusätzlichen Umsatz durch die neuen Produkte.

Die beiden gingen zur Küche, ich suchte das Weite.

Den Vormittag hatte ich für die Anzeigenkampagne von Tobias Kepler reserviert. Als ich auf dem Bildschirm Teddys Ideenskizzen für die einzelnen Motive betrachtete, schlich Jeannette herein. Ihr halbes Gesicht war von einer überdimensionierten Spielerfrauen-Sonnenbrille verdeckt. Zur Begrüßung hob sie wortlos die Kaffeetasse und signalisierte, sie vorerst in Ruhe zu lassen. Musste eine wilde Nacht gewesen sein.

Endlich war Jeannette wach genug, um zu sprechen. »Meinst du, ich kann die Sonnenbrille beim Shooting aufbehalten?« Ihre Stimme klang heiser, als hätte sie die halbe Nacht Karaokeparty gefeiert. »Ich will vermeiden, dass Tobias mich so sieht.« Sie lüpfte die Brille und zeigte mir ihre verquollenen Augen. »War ein bisschen zu viel von allem gestern. Stress, Alkohol, Karaoke, Adrenalinabbau durch Hip-Hop …«

»Hat das Drogeriemarkt-Arsenal in unserem Bad nicht geholfen?«

Jeannette ließ die Brille wieder auf ihren Nasenrücken fallen. »Dafür war keine Zeit mehr. Aber ich habe jede Menge Concealer in der Tasche. Sobald ich geradeaus sehen kann, verziehe ich mich in den Waschraum und versuche zu retten, was zu retten ist. Wie weit bist du mit der Anzeige für Tobias? Welche hast du ausgewählt?«

Ich drehte meinen Bildschirm, bis sie die Skizze sehen konnte. Dieser Entwurf diente als Orientierung beim Texten und auch für das Shooting heute Mittag. Tobias Kepler war inmitten von Reben in Steilhanglage zu sehen. Mit souveränen Strichen hatte Teddy robuste Lederboots, Jeans, ein aufgeknöpftes Hemd und eine Rebschere in der Hand des Biowinzers angedeutet. Glänzende Trauben und blühender Klee in den begrünten Flächen zwischen den Reihen vollendeten das Szenario, durch das sogar ein kleiner Schmetterling flatterte.

»Erste Sahne«, stellte Jeannette zufrieden fest. »Bis auf den Schmetterling, der ist einen Tick zu romantisch. Aber sonst große Klasse. Attraktiver Winzer in naturbelassenem Weinberg. Kernig, kompetent und sexy.«

»Hört sich super an. Willst du die Texte übernehmen?«

»Nö. Ich bin befangen und würde nur sexuelle Anspielungen statt seriöser Headlines produzieren.« Jeannette gähnte herzhaft. »Ich brauche mehr Koffein, damit mein Gehirn auf Touren kommt. Soll ich dir eine Tasse mitbringen?«

»Das wäre toll. Ich habe ja Küchenbetretungsverbot.«

Von Jeannettes spontaner Textkunst inspiriert, formulierte ich eine Headline und eine kleine Copy, die von Natürlichkeit und ursprünglichen Werten erzählte. Das passte sowohl zu Biowein als auch zum Winzer selbst. Beim Shooting kam es darauf an, die Skizze in ein perfektes Foto umzusetzen. Dafür war Werner zuständig. Er war ein unverbesserlicher Macho, der seine Hände nicht unter Kontrolle hatte, wenn Frauen in der Nähe waren, lieferte aber brillante Fotos.

»Unsere Küche ist das reinste Schlachtfeld.« Jeannette kam mit zwei Tassen herein und reichte mir eine. »Überall liegen Brösel von Kernseife herum. Die haben sie mit der Küchenreibe zerkleinert, mit der wir Käse über die Pasta reiben.«

Spaghetti Bolognese mit Seifengeschmack. Mein Gesicht verzog sich wie von selbst. »Warte kurz, das schreibe ich mir auf. André will sicher auf dem Etikett die Entstehungsgeschichte seines Seifenkunstwerks beschrieben haben.« Ich nahm einen Kuli und ein leeres Blatt zur Hand.

»Die Seifenbrösel haben sie am Herd in Wasser erhitzt und Olivenöl reingerührt.« Jeannette schob sich die Sonnenbrille in die Haare. Die Schwellung an ihren Lidern war zurückgegangen. »Sie testen, welche ätherischen Öle am besten in den Pampf passen. In der Küche riecht es wie in einem Esoterikshop. Sogar an der Kaffeemaschine brennt einem der Gestank von Pfefferminz und Rosmarin in der Nase.«

»Und wann kommt der Wein dazu?«

»Gute Frage. Auf dem Küchentisch stehen Silikonformen und mehrere Flaschen vom Kepler'schen Trollinger. Vielleicht haben die zwei den Wein vor Begeisterung vergessen. Oder sie haben entschieden, den guten Tropfen lieber zu trinken, statt ihn für Seife zu verschwenden.«

»Vielleicht testen sie zuerst das Grundrezept und danach die Variante mit Wein.« Ich sah zur Zeitanzeige meines Bildschirms. »Fast Mittag. Ich maile Teddy den Text und beantworte E-Mails. Danach muss ich mich auf die Führung konzentrieren, damit ich nicht aus Versehen was über Seifenherstellung erzähle, wenn ich die Ornamentik der Markuskirche erkläre.«

Jeannette wies mit einer Kopfbewegung zur Fensterbank, auf der mein Perückenkunstwerk auf dem Styroporkopf auf seinen Einsatz wartete. »Königin Katharina war wohl beim Szenefriseur.«

»Die Gute geht eben mit der Zeit. Frisurtechnisch hat sie sich dem Jugendstil angenähert.«

»Den Stil hat sie auf jeden Fall gewechselt«, meinte Jeannette diplomatisch. »Du, Bea, ich habe nur noch verschwommene Erinnerungen an gestern Abend. Hat Pauline wirklich ihren früheren Agenturchef als Verdächtigen ins Spiel gebracht, oder habe ich das nur geträumt?«

»Ich war zuerst auch verblüfft. Aber sie hat recht. Theo Silber hätte ein starkes Motiv: Rache an André. Außerdem war er die ganze Zeit über in der Laube.« Jeannette stützte den Kopf auf die Hände. »Wo sind wir da nur wieder reingeraten?«

Das Lehenviertel gehörte zu den teuren Pflastern der Landeshauptstadt. Geschmackvolle Altbauten und eine lebendige Infrastruktur machten es zu einer begehrten Wohnlage für alle Generationen. Man konnte zu Fuß beim Bäcker und Metzger einkaufen, in Cafés hausgemachten Kuchen genießen und in kleinen, feinen Ladengeschäften auf der Suche nach Lieblingsstücken herumstöbern. Hier verband sich die Urbanität einer Großstadt mit der Überschaubarkeit einer Dorfgemeinschaft. Die meisten der prachtvollen Bürgerhäuser am Hang zwischen Filderstraße und Neuer Weinsteige waren in der Gründerzeit und im Jugendstil entstanden und von den Zerstörungen des Krieges weitgehend verschont geblieben.

Weil dieses Viertel gleich unterhalb seiner Agentur begann und sich auf Schritt und Tritt denkmalgeschützte Häuser aus dieser Epoche aneinanderreihten, hatte André die Jugendstiltour neu in sein Angebot aufgenommen. Heute fand die Premiere statt. Gebucht hatte sie eine Abteilung des Umweltministeriums, für die wir vergangenes Jahr eine Kampagne über Gewässerschutz realisiert hatten.

Treffpunkt war die Markuskirche neben dem Fangelsbachfriedhof. Ich entschied mich dafür, zu Fuß dorthin zu gehen. Die paar hundert Meter im Kostüm würde ich überstehen.

Im Waschraum zog ich mein Kleid über, schob die Haare unter die Perücke und machte mich auf die kurze Strecke bergab. Bereits nach wenigen Metern musste ich die Perücke zurechtziehen. Wie eine zu enge Bademütze war sie hochgerutscht. Am Schweiß konnte es diesmal nicht liegen. Der Himmel war von hellgrauen Wolken bedeckt, und die Temperatur lag deutlich unter dreißig Grad. Ob die Perücke bei der Handwäsche eingegangen war? Meine Körperwärme und die Dehnung würden sie hoffentlich weiten.

Ich folgte der viel befahrenen Neuen Weinsteige stadteinwärts und inhalierte reichlich Abgase und Feinstaub. Die Alexanderstraße war deutlich ruhiger und wurde fast nur von Anwohnern befahren. Die beliebte schmale Wohnstraße gehörte größtenteils zum benachbarten Heusteigviertel und ging fast direkt in die Liststraße über. Deren Namensgeber war nicht der weltberühmte Komponist und Klaviervirtuose Franz Liszt, sondern ein Reutlinger Volkswirt. Mit ihren aufwendig verzierten Jugendstilbauten, inhabergeführten Geschäften und Kneipen und den für diese Gegend typischen früheren Eckläden, in denen sich Büros von Architekten und Kreativen befanden, zählte die Liststraße zu den liebenswertesten des Lehenviertels. Außerdem wohnten in dieser Ecke mit die meisten Singles in Stuttgart. Das hatte ich neulich aus der Tageszeitung erfahren. Ob ich deshalb in meinem langen Kleid mit schmaler Taille und weitem Ausschnitt bestaunt und begafft wurde?

Im Laufschritt eilte ich die Römerstraße hinunter auf den Markusplatz zu. Vor der Kirche wartete eine Gruppe im Schatten eines großen Kastanienbaumes. Was die zwei Frauen und acht Männer verband, waren ihre Kopfbedeckungen: blaue Schildmützen mit der Aufschrift »Unser Neckar«. Das waren die Teilnehmer meiner Führung. Sie erwiderten meine freundliche Begrüßung reserviert, fast frostig, was mich verunsicherte, weil ich den Grund dafür nicht kannte.

Übergangslos wechselte ich in meine Rolle. »Seid gegrüßt, meine Untertanen.«

Ich stellte mich als Königin Katharina von Württemberg vor. Zum Glück fragte niemand nach, was Katharina mit dem Jugendstil zu tun hatte, denn darauf wäre mir so schnell keine Antwort eingefallen.

»Im Juli 1906 wurde der Grundstein für diese prachtvolle Kirche gelegt. Damals bestand das Lehenviertel noch größtenteils aus Gärten und Weinbergen. Die ersten Straßen waren erst fertig geworden. Mehrstöckige Wohnhäuser sollten Platz für die wachsende Stadtbevölkerung schaffen. 1908 wurde die Markuskirche eingeweiht, und zwar in Anwesenheit von König Wilhelm II. von Württemberg und seiner Gemahlin, meinen Nachfolgern gewissermaßen.«

An dieser Stelle hatte ich Lacher und belustigte Mienen erwartet. Doch noch immer wirkten alle wie zugeknöpft. Mit einer herrschaftlichen Geste lud ich die Beamten dazu ein, mich zum Portal der Markuskirche zu begleiten.

»Dieser kunsthistorisch bedeutende Bau wurde vom württembergischen Architekten Heinrich Dolmetsch errichtet und besteht als einer der ersten Kirchenbauten überhaupt aus Stahlbeton.«

Endlich las ich verhaltenes Interesse in den Gesichtern. Daraus schloss ich, dass es sich bei den Teilnehmern um Ingenieure oder Bautechniker handelte, und konzentrierte mich auf die technischen Details der Kirche.

»Das Baumaterial Stahlbeton macht es möglich, große Räume wie die drei Schiffe dieser Hallenkirche ohne Seitenschub zu überdecken.« Ich zeigte zum kassettenüberspannten Tonnengewölbe. »Leider beeinträchtigt der Eisenbeton die Akustik. Der Architekt hat für Wände und Decken einen speziellen Belag aus Kork entwickelt, der Schallwellen bricht und dies ausgleicht.«

Wir verließen die Kirche und gingen zum seitlich angestellten Turm. »Hier sehen Sie einen der weltweit ersten Kirchtürme, der aus Stahlbeton besteht. Er ist gute achtundvierzig Meter hoch.«

Interessiert schauten die Teilnehmer zum Turm mit seinen romanischen Schmuckornamenten am Glockengeschoss.

Wir umrundeten den Chor und traten zum Pfarrhaus, das im selben Stil wie die Kirche erbaut war. Vom Markusplatz aus machte ich die Gruppe auf die Kupferstatue eines Löwen auf dem Firstbalken aufmerksam. »Der Löwe ist das Symbol des Evangelisten Markus, des Schutzheiligen dieser Kirche.«

Während sie den Löwen bewunderten, schaute ich unwillkürlich über die Schulter zu einem mehrstöckigen Haus. Im obersten Stock wohnte Teddy. Von seinem Schlafzimmerfenster hatte man den Löwen direkt im Blick. In Vollmondnächten hatten wir uns oft in die Bettdecke gekuschelt und von der Fensterbank aus beobachtet, wie das Mondlicht das Raubtier zum Leben zu erwecken schien.

Unsere nächste Station war der alte Zahnradbahnhof, den heute das Theater Rampe nutzte. Durch eine vermüllte, ungepflegte Grünfläche liefen wir hangaufwärts.

»Von diesem alten Bahnhof arbeitete sich die Zahnradbahn den steilen Berg der Alten Weinsteige hinauf bis nach Degerloch. Die mit Dampf betriebene Bahn musste bis zu siebzehn Prozent Steigung bewältigen.« Ich deutete auf die Gleise und wollte mich der Alten Weinsteige zuwenden, als mich jemand am Ärmel festhielt.

»Frau, äh, Frau Katharina.« Zum ersten Mal sprach mich ein Teilnehmer an. Der vielleicht sechzigjährige Mann trug braune Bundfaltenhosen und helle Socken in seinen Altherrensandalen.

Ich stellte mich auf eine technische Frage ein und wurde überrascht.

»Meine Kollegen und ich sind sehr betroffen von dem Todesfall auf dem Weindorf«, sagte der Herr mit ernstem Gesichtsausdruck. »Wir wollten die Führung absagen. Aber Herr Hohlberg hat uns versichert, es bestünde keine Gefahr und die Polizei habe bereits einen Verdächtigen.«

Also war das der Grund, warum die Teilnehmer sich so zurückhaltend verhielten. Sie hatten Angst, vergiftet zu werden. Dass die Polizei einen konkreten Verdacht hatte, war mir neu. Hatte André damit mich gemeint?

Nach dem Vorstoß ihres Kollegen warteten alle auf meine Reaktion. Zu gefühlig durfte sie nicht ausfallen. André würde sich bestimmt nach meiner Performance erkundigen.

»Die Polizei steht kurz vor der Aufklärung dieses Falles«, behauptete ich dreist. »Unser kulinarischer Abschluss findet auch nicht auf dem Weindorf, sondern im Weingut Kepler statt.

Sie haben absolut nichts zu befürchten und können die Veranstaltung entspannt genießen.«

Sicherheitshalber schickte ich ein Stoßgebet zum Himmel. Denn dass sich ein Drama wie auf dem Weindorf wiederholen könnte, war mir noch nicht in den Sinn gekommen.

Mit weichen Knien überquerte ich die Liststraße, postierte mich am Beginn der Alten Weinsteige und setzte die Führung fort.

»Lassen Sie uns eine kleine Zeitreise unternehmen«, forderte ich die Zuhörer auf, die nun deutlich aufgeschlossener schienen.

»Vor fast siebenhundert Jahren befand sich hier ein extrem steiler Karrenweg, der vom Zentrum aus auf den Haigst, nach Degerloch und weiter in die Filderorte führte. Der gesamte Frachtverkehr nach Süden musste diese Steige bewältigen. Für den Transport der Waren und Weinfässer – daher der Name dieser Straße – sollen große Pferdefuhrwerke mit bis zu sechzehn Tieren nötig gewesen sein.«

Für meine Beschreibung erntete ich Hms und Ahas. Endlich waren alle bei der Sache.

»Um 1830 wurde als alternativer Transportweg die Neue Weinsteige erbaut, eine breite Panoramastraße, die als Pionierleistung der Ingenieurskunst gilt. Um die hohen Baukosten zu finanzieren, wurde fast ein Jahrhundert lang Pflaster- und Zollgeld erhoben.«

Der ältere Herr in besockten Sandalen schnaubte. »Wenn noch mal ein Grüner ins Rathaus kommt, wird das Zollgeld bald wieder eingeführt. Darauf verwette ich meine Leistungszulage.«

Nach einer kurzen Diskussion der Teilnehmer über die Kandidaten für die Wahl des neuen Oberbürgermeisters folgten wir der Liststraße, an deren Ende uns ein Bus abholen und aufs Weingut bringen sollte. An besonders sehenswerten Häusern blieb ich stehen und wies auf erhaltene Originaltüren oder Bauschmuck hin. An einer Kreuzung vor einem Eckladen, in dem sich ein Architekturbüro befand, stoppten wir und ließen ein Auto passieren. Ein Paar kam aus dem Eckladen und ging die Stufen hinunter. Bei meinem Anblick blieben sie stehen. Ich machte mich auf einen blöden Kommentar zu meinem Kostüm gefasst, als ich die beiden erkannte. Es waren Maja und Hannes Kepler.

»Na so was. Frau Pelzer.« Hannes Kepler strich sich erstaunt über seinen Schnauzbart. »Ich dachte, Sie sind beim Fototermin auf dem Weingut?«

»Das übernimmt meine Kollegin. Ich bin noch im Auftrag der Agentur unterwegs«, erklärte ich. »Wir machen eine Führung durchs Viertel. Gleich fahren wir zur Verkostung in Ihr Weingut.«

»Was für ein Zufall. Wir hatten einen Termin beim Architekten. Wegen der Vinothek.« Hannes Kepler sah zu seiner Frau, die eine Papprolle mit Bauplänen im Arm hielt. »Unser Auto steht im Hof. Wenn wir nicht in den Feierabendstau geraten, kann die Verkostung pünktlich starten.«

Ich wandte mich an meine Gruppe. »Darf ich Ihnen unsere Gastgeber, Maja und Hannes Kepler vom Weingut Kepler, vorstellen?« Das Ehepaar nickte höflich. »Im Anschluss werden wir Ihre Weine probieren, und ich verspreche nicht zu viel, wenn ich sage, das wird ein großes Vergnügen.« Na bitte, ich klang fast wie ein Klon von André.

»Das hören wir gern«, sagte ein Beamter mit John-Lennon-Brille und leckte sich die Lippen. »Bei Ihrem Rundgang haben wir ordentlich Durst bekommen.« Er schaute zu seinen Kolleginnen und Kollegen, die einvernehmlich zustimmten.

»Keine Sorge«, sagte Hannes Kepler. »Unser Weinkeller ist gut gefüllt, da wird keiner verdursten.«

Wir verabschiedeten uns. Ich führte die Gruppe zum Treffpunkt an der Ecke Immenhoferstraße/Alexanderstraße, wo der Busfahrer uns bereits erwartete.

Als wir auf dem Weingut ausstiegen, riss die Wolkendecke auf und machte Platz für sommerliches Azurblau. Der Wetterumschwung löste ein geschäftiges Hin und Her im Hof aus. Hannes Kepler und Kellermeister Schmälzle schoben die gusseisernen Tische und Stühle auf der Terrasse für die Weinprobe zurecht und trugen die Kisten mit den vorbereiteten Weinen aus dem Verkostungsraum nach draußen. Zwischen den blühenden Oleanderbüschen wurde eingedeckt. Mit meiner Gruppe wartete ich auf der Veranda, bis es losgehen konnte. Brigitte Jonas servierte Erfrischungen. Bald trat André zu uns und begrüßte die Teilnehmer. Als geschäftstüchtiger Agenturchef rief er den Beamten die erfolgreiche Kampagne des letzten Jahres in Erinnerung und bot Unterstützung bei den nächsten Projekten an.

André verschwand im Verkostungsraum und kam mit zwei Flaschen im Arm herausstolziert. Hannes Kepler brachte ein Tablett mit Weidenkörbchen voller Weißbrot und Partybrötchen aus der Küche und verteilte sie auf den Tischen. Als er winkte, führte ich die Teilnehmer über den Hof.

Solange es sich alle bequem machten und vom Brot naschten, ging ich zu Brigitte Jonas in die Küche. Gemeinsam brachten wir die schwäbischen Tapas zur Terrasse. Die Teilnehmer griffen bei Nussschnecken, Minimaultaschen auf Spießen und kleinen Fleischküchle kräftig zu und lobten das südländische Flair.

Als der erste Hunger gestillt war, begann die Verkostung. Die Keplers hatten sich für andere Speisen als in der Laube entschieden, und auch die ersten beiden Weine waren neu im Programm. Ob das eine Vorsichtsmaßnahme war oder aus Rücksicht auf die Teilnehmer geschah? Inzwischen wusste jeder Zeitungsleser, dass am verhängnisvollen Abend auf dem Weindorf ein Riesling und ein Trollinger verkostet worden waren. Die giftige Substanz war laut aktuellem Ermittlungsstand nicht in diesen Weinen enthalten gewesen, trotzdem war der Wechsel eine clevere Entscheidung.

André ließ verbal nichts anbrennen und erfand preisverdächtige Formulierungen. Beim ersten Wein, einem Sauvignon Blanc, zelebrierte er den exzellenten Weinsäurebogen und beschwor die grazilen Fruchtaromen. Winzer Hannes Kepler verzog keine Miene und ließ den Angeber gewähren. Seine Frau Maja war nirgends zu sehen.

Nachdem die Verkostung ohne Zwischenfälle über die Bühne

gegangen war, wirkten alle erleichtert. André und Hannes Kepler mischten sich unter die Gäste, und man betrieb entspannten Small Talk unter Weinkennern und solchen, die sich dafür hielten.

Am Ende der Veranstaltung fiel mir ein Riesenbrocken vom Herzen. Alles hatte geklappt, niemand war übel geworden, und die Gäste schienen zufrieden. Zeit für eine Pause.

Ich brachte die leer gegessenen Platten in die Küche und verspeiste zwei Maultaschenspieße, die ich zur Seite gelegt hatte. Danach schlenderte ich über das Gelände. Auf dem Parkplatz sah ich Jeannettes grünen Golf, meine Mitfahrgelegenheit zur Agentur. Die Frage war nur, wo sie steckte. War sie mit den Kollegen im Weinkeller, um Biowinzer Tobias Kepler beim Ausbau seiner Weine zu shooten? Dafür hatten wir mehrere Motive der Verarbeitungsschritte zwischen dem Ende der Gärung und der Abfüllung vorgesehen.

Einer wusste garantiert, ob meine Kollegen in seinem Reich fotografierten: Kellermeister Schmälzle. Ich schaute mich auf dem Hof nach ihm um. Die Teilnehmer meiner Führung scharten sich um André, der sich wie ein Gockel in Szene setzte. Schmälzle konnte ich nirgends sehen, ebenso wenig Hannes Kepler. Was nun? Ohne Begleitung wollte ich die weitläufigen Kellerräume des Weinguts ungern betreten.

Am besten, ich versuchte es zunächst im Weinberg nebenan. Gut möglich, dass meine Kollegen den Wetterumschwung ausnutzten.

Am Parkplatz bog ich auf den schmalen Schotterweg ein, der zum Weinberg führte. Staubwölkchen wirbelten auf und ließen sich auf dem mintgrünen Satinstoff meines Kleides nieder. Da ich nach der Perücke nicht auch noch das Kostüm herauswaschen wollte, wich ich auf die Rasenfläche am Neubau aus.

Plötzlich drangen Stimmen an mein Ohr. Waren das meine Kollegen?

Ich blieb stehen und schaute mich um. Da war jemand hinter dem Schwarzen Holunder an der Ecke des Neubaus. Der schwere süßliche Duft der rahmweißen Blüten war bis hier zu riechen. Aber auf was für ein Motiv könnte es Werner dort in der Hausecke abgesehen haben? Ich trat zur Seite und erspähte durch die üppigen Blätter und Blütendolden einen rotblonden Schopf. Das musste Brigitte Jonas sein, die ich vorhin noch in der Küche gesehen hatte. Pflückte sie Blütenstände für den hausgemachten Holundersirup, auf den sie so stolz war? Gedämpftes Lachen war zu hören. Das kam von Brigitte. Nun erst bemerkte ich den braun gebrannten Männerarm um ihre Taille. Ich lief leise weiter. Brigitte Jonas' Privatleben ging mich nichts an.

Am Weinberg angekommen, schaute ich zurück zur Hausecke. Ein Mann in schwarzer Jeans und grauem Polohemd trat hinter dem Holunderbusch hervor, strich sich die Haare glatt und eilte zum Weingut zurück. Es war Hannes Kepler.

Geistesabwesend stapfte ich an der äußeren Rebenreihe bergauf. Was hatte ich da beobachtet? Objektiv gesehen, einen Mann und eine Frau, die ein Gespräch hinter einem Strauch führten. War die Situation wirklich so vertraut gewesen, oder interpretierte ich zu viel hinein? Möglicherweise hatten die beiden über etwas gesprochen, das nicht für Andrés Ohren gedacht war. Oder sie planten eine Überraschung für Anton Keplers bevorstehenden Geburtstag ...

Nein, gestand ich mir schließlich ein. Mein Eindruck hatte mich nicht getäuscht. Allem Anschein nach verband den Winzer und seine hübsche Mitarbeiterin mehr als nur das Wohl des Weinguts.

Am oberen Ende des Weinbergs legte ich eine Pause ein und zog die Perücke zurecht. Beim Durchatmen sah ich über den Talkessel und die Hügelkette ringsum. Die Hügel waren großflächig bebaut, dennoch überwog die Farbe Grün. Diesmal schaffte es das einmalige Panorama nicht, mich in den Bann zu ziehen. Nach dem langen Arbeitstag spürte ich die Erschöpfung in allen Knochen. Am liebsten hätte ich mich im Gras ausgestreckt. Aber Flecken auf meinem Kleid? Nein, nach den Erfahrungen mit der Perücke war mir das Risiko zu groß.

Ich ging oberhalb der Rebenreihen entlang, bis ich bei der hellen Holzbank angelangte, und nahm Platz. Von hier aus bewunderte Anton Kepler oft seine Rebstöcke. Noch gehörte dieser Vorzeige-Weinberg in einzigartiger Steillage ihm. Am Sonntag würde sich das ändern, wenn er verkündete, wem er sein Weingut und diesen grünen Schatz übergeben wollte. Diese Lage wurde derzeit von Hannes Kepler konventionell bewirtschaftet. Genauso gut konnte die Wahl auf seinen Bruder Tobias fallen, der nach seinen Weinbergen auch den Rest des Weinguts auf Bioanbau umstellen wollte. Für wen würde sich Anton Kepler entscheiden?

Als ich ein Keuchen hörte, sah ich mich um und staunte über die eigenartigen Zufälle des Lebens. Auf einen Stock gestützt, hielt Anton Kepler in bedächtigen Schritten auf seine Lieblingsbank zu. Dies war das erste Mal, dass ich ihm ohne die Begleitung seiner Schwiegertochter begegnete. Den linken Fuß zog er nach, eine der Folgen seines Schlaganfalls. Auch heute trug er seine schwarze Baskenmütze und eine zu weite Cordhose, die von rot gemusterten Hosenträgern an Ort und Stelle gehalten wurde.

»Aha, das Fräulein Pelzer.« Er suchte Halt an der Lehne und plumpste mit seinem ganzen Gewicht auf die Sitzbank, die unter mir heftig bebte. Sein Atem ging rasselnd, und er rang nach Luft, als hätte ihm die Strecke vom Weingut hierher viel Kraft abverlangt.

»Guten Tag, Herr Kepler. Hat Sie die Sonne nach draußen gelockt?«

Er zog ein Taschentuch aus der Hosentasche und tupfte sich die Stirn ab. »Nein. Ich bin auf der Flucht.«

Verunsichert musterte ich das faltige Gesicht mit den buschigen Brauen. Es verzog sich zu einem verschmitzten Lächeln, als hätte er einen Scherz gemacht. Anton Kepler hob die Hand und wies mit dem Daumen auf sein Weingut. »Da ist mir zu viel los.«

»Das kann ich gut verstehen. Ich habe Pause, und Ihre Bank ist genau der richtige Ort dafür.«

»Hab Sie kaum erkannt, Fräulein Pelzer«, brummte er und wischte sich neue Schweißtropfen von der Stirn. »Maja hat mir erzählt, Sie tragen bei Ihren Führungen ein Kostüm. So sieht das also aus.« Er betrachtete mich von Kopf bis Fuß und wieder zurück. Seine braunen Augen fixierten meine Perücke. »Nicht zu heiß dadrunter?«

»Es dampft ganz schön«, sagte ich und lächelte. »Aber dafür riskiere ich keinen Sonnenbrand auf dem Scheitel.«

»Was soll Ihre Verkleidung darstellen?«

In einer majestätischen Geste, die ich mir von Vollprofi Königin Elizabeth II. abgeschaut hatte, hob ich die Hand und winkte dem Stadtkessel. »Sie sehen vor sich Königin Katharina von Württemberg, Gründerin des Zentralen Wohltätigkeitsvereins, der Württembergischen Landessparkasse und des Wohlfahrtswerks.«

»Die Reing'schmeckte aus Russland«, stellte Anton Kepler fest und zeigte über seinen Weinberg hinweg auf einen modernen Gebäudetrakt im Talkessel, von dem nur ein Teil zu sehen war. »Die hat das Katharinenhospital gegründet. Da war ich nach meinem Schlaganfall.«

»Das tut mir leid. Ich meine ... ich wollte sagen –«

»Danke«, sagte er und beendete meine verlegene Stammelei. »Die haben mich wieder halbwegs hingekriegt, aber das Gehen ist eine saumäßige Plackerei, kann ich Ihnen sagen.« Vielsagend hob er seinen Stock an.

Die Form war eigenartig. Er war nicht gerade, sondern an einigen Stellen leicht gebogen und hatte seltsame Knubbel, die ich schon irgendwo gesehen hatte. Mein Blick wanderte zu den Reben unterhalb von uns.

»Ist der aus einem Weinstock geschnitzt?«

Anton Kepler klopfte mit der flachen Hand darauf. »Viel besser als so ein neumodischer Metallspieß, mit dem die jungen Leute durch die Weinberge rennen.«

»Und viel eleganter. Der ist was Besonderes.«

»Hat mir Tobias letztes Jahr zum Geburtstag geschenkt.« Er sinnierte vor sich hin und schien in Erinnerungen versunken. »Ein guter Junge, der Tobias. Liebt die Natur und jede einzelne Pflanze, egal, wie unscheinbar sie ist. Mein Älterer ist völlig anders. Dem geht's ums Geld.« Er seufzte und ließ den Kopf sinken. »Ich bin die ewigen Reibereien leid. Jeder will recht behalten. Dickköpfe, die beiden. Gehen aufeinander los wie Steinböcke.«

Ich wusste nicht recht, was ich sagen sollte. Am besten etwas Diplomatisches. »Jeder Ihrer Söhne hat seine eigenen Vorstellungen vom Weinbau. Der eine möchte guten Wein machen, wie er es schon immer getan hat. Der andere will Pestizide vermeiden und Maschinen. Beides hat seine Berechtigung.«

»Ja, schon. Aber wohin hat uns die Streiterei gebracht?« Anton Kepler stampfte mit seinem Stock auf eine ausgetrocknete Stelle zwischen welken Grashalmen. »Durch die Familie geht ein Riss, das wird nicht mehr gut. Sogar die Polizei war bei uns, so weit ist es gekommen. Eine Schande ist das. Meine Söhne sind stur, ja, gut. Aber von denen bringt doch keiner jemanden um!«

Also wusste er Bescheid. Seinen Angehörigen war es nicht gelungen, den Todesfall vor ihm zu verbergen. Es dauerte, bis ich mir eine Antwort zurechtgelegt hatte. »Die Polizei macht nur ihre Arbeit. Ein Mann ist gestorben, und der Kommissar versucht, den Grund dafür herauszufinden.«

Anton Kepler schob die Baskenmütze aus der Stirn. Ein verschwitzter grauer Haaransatz kam zum Vorschein. »Vielleicht sollte ich keinem von beiden das Weingut vermachen. Ich könnte es dem Roten Kreuz schenken. Oder der Wohlfahrt.«

»Das ist allein Ihre Entscheidung, Herr Kepler.« Ich berührte ihn am Arm, um mein Mitgefühl mit seiner schwierigen Lage auszudrücken.

»Meine Tage gehen zu Ende«, sagte er leise und schwieg eine Weile. Dann schaute er mich spitzbübisch an. »Aber vorher gönnen wir uns noch ein Schlückchen, was, Fräulein Pelzer?« Er griff in seine Hosentasche und zog einen Flachmann heraus. »Das ist ein Selbstgebrannter aus Birnen. Hat ein Freund mir mitgebracht. Maja will ja nicht, dass ich Alkohol trinke. Aber das gehört doch zu den kleinen Freuden des Lebens, gell?« Er setzte die Flasche an, schluckte und reichte mir den Flachmann, begleitet von einer mächtigen Alkoholfahne.

»Auf, Fräulein Pelzer! Das spült den ganzen Ärger runter.«
Das glaubte ich zwar nicht, aber ich folgte seiner Aufforderung und griff nach der Flasche. Ich nahm einen Schluck und keuchte. Der Schnaps brannte höllisch in der Kehle. Ich reichte ihm die Flasche und hustete ein paarmal, bis ich wieder Luft bekam.

»Anton, da steckst du!«

Maja Kepler kam auf uns zugeeilt. Statt des geblümten Sommerkleides, in dem ich sie vor dem Büro des Architekten gesehen hatte, trug sie eine weiße Caprihose und eine ärmellose Bluse. Ihre Sandalen hatte sie gegen Turnschuhe getauscht.

Unauffällig ließ Anton Kepler den Flachmann in der Hosentasche verschwinden und stützte beide Hände auf seinen Stock.

»Vater, ich hab dich überall gesucht.« Maja Kepler wirkte besorgt. Ihr Atem ging schnell, als wäre sie gerannt. »Du warst auf einmal verschwunden.«

Sie wandte sich zu mir. »Hallo, Frau Pelzer. Danke, dass Sie auf meinen Schwiegervater aufgepasst haben. Wenn man den alten Herrn nur für eine Sekunde aus den Augen lässt, macht er sich sofort aus dem Staub.« Sie sank neben Anton Kepler in die Hocke. »Na, du alter Brummbär?« Liebevoll strich sie über seine stoppelige Wange. »Zeit für deine Medikamente. Komm, ich helfe dir.« Sie hakte ihn unter und zog ihn von der Bank hoch. »So, nimm den Stock in die rechte Hand, und los geht's.«

Anton Kepler tippte sich an die Mütze. »Bis morgen, Fräulein Pelzer. Bleibt alles unter uns, ja?«

»Geht klar, Herr Kepler.« Ich hob die Hand wie ein Soldat an die Schläfenlocken der Perücke. »Bis bald.«

Maja Kepler verabschiedete sich und ging mit ihrem Schwiegervater langsam zum Weingut.

Ich sah den beiden hinterher und dachte über Anton Keplers Worte nach. Der Konflikt zwischen seinen Söhnen schien ihm stark zuzusetzen. Aber er würde sein Weingut doch wohl kaum vor lauter Enttäuschung dem Roten Kreuz schenken?

Ein unverkennbares Kichern riss mich aus meinen Spekulationen. Das war Jeannette. Ich stand auf, strich meinen Rock glatt und ging an den Rebenreihen entlang auf der Suche nach ihr. Nun war eine männliche Stimme zu hören. Auch diesen nöligen, leicht näselnden Ton kannte ich. Das war Werner, der fast alle Shootings für Andrés Agentur übernahm.

»Ein bisschen näher an die Blätter, Tobias. Ja, gut so.« Anscheinend war das Team im Verlauf des Shootings zum Du übergegangen.

Zwei Reihen weiter entdeckte ich meine Kollegen ungefähr zehn Meter tiefer zwischen den Rebstöcken. Werner stand in einem breitbeinigen Ausfallschritt und richtete seine Kamera auf Tobias Kepler, der dicht bei den Rebstöcken kniete und auf die prallen blauroten Trauben deutete. Wie auf Teddys Entwürfen trug er Jeans, ein helles Hemd und braune Lederboots.

»Sehr schön, Tobias. Koste von deinen Trauben«, wies Werner sein Model an.

Tobias Kepler richtete sich auf und sagte etwas zu Werner, das ich nicht verstehen konnte.

»Was meinst du damit, die sind gespritzt?« Werner ließ die Kamera sinken. »Ach so, verstehe. Tue einfach so, als würdest du welche essen. Aber mit Leidenschaft und Herzblut, damit wir deine Faszination für diese Dinger spüren können. Das ist wichtig.«

Tobias Kepler knipste eine Traube vom Stock und hielt sie in der Linken. Mit der Rechten riss er eine einzelne Beere ab und hielt sie sich vor den Mund. Allerdings waren seine Lippen fest aufeinandergepresst, als würde er lieber sterben, als diese Beere zu verspeisen.

»Warum schaust du so gereizt in die Landschaft, Tobias? Stell dir vor, das sind erstklassige Ökotrauben. Du freust dich auf die Preise, die du mit deinen Weinen gewinnst.« Werner hob erneut die Kamera.

Zwei Meter unterhalb standen Jeannette und Teddy. Sie beobachteten das Shooting. Als Artdirector war Teddy für das Visuelle verantwortlich. Beim Shooting kontrollierte er, ob Werner seine Ideen richtig umsetzte. Er formte mit den Händen ein Rechteck vor seinen Augen, um den Bildausschnitt zu überprüfen. Jeannette stand neben ihm, die Hände in die Taille gestemmt. Sie trug noch immer die riesige Spielerfrauenbrille, dennoch war ihre Unzufriedenheit nicht zu übersehen.

Sie schob die Brille in die Stirn und trat zu Tobias Kepler. »Ich kann deine Abneigung gegen diese Trauben förmlich spüren, Tobias.« Sie schaute zu Werner. »Das musst du verstehen. Wir können einen Ökowinzer nicht zwingen, pestizidverseuchte Beeren zu essen. Lass es uns mit einem anderen Motiv versuchen.«

Als sie aufsah, entdeckte sie mich am oberen Ende der Reihe. »Bea, wir brauchen noch ein paar Minütchen. Wir treffen uns im Hof, ja?«

Ich wollte mich abwenden, um das Shooting nicht länger zu stören, als Tobias Kepler mir zuwinkte.

»Frau Pelzer, kommen Sie ruhig zu uns. Wir brauchen jede Unterstützung, die wir kriegen können.«

Der Wunsch deines Kunden ist Befehl, hörte ich Andrés imaginäre Stimme in meinem Kopf. Ich hob den Rock an und trippelte in kleinen Schritten den Steilhang hinunter zu meinen Kollegen.

»Deine Perücke ist verrutscht«, sagte Werner taktlos, aber mit sicherem Gespür fürs Fotogene. Sein Mund verzog sich unter dem schmalen Oberlippenbart, als er mein Kostüm begutachtete. »Wann haben sie dich zur Weinkönigin gewählt?«

Wie alle Mitarbeiterinnen der Agentur ignorierte ich Werners frauenfeindliche Kommentare und sah zu Jeannette. »Ich dachte mir, dass ihr draußen fotografiert.«

Werner fingerte an seiner Kamera herum und unterbrach das Shooting.

»Wir waren über eine Stunde in Tobias' Steillagen in Bad Cannstatt«, sagte Jeannette und setzte die Sonnenbrille wieder auf. »Mensch, das wären geile Fotos gewesen, mit dem Neckar im Hintergrund. Aber bei den vielen Wolken hatten wir einfach kein gutes Licht und haben entschieden, die Motive im Weinkeller vorzuziehen. Als wir alles im Kasten hatten, kam wie bestellt die Sonne raus. Das hier ist natürlich alles andere als ein ökologisch korrekt bewirtschafteter Weinberg. Wir machen nur Nahaufnahmen von Tobias für emotionale Einstreuer.«

»Verstehe.« Ich zog die Perücke zurecht. »Zu wenig Unkraut.«

Tobias Kepler hatte unseren Wortwechsel verfolgt und lächelte. »Theoretisch richtig, das mit dem Unkraut, Frau Pelzer. Auch wenn es Unkraut für einen Biowinzer genau genommen gar nicht gibt. Jede Pflanze erfüllt ihre Aufgabe in der Natur.« Er bückte sich und zog einen zarten grünen Stängel aus dem Boden. Die kleinen weißen Blüten sahen wie Sterne aus. »Das ist zum Beispiel eine Vogelmiere, die dürfte hier im konventionellen Weinberg gar nicht wachsen.« Er reichte mir das zarte Pflänzchen. »Kosten Sie ruhig. Die Blüten schmecken wie junge Erbsen oder Mais.«

Seinem Gesichtsausdruck nach meinte er es ernst. Ich zupfte eine Blüte ab und schob sie mir in den Mund. Skeptisch kaute ich darauf herum, bis sich der Geschmack entfaltete. Tatsächlich, das erinnerte an Erbsen. Jeannette tat es mir gleich und nahm eine Blüte in den Mund.

»Wilde Kräuter wie diese Vogelmiere prägen das Terroir eines Weinbergs.« Tobias Kepler deutete voller Enthusiasmus auf den Boden. Man spürte, er war in seinem Element. Vielleicht war er auch froh, einen Augenblick Ruhe vor Werners gnadenloser Kamera und seinen Regieanweisungen zu haben. »Nur ein gesunder, lebendiger Boden bringt einen feinen, aromatisch vollen Wein hervor. Darum achtet man in einem ökologischen Weinberg auf Artenreichtum und vielfältige Begrünung.«

»Nun ist aber gut mit eurem Blümchen«, beschwerte sich Werner und hob die Kamera. »Wir brauchen noch ein paar Einstellungen, Tobias. Bereit?«

Der Biowinzer rieb sich die Hände an der Jeans ab. »Besuchen Sie mich in meinen Weinbergen in Cannstatt, Frau Pelzer. Dort kann ich Ihnen zeigen, worauf es beim ökologischen Anbau ankommt. Das ist sicher hilfreich für Ihre Texte.« Er strahlte mich an. Der Ton seiner blauen Augen war fast so intensiv wie der Himmel über uns. Eine lange Sekunde später sah er zu Jeannette und Teddy. »Ihr seid natürlich auch willkommen. Und hinterher gebe ich eine Runde im Weinkeller aus.«

»Das klingt verlockend, Tobias.« Jeannette ließ die schwarz getuschten Wimpern flattern wie Marlene Dietrich in ihren besten Zeiten. »Ich komme auf dein Angebot zurück. Bald.«

»Wir sehen uns nachher im Hof«, sagte ich und stapfte zwischen den Reihen bergaufwärts.

Tobias Kepler hatte recht. Meinen Texten würden ein Ausflug nach Bad Cannstatt und ein Rundgang durch einen vorbildlichen Bioweinberg guttun. Nach den erschreckenden Fakten, die ich in Gerits Artikel über Spritzmittel gelesen hatte, hatte ich ein deutlich positiveres Verhältnis zum Bioanbau gewonnen.

Als ich zum Weingut ging, hatte ich das feine Erbsenaroma der Vogelmiere auf der Zunge.

Der Bus war vom Parkplatz verschwunden. Die Teilnehmer meiner Führung hatten Feierabend. Im Gegensatz zu mir. Für heute stand noch eine Besprechung für das Geburtstagsevent am Sonntag an.

Unter den herabhängenden Glyzinienranken waren André, Hannes und Anton Kepler im Schatten der Veranda in ein Gespräch vertieft. Sah nicht so aus, als würden sie Wert auf meine Gesellschaft legen. Ich ging rüber zur Terrasse, um auf den Beginn des Meetings zu warten.

In einer Getränkekiste stieß ich auf Traubensaft. Damit spülte ich den Erbsengeschmack der Vogelmiere hinunter. Das Pflänzchen sah niedlich aus, würde aber kein Dauergast auf meinem Speiseplan werden.

Hinter einem ausladenden Oleanderkübel mit griechisch anmutendem Fries setzte ich mich und streckte die müden Beine auf dem Stuhl gegenüber aus. Meine Perücke juckte. Ob das von dem Spezialshampoo kam?

Da ich außer Sichtweite war, nahm ich das Teil ab, legte es griffbereit in den Schoß und kratzte ausgiebig die juckende Stelle am Scheitel. Zum ersten Mal an diesem Tag war nichts zu tun. Ich schloss die Augen. Die Stimmen, die von der Veranda herüberdrangen, wurden leiser. Mein Körper sank schwer in den Stuhl. Ich gab mich der Müdigkeit hin, bis eine Stimme in mein Bewusstsein drang. Ein Schatten fiel auf mein Gesicht.

»Hoheit zählt wohl die königlichen Schäfchen?«

Schuldbewusst öffnete ich die Augen und nahm die Füße von der Sitzfläche. Zum Glück stand nicht André vor mir. Es war nur Teddy. Er sah die übrig gebliebenen Flaschen durch und entschied sich für einen Sauvignon Blanc. Mit einem Glas lehnte er sich an den Tisch.

»Läuft da was zwischen Tobias und dir?« Teddys Lider verengten sich, bis seine dunkelblauen Augen kaum mehr zu sehen waren.

»Was? Natürlich nicht. Wer behauptet das denn?« Umständlich zog ich die Perücke wieder auf.

»Der hat dich vorhin angesehen, als würde er dich am liebsten vernaschen wie diese Vogelschmiere.«

»Vogelmiere. Es heißt Vogelmiere.«

Teddy stieß ein zischendes Geräusch aus. »Lenk nicht ab. Du weißt genau, wovon ich rede. Jeannette ist ganz schön angepisst.«

»Angepisst? Wegen mir?«

»Mhm.« Teddy nahm einen Schluck aus seinem Glas und ließ mich nicht aus den Augen. »Mir brauchst du nichts vorzumachen. Glaub mir, ich weiß, was du für ein Gesicht machst, wenn dir ein Mann gefällt.«

»Ach? Und woher willst du das so genau wissen?« Meine Stimme hörte sich leicht schrill an. Mein Ex schaffte es immer wieder, mich zu provozieren.

»Früher hast du mich so angesehen.«

Das klang nachdenklich. War da nicht auch eine Spur von Traurigkeit herauszuhören?

Sei vorsichtig, sagte ich mir. Teddy war mit allen Wassern gewaschen, wenn's um Frauen ging. Und bei mir gleich zweimal, schließlich kannte er mich in- und auswendig. Doch da konnte ich mithalten. Seine Verhaltensmuster kannte ich genauso gut. Mit einem Mal dämmerte mir, was wirklich in ihm vorging.

»Bist du eifersüchtig, Teddy?«

Ein Flackern in seinem Blick verriet mir, dass ich ins Schwarze getroffen hatte. Leider konnte ich meinen Triumph nur kurz genießen.

»Störe ich euch Turteltäubchen?« Jeannette warf sich in den Stuhl neben mir, schob die Sonnenbrille ins Haar und streckte alles von sich. »Ihr seht aus, als würdet ihr gleich übereinander herfallen.«

»Jeannette, hör mit diesem Blödsinn auf«, sagte ich. »Das ist doch albern.«

»Vielleicht.« Jeannette nahm Teddy das Glas aus der Hand und kippte den restlichen Weißwein hinunter. »Aber es macht Spaß.«

»Wo hast du deinen Lieblingswinzer gelassen?«, spöttelte Teddy. »Nicht dass dir der Gute abhandenkommt.« Ein vielsagender Blick zu mir folgte.

»Teddy, halt die Klappe.« Jeannette stellte das Glas geräuschvoll auf den Tisch. Sie wies mit dem Kinn auf den Hof. »Da kommt unser Starfotograf. Bin gespannt auf seine Bilder.«

Werner hielt auf uns zu, bis er André und die Keplers auf der Veranda sah. Geschäftstüchtig, wie er war, änderte er seine Route und gesellte sich lieber zu den Kunden.

Während Teddy mir vom Shooting erzählte, blieb Jeannette ungewöhnlich still und sah häufig zur Veranda hinüber. Ob sie auf Tobias Kepler wartete?

Sie griff nach meinem Arm, warf den Volant am Ärmelbund des Kostüms zurück und sah auf meine Uhr. »Viertel vor sieben. Hoffentlich geht die Besprechung bald los. Ich will heute Abend noch aufs Land fahren. Heute ist mein freier Tag, aber das Shooting mit Tobias konnte ich mir unmöglich entgehen lassen.«

Letztes Jahr hatte Jeannette von einem entfernten Onkel ein ansehnliches Sümmchen geerbt und beschlossen, ihrem Leben eine neue Richtung zu geben. Von dem Geld hatte sie sich ein Haus in einem kleinen Ort namens Beuren südlich von Kirchheim unter Teck gekauft und nach langwierigen Umbaumaßnahmen eine Katzenpension eröffnet. Leider lief das Geschäft nur schleppend an. Die Bauarbeiten hatten ihr Erbe fast aufgebraucht. Nach wie vor war sie auf ihre Stelle in der Agentur angewiesen. Wie sie es geschafft hatte, André auf Teilzeit herunterzuhandeln, war mir ein Rätsel. Zurzeit arbeitete sie drei oder vier Tage in Stuttgart. So lange versorgte eine Mitarbeiterin die Katzen. Die restliche Zeit verbrachte sie in Beuren, um Kundschaft für ihre Katzenpension zu akquirieren.

»Da tut sich was.« Teddy deutete zur Veranda, wo Brigitte Jonas mit dem Senior im Hauptgebäude verschwand. Hannes Kepler wechselte ein paar Worte mit André, der mehrmals zu uns herüberschaute. Der Winzer ging ebenfalls ins Haus.

André verließ die Veranda und überquerte den Hof. Er kam auf uns zu. »Planänderung. Unser Meeting wegen des Geburtstagsevents ist auf morgen verschoben. Vierzehn Uhr.«

Jeannette stöhnte. »Aber André, wie soll ich das machen? Ich müsste heute Abend aufs Land fahren und morgen gleich wieder nach Stuttgart. Da bin mehr *on the road* als in meinem Haus. Du weißt, dass ich meinen freien Tag heute für das Shooting geopfert habe?«

André betrachtete seine gepflegten Fingernägel, unbeeindruckt von ihrer Opferbereitschaft. »*Voilà tout*«, bekundete er und kehrte uns den Rücken.

»Feierabend. Na endlich.« Teddy schob die Hände lässig in die Hosentaschen. »Bea, ich muss noch in der Agentur vorbei, bevor ich mich ins Nachtleben stürze. Soll ich dich mitnehmen?«

Ich sah fragend zu Jeannette.

Die hob die Schultern an. »Du kannst dich ruhig neben Teddy kuscheln, dann könnt ihr euer intimes Gespräch fortsetzen.«

»Wenn dir das lieber ist«, sagte ich kurz angebunden.

»Ach, sei nicht gleich beleidigt, Bea.« Jeannette setzte die Sonnenbrille wieder auf. »Logo nehme ich dich mit. Ich fahre über Degerloch auf die Autobahn und kann dich an der Agentur rauslassen.«

Auf der Fahrt durch die Innenstadt war Jeannette für ihre Verhältnisse geradezu wortkarg und in Gedanken versunken. Irgendetwas machte ihr zu schaffen, das spürte ich. Ich überlegte, ob ich ihr von dem kleinen Tête-à-Tête zwischen Brigitte Jonas und Hannes Kepler hinter dem Holunderbusch erzählen sollte. Aber ich musste an Teddys Bemerkung denken. Vielleicht nahm Jeannette es mir übel, dass sich ihr Traummann Tobias beim Shooting mit mir beschäftigt und mich in seinen Weinberg eingeladen hatte. Auch wenn ich nichts dafürkonnte, hatte ich ein schlechtes Gefühl. Besser, ich ließ die Finger vom Thema amouröse Verwicklungen. Jeannette bog auf den Parkplatz der Agentur ein und ließ mich aussteigen. Ich wünschte ihr gute Fahrt. Wir winkten uns zu, und weg war sie.

Stunden später konnte ich endlich Feierabend machen. In der Reinsburgstraße angekommen, schleppte ich mich müde in den dritten Stock und fischte den Schlüssel aus der Umhängetasche. Als ich ihn ins Schloss stecken wollte, hielt ich verwundert inne. Die Wohnungstür war angelehnt. Hatte ich vergessen, sie ins Schloss zu ziehen und abzuschließen? Unwahrscheinlich. Wegen der vielen Einbrüche überall im Stadtgebiet verließen wir die Wohnung nie ohne Sicherheitsmaßnahmen. Hatte Jeannette etwas vergessen und schaute kurz zu Hause vorbei?

Ich schob die Tür auf und betrat den Flur. »Jeannette, bist du da?«

Keine Antwort. Ich warf den Schlüssel auf die Kommode und ging zu ihrem Zimmer. Auch hier war die Tür angelehnt. Als ich dagegendrückte, schwang sie quietschend auf, wie es sich für ein Altbaumodell gehörte.

Mir fiel die Kinnlade herunter. Jeannette gehörte zu den unordentlichsten Menschen, die ich kannte. Aber in ihrem Reich sah es aus, als hätte ein Tornado gewütet. Die Schrankfächer und Schubladen standen offen. Kleiderberge türmten sich auf dem Parkett. Daneben lagen Bücher und CDs. Sogar die einzige Pflanze, die es mit Jeannette aushielt, ein vernachlässigter Gummibaum vor dem Fenster, war umgekippt.

Ich lief hinüber ins Wohnzimmer. Hier bot sich das gleiche

Bild. Sofakissen waren über den Boden verteilt. Bücher aus den Regalen gerissen. Die gerahmten Fotos auf der Kommode neben dem Fernseher lagen wild durcheinander. Das sah nicht nach Jeannette aus. Sondern … nach einem Einbrecher.

Ich machte auf dem Absatz kehrt und rannte in mein Zimmer. Der Laptop, mein wertvollster Besitz, stand dort, wo er immer stand. Auf dem alten Kieferntisch aus meiner Studentenzeit. Der Kleiderschrank war geöffnet, Schals und T-Shirts lagen auf dem Boden. Mein nächster Gedanke galt Jeannettes Tablet-PC. Er lag meist auf der Eckbank in der Küche. Aber dort war er nicht. Auch nicht auf dem Sessel neben ihrem Bett.

Im Flur tippte ich die 110 in mein Handy.

»Ja, hallo? Bei uns ist eingebrochen worden.«

Die Polizistin stellte mich an das zuständige Stuttgarter Revier durch. Meine Kontaktdaten wurden aufgenommen, und man versprach, eine Streife vorbeizuschicken.

Ich saß auf glühenden Kohlen, bis es nach einer Viertelstunde endlich klingelte. Ohne die Sprechanlage zu benutzen, drückte ich auf den Türöffner. Eine Polizistin mit kurzen schwarzen Haaren kam die Treppe herauf, gefolgt von einem stämmigen Kollegen, der ordentlich schnaufte.

»Bin ich froh, dass Sie da sind!« Ich bat die beiden herein.

Nach einem kurzen Rundgang durch die Wohnung setzten wir uns in die Küche.

»Haben Sie den Einbrecher gesehen?«, fragte die Polizistin.

Ich schüttelte den Kopf. »Nein, es war niemand hier, als ich kam.«

»Wurde etwas gestohlen?« Der Untersetzte nahm einen Notizblock zur Hand.

»So genau habe ich noch nicht nachgesehen«, sagte ich.

»Eventuell das Tablet meiner Freundin. Es liegt eigentlich dort, wo Sie sitzen. Auf der Eckbank.«

»Wie steht es mit Schmuck, Bargeld oder Wertpapieren? Elektrogeräten? Fernseher?« Der Polizist ließ sich nicht aus der Ruhe bringen.

»Da muss ich erst nachsehen. Mein Laptop ist noch da.«

Die Polizistin machte ihrem Kollegen ein Zeichen und verließ den Raum.

»Kontrollieren Sie alles und geben Sie uns gleich morgen früh Bescheid, in Ordnung, Frau Petzing?« Er reichte mir eine Visitenkarte.

»Pelzer, mein Name ist Pelzer.«

»Informieren Sie Ihren Vermieter. Sobald Sie wissen, was gestohlen wurde, melden Sie es Ihrer Hausratversicherung.«

Ich nickte, obwohl weder Jeannette noch ich unsere Einrichtung versichert hatten. Erstens war das zu spießig, zweitens zu kostspielig.

Die Polizistin kam zurück und sah zu ihrem Kollegen. »Die Wohnungstür ist unbeschädigt. Keine Gewaltanwendung.« Sie drehte sich zu mir. »War die Tür abgeschlossen?«

»Auf jeden Fall«, sagte ich. »Bei den vielen Einbrüchen in der Gegend schließen wir immer ab.«

Die beiden Polizisten wechselten einen wortlosen Blick. Glaubten sie mir nicht, oder buchten sie meinen Fall in der üblichen Einbruchsstatistik ab?

»Wenn nicht abgeschlossen war, genügt eine EC- oder eine Kreditkarte«, informierte mich die Frau. »Oder ein Draht. Wir empfehlen Ihnen, ein Riegelschloss anzubringen.«

Das hörte sich so unbeteiligt an, als wäre ich nur eines unter unzähligen Einbruchsopfern.

Der stämmige Polizist schien mein Unbehagen zu spüren. »Haben Sie jemanden, bei dem Sie übernachten können? Ihren Freund oder Ihre Eltern?«

»Nein«, sagte ich zögernd. »Ich komme zurecht.«

Er erhob sich von der Eckbank. »Gut, Frau Pelzer. Sie haben meine Nummer, wenn Ihnen noch mehr einfällt. Schließen Sie auf jeden Fall hinter uns ab.«

Als die beiden gegangen waren, schob ich die Kommode vor die Wohnungstür und kam mir mutterseelenallein vor. Sollte ich mir ein Zimmer im Hotel nehmen? Zu teuer. Bei meiner Mutter übernachten? Nur im äußersten Notfall. Zu Jeannette aufs Land flüchten? Das ginge erst morgen nach der Besprechung, sonst würde ich stundenlang im Auto sitzen. Zudem hatte ich keine Lust auf Land und Katzen.

Ich nahm mein Handy und tippte Jeannettes Nummer.

»Bea, vermisst du mich schon?«

»Du wirst lachen, so ist es. Stell dir vor, bei uns ist eingebrochen worden.«

»Was? In der WG? Ist was geklaut worden?«

In wenigen Worten schilderte ich die Situation und den Besuch der Polizei. »Ich habe Angst. Vielleicht kommt der Einbrecher zurück.«

»Keine Panik«, beruhigte mich Jeannette. »Warum sollte er es erneut versuchen, wenn er beim ersten Mal nichts gefunden hat? Mein Tablet habe ich übrigens mitgenommen, falls du das vermisst hast.«

»Hab ich.«

»Möchtest du zu mir kommen? Meine vier haarigen Pensionsgäste freuen sich über jede kraulende Hand.«

»Das ist nett, aber ich muss morgen zur Besprechung aufs Weingut. Zu viel Fahrerei.«

»Du könntest bei Teddy übernachten. Der freut sich, wenn du mit ihm kuschelst.«

»Zu riskant.«

»Hormone, verstehe.« Jeannette überlegte. »Ich würde die Bude verrammeln und mich bewaffnen. Im Putzschrank müsste noch der Baseballschläger von unserem letzten Mitbewohner stehen.«

»Stimmt. Den hole ich gleich.«

»Falls du Panik bekommst, setzt du dich ins Auto und fährst zu mir, verstanden?«

»Mach ich. Gute Nacht.«

Ich legte auf und holte den Baseballschläger aus dem Putzschrank. Nach mehreren Probeschwüngen nahm ich zwei von Jeannettes Schlaftabletten, klemmte eine Stuhllehne unter die Türklinke meines Zimmers und wartete, bis die Tabletten wirkten.

Klaviergeräusche aus der Wohnung unter uns holten mich aus dem Tiefschlaf. Es waren aneinandergereihte Töne, die an- und wieder abstiegen. Als würde jemand Tonleitern üben. Jemand, der sich dem Klavier als Instrument gerade erst annäherte. Schlagartig fiel mir der Einbruch ein. Um meinen Brustkorb legte sich eine unsichtbare Riesenfaust, die mir das Atmen schwer machte. Ich schoss hoch und rang nach Luft. Mein erster Blick galt dem Baseballschläger. Lehnte noch am Nachttisch, sehr gut. Unter der Türklinke klemmte der Stuhl. Demnach war der Einbrecher nicht wieder zurückgekehrt. Zumindest nicht in mein Zimmer.

Beim Aufstehen fühlte ich mich doppelt so alt. Die Panikattacke verlangsamte jede Bewegung, auch wenn mein Puls tobte, als würde ich einen Marathon laufen. Ich räumte den Stuhl beiseite, griff mir den Baseballschläger und machte einen Kontrollgang durch die Wohnung. Warum musste Jeannette ausgerechnet gestern Abend in ihre Katzenpension fahren und mich das ganze Wochenende über allein lassen?

Reiß dich zusammen, ermahnte ich mich. Du bist eine erwachsene Frau, und du hast einen Baseballschläger in der Hand.

Die Kommode stand vor der Wohnungstür, wo ich sie gestern hingerückt hatte. Hier kam keiner rein, wenn ich es nicht wollte.

Statt Koffein entschied ich mich für beruhigende Kamille. Ich brühte mir einen Teebeutel aus einer halb zerdrückten Schachtel auf. Das Mindesthaltbarkeitsdatum war abgelaufen. Das galt auch für mich. Nach dem Schock gestern Abend hatte ich das Waschen vergessen. Entsprechend streng roch ich.

Ich deckte die Tasse mit einem Unterteller ab, damit die Kräuter ihre entspannende Wirkung entfalten konnten. Mit dem Baseballschläger überprüfte ich erneut meine Verbarrikadierung. Ich wollte nicht riskieren, von dem Einbrecher überrascht zu werden, solange ich nackt unter der Dusche stand.

Als ich mich sauber fühlte, löffelte ich ohne Appetit ein Fertigmüsli zum Tee. Dabei lauschte ich so angestrengt, dass es kein Wunder gewesen wäre, wenn meine Ohrmuscheln sich bewegt hätten. Das Motorenbrummen der Autos. Hupen. Das Klavier von unten. Schritte im Hausflur. Die Holztreppe knarrte. Ein Briefkastendeckel klapperte. Alle Geräusche klangen bedrohlich und intensiver als sonst. Auch mein Herzschlag. Ich musste raus hier, sonst drehte ich durch.

Aber wohin? Oder war es klüger, einen kräftigen Mann zu bitten, bis Montag bei mir zu wohnen? Georg lehnte Gewalt ab. Teddy dagegen stand auf Prügeleien, aber er und ich gemeinsam in einer Wohnung? Macho-*Man* und ängstliches Weibchen? Zu riskant.

Ich beschloss, das Problem auf später zu verschieben. Vorerst bot die verrammelte Tür genug Schutz. Um mich abzulenken, holte ich den Laptop in die Küche, wo die Tonleitern weniger störend waren. Ich rief die Onlineausgabe unserer Tageszeitung auf. Zwar hatte ich nicht ernsthaft erwartet, einen Bericht über den Einbruch in unserer WG zu finden. Enttäuscht war ich dennoch, kein Wort davon in der Zeitung zu lesen.

Der Aufmacher benutzte den Giftanschlag in der Laube der Keplers als Aufhänger für das Thema Marktplatzsanierung. Das bedeutete, es gab nichts Neues zu berichten.

War das eine gute oder eine schlechte Nachricht?, fragte ich mich und überflog den Rest des Artikels. Darin ging es um die Frage, wohin Veranstaltungen wie das Weindorf und das Festival der Kulturen im nächsten Jahr ausweichen könnten. Für die fünfundfünfzig Lauben des Weindorfs, die auf dem Marktplatz beheimatet waren, suchte man nach einer Fläche, die einen direkten Anschluss zu den anderen Lauben auf dem Schillerplatz bot.

Das war nicht mein Problem, solange André nicht als Mitveranstalter beim Weindorf einstieg. Bei seiner neuen Leidenschaft für das Thema Wein war das durchaus denkbar.

Ich scrollte nach unten und stieß auf einen Artikel von Gerit. Sie fasste den aktuellen Stand der Ermittlungen zusammen und kam kurz auf die Weinzeitschrift »Gute Tropfen« zu sprechen. Zur Redaktion dieses Blattes hatten neben Thomas Schäfer drei weitere Teilnehmer der Verkostung gehört. Gerits Recherchen zufolge kämpfte der Verlag der Weinzeitschrift wie viele andere Medienhäuser mit sinkenden Verkaufszahlen und schwindenden Abonnenten.

Das brachte mich auf eine Idee. Ich packte meine Sachen zusammen, steckte einen Stadtplan ein und wollte die Kommode vor der Wohnungstür zur Seite schieben, als mein Handy klingelte. Im Display sah ich, wer anrief. Es war Gerit.

»Eben habe ich deinen Artikel über das Verlagshaus gelesen.« Sollte ich ihr von dem Einbruch erzählen? Sie würde es sofort meinem Vater berichten, und der würde sich ins Auto setzen und herkommen. Aber was würde das helfen? Eine innere Stimme riet mir davon ab. Auch, weil ich dann vielleicht doch in der Zeitung landen würde.

»Ich weiß, die Infos über den Verlag geben wenig her«, sagte Gerit. »Aber ich bleibe dran. Da steckt mehr dahinter, das spüre ich. Du, ich rufe aus einem anderen Grund an. Du hast mir erzählt, André hätte dich beim Kommissar angeschwärzt. Dein Vater hat ein ernstes Wörtchen mit André gewechselt und sich solche Beschuldigungen verbeten. Hat er sich bei dir entschuldigt?«

Mein Vater hatte sich für mich starkgemacht. Es tat gut, das zu hören.

»*Entschuldigt?*« Fast hätte ich gelacht. »So eine Blöße würde André sich gegenüber seinen Lohnsklaven nie geben. Wenigstens hat er mich gestern nur minimal beschimpft.«

»Siehst du, Peters Gardinenpredigt hat gewirkt. Er hat mir erzählt, die Besprechung im Weingut fände heute statt. Du bist auch dabei?«

»Ja.«

»Wann geht's los?«

»Um zwei.«

»Könntest du mich Anton Kepler vorstellen? Die Familie ist zurzeit sehr pressescheu. Keine Chance, auf dem offiziellen Weg an jemanden ranzukommen. Ein persönlicher Einstieg würde helfen. Vitamin B, du verstehst.«

»Worum geht es genau?«, fragte ich argwöhnisch. Was den Kontakt seiner Mitarbeiter mit Medienvertretern anging, war André pingelig. Das war uns nur gestattet, insofern es der Agentur nutzte. Wenn mich Gerit nachher zur Besprechung begleitete, würde er ausrasten.

Sie schien mein Zögern zu spüren. »Unser Blatt berichtet über das Jubiläum und die Übergabe des Weinguts an die nächste Generation. Ich möchte ein Interview einbauen. Du weißt schon. O-Töne, persönliche Statements. Authentisch eben. So was lesen die Menschen gern.«

»Ein Interview? Mit Anton Kepler?«

Mir fiel Andrés Kuhhandel ein. Im Gegenzug für die Anzeigenstrecke hatte er ein Interview herausgeschlagen, das er in seinem Sinne gestalten wollte. Um die negative Presse zu »neutralisieren«, waren seine Worte gewesen. Ich bezweifelte stark, ob Gerit ihre journalistischen Ansprüche herunterschrauben und sich auf einen harmlosen PR-Text einlassen würde.

»Also, Bea? Du machst mir den Kontakt, ja? Wie lange dauert eure Besprechung?«

»Zwei Stunden mindestens.«

»Ich bin gegen vier da.«

Wenn Gerit in Fahrt war, konnte sie niemand aufhalten. Das versuchte ich erst gar nicht. Aber ich wollte das Meeting frei von investigativen Journalistinnen halten, um nicht noch mehr Ärger mit André zu bekommen.

»Wartest du auf dem Parkplatz?«, bat ich in unverfänglichem Ton. »Ich hole dich ab, sobald die Besprechung zu Ende ist, und bringe dich zu Herrn Kepler.«

»Botschaft angekommen, Bea. Alles hört auf dein Kommando.«

Samstags zog es Tausende Menschen in die Innenstadt, um auf der Suche nach Schnäppchen in Ladengeschäften herumzubummeln, auf dem Markt frisches Gemüse fürs Wochenende einzukaufen oder sich ein Glas Sekt im Jugenstilambiente der Markthalle zu gönnen. Entsprechend gut kam ich auf der Auswärtsspur der B27 voran, als ich nach Degerloch fuhr. Gerit hatte die Adresse von Thomas Schäfer erwähnt. An einer roten Ampel orientierte ich mich auf dem Stadtplan. Im Schritttempo rollte ich an der Doppelhaushälfte mit dem spitzen Satteldach vorbei, die neben Gerits letztem Artikel abgebildet gewesen war. Den Corsa stellte ich am Ende der Straße ab. Langsam näherte ich mich meinem Ziel. Auf der Terrasse und in dem kleinen Garten neben dem Haus war niemand zu sehen. Als ich versuchshalber gegen das Gartentor drückte, schwang es von allein auf. Neben der Haustür hing ein handgetöpfertes Schild aus Ton mit den Namen Thomas, Sandra und Annika Schäfer. Würde hier bald ein neues Schild mit nur zwei Namen hängen?

Als ich klingelte, war das melodische Ginggong bis nach draußen zu hören. Durch die Milchglasscheibe neben der Haustür sah ich jemanden näher kommen.

»Ja?« Eine Frau mit blassem Gesicht und ungekämmten braunen Haaren erschien im Türspalt.

»Guten Tag, Frau Schäfer. Meine Name ist Bea Pelzer. Ich habe die Führung geleitet, an der Ihr Mann teilgenommen hat. Vergangenen Mittwoch.«

Der Türspalt wurde kleiner. »Was wollen Sie?«

Eine gute Frage. Meine Antwort würde darüber entscheiden, ob sie mit mir redete oder nicht.

»Frau Schäfer, ich möchte Ihnen mein Beileid aussprechen. Ich mache mir Vorwürfe, weil ich nur wenige Worte mit Ihrem Mann gewechselt habe. Er hat einige der letzten Stunden seines Lebens bei meiner Führung verbracht.« War das zu melodramatisch?

Offenbar nicht. Mit einer Handbewegung bat mich Sandra Schäfer ins Haus. Ich folgte ihr in einen großen Wohn-Ess-Bereich, in den die Sonne durch das raumhohe Fenster hereinflutete. Wir setzten uns an den Esstisch.

Sandra Schäfer sah an mir vorbei in den Garten, als wäre sie mit den Gedanken woanders. Hatte sie mich hereingebeten, um nicht allein zu sein?

Ich wartete ab, bis sie sich aus ihrer Starre löste und zu mir schaute.

»Ein schönes Haus«, sagte ich und blickte mich im Raum um. Helle Holzmöbel, ein bunt gemusterter Teppich, üppige Topfpflanzen. Auf einem roten Sofa lag eine Barbiepuppe in einem Brautkleid.

Sandra Schäfer fuhr sich durch die kurzen Haare, die fast die Farbe ihrer Augen hatten. »Ja, das ist es. Aber ich fürchte, wir können hier nicht mehr lange bleiben.«

Ich sah sie mitfühlend an. Was würde Gerit in dieser Situation tun, um an Informationen zu kommen? Sie würde etwas riskieren. »Die Bank?«

Sie nickte und wischte einen Brotkrümel von der Tischdecke. »Mein Mann … er hatte eine Lebensversicherung. Die reicht für einige Zeit. Wie es danach weitergeht …« Sie seufzte.

»Es geht immer weiter. Irgendwie«, sagte ich, ohne nachzudenken. »Sie müssen an Ihre Tochter denken. Sie braucht Sie jetzt.«

Sandra Schäfers Augen wurden feucht.

Ich legte meine Hand auf ihre. Sie ließ es zu.

»Es geht immer nur ums Geld«, sagte sie. »Ich habe es satt. Der Kredit fürs Haus, der Ärger im Verlag.«

»Einsparungen und Kündigungen.« Das war aufs Blaue hingesagt, aber nach Gerits Artikel lag ich richtig.

Sandra Schäfer schien sich nicht darüber zu wundern, woher ich das wusste. »Der neue Geschäftsführer will die Zeitschrift einstellen, weil sie zu wenig Gewinn abwirft.«

»Wie soll das gehen, wenn immer weniger Anzeigen geschaltet werden?« Ich dachte an Gerits Redaktion.

»›Gute Tropfen‹ erscheint seit zwanzig Jahren und hat treue Leser.« Sandra Schäfer wischte sich über die Wange. »Man kann eine Zeitschrift doch nicht von heute auf morgen einfach einstellen. Mein Mann und seine Kollegen haben einen Rundbrief geschrieben. An die Anzeigenkunden und Abonnenten. Ein Hilferuf.«

»Eine mutige Aktion. Was ist passiert?«

»Der Geschäftsführer hat eine Menge Anrufe und wütende E-Mails bekommen.« Sandra Schäfer strich das Tischtuch glatt. »Geholfen hat es wenig. Die Hälfte der Redakteure musste gehen.«

Ich fragte mich, wieso der Verlag ausgerechnet in so einer schwierigen Situation Geld für eine Führung ausgab. »Wissen Sie, wer die Stadtführung mit mir gebucht hat?«

Für einen kurzen Moment glaubte ich, ein Lächeln über Sandra Schäfers Gesicht huschen zu sehen.

»Die Veranstaltung war seit Langem geplant. Zum zwanzigjährigen Jubiläum. Bezahlt hat sie der frühere Geschäftsführer. Der wusste noch, was sich gehört.«

Ein vielleicht sieben oder acht Jahre altes Mädchen mit Stupsnase und verheultem Gesicht kam ins Wohnzimmer. Als sie mich sah, blieb sie verunsichert stehen. »Mami, du hast gesagt, wir gehen zum Spielplatz.«

Sandra Schäfer stand auf und ging zu ihrer Tochter. »Ja, meine Süße, das machen wir.«

Ich verabschiedete mich rasch und wünschte den beiden alles Gute.

Pünktlich betrat ich das Hauptgebäude des Weinguts. Bevor wir die Werbemaßnahmen durchsprachen, sahen wir uns das Foyer und die anderen Räumlichkeiten an, in denen das Event morgen stattfinden sollte.

»Im Eingangsbereich verteilen wir Stehtische im Halbrund. Auf der anderen Seite wird das Rednerpult stehen.« André war vollauf zufrieden mit seiner Planung. »Die Türen zur Veranda, über die unsere Gäste kommen, bleiben geöffnet. Ebenso die doppelflügelige Tür zum Wohnraum nebenan. Auf diese Weise können die Gäste nach dem offiziellen Part nahtlos zum entspannten Get-together übergehen, n'est-ce pas? Auf der Veranda platzieren wir ebenfalls Tische. Die Tonanlage überträgt die Reden nach draußen.«

»Wo bauen wir die Stellwände mit den Imagemotiven auf?«

Teddy schaute sich im Foyer um. »An der Wand entlang wäre ideal. Die Stellwände würden die Garderobenschränke verdecken. Oder wir stellen sie …«

»Die Imagemotive will ich hier haben.« André ging auf die offene Tür zu, die ins repräsentative Wohnzimmer mit Kamin und Panoramafenster führte. Dieser Raum wurde gelegentlich für Verkostungen in privatem Rahmen genutzt. »Wir beginnen die Präsentation bei den Stehtischen und reihen die Motive auf den Stellwänden aneinander. Die Gäste gelangen automatisch in den Wohnraum, wenn sie der Präsentation folgen. Unterwegs werden sie von den großformatigen Bildern ihrer Gastgeber begleitet.«

»Eine ausgezeichnete Idee, André.« Hannes Kepler strich sich beeindruckt von dieser Eloquenz über den Schnurrbart. »Wir verbinden das Förmliche mit dem Gemütlichen. Was sagst du dazu, Maja? Meinst du, das gefällt Anton? Schließlich ist es sein großer Tag.« Er schaute über die Schulter zu seiner Frau.

Maja Kepler stand auf der untersten Stufe der breiten Treppe, die vom Eingangsbereich hinauf in die Privaträume der Familie führte. Ihr Schwiegervater war bei der Vorbereitung nicht dabei. Er sollte seine Kräfte für den Festakt schonen.

»Ja, das kann ich mir gut vorstellen.« Sie ließ den Blick durch das Foyer schweifen, als sähe sie alles bereits vor sich. »Die Aperitifs servieren wir bei der Ankunft im Hof und an den Tischen. Das Catering bauen wir im Wohnraum vor dem großen Fenster auf. Die Details müssen wir nachher mit Brigitte besprechen. Sie hat momentan in der Küche alle Hände voll zu tun.« Sie machte einen Schritt von der Stufe auf den Steinboden des Foyers und drehte sich um hundertachtzig Grad. Rückwärts entfernte sie sich von der Treppe, ohne diese aus den Augen zu lassen. »Ich mache mir nur Sorgen wegen der Stufen. Der Physiotherapeut hat wochenlang mit Anton geübt. Aber die vielen Menschen werden ihn nervös machen.« Sie biss sich auf die Unterlippe und schaute zu ihrem Mann. »Du weißt ja, Menschenansammlungen mochte Anton noch nie.«

Hannes Kepler trat zu seiner Frau und legte ihr den Arm um

die Schultern. »Vater wird diesen Auftritt genießen, glaube mir, Maja. Schließlich warten alle seit Wochen, ach, seit Monaten auf seine Rede.«

Und auf seine Entscheidung, wem er das Weingut vermachen würde, übersetzte ich seine Worte in Gedanken. Auch für uns Agenturmitarbeiter würde das eine Erleichterung sein. Die letzten Wochen über hatte unsere Aufmerksamkeit allen dreien gegolten, den beiden Söhnen und Seniorchef Anton Kepler. Dabei niemandem auf die Füße zu treten, war ein Drahtseilakt gewesen. Doch Andrés Wille war Gesetz. Er wollte sich jede Option offenhalten. Schließlich galt es, die lukrativen Aufträge des Weinguts auch nach dem Besitzerwechsel für seine Agentur zu sichern, unabhängig davon, wer die Nachfolge antreten würde.

»*Très bien.* Diesen Punkt können wir abhaken.« André blickte fragend zu Pauline, die umgehend ihr Tablet konsultierte.

»Das Nächste auf der Liste ist die Reihenfolge der Reden«, soufflierte sie. »Die Begrüßung wolltest du selbst übernehmen.«

André griff das Stichwort auf. »*Alors, les discours.* Kommen wir zu den Reden. Ich werde wie besprochen die Veranstaltung eröffnen und die Gäste willkommen heißen. Weiter haben wir den Gemeinderat von der CDU, danach folgst du, Hannes, darauf dein Bruder Tobias ...«

Solange er sich mit den Keplers abstimmte, schweiften meine Gedanken ab. Um die Reden kümmerte sich jeder Gratulant selbst. André arbeitete seit Tagen geheimnistuerisch daran, als ginge es um eine Dankesrede für den Friedensnobelpreis. Seine Eröffnungsworte schrieb er allein, und das war gut so. Je mehr Abstand wir hatten, umso besser.

Anders sah es bei den Texten für die Imagemotive aus. Wer sollte die Headlines dafür liefern?

Anhand der Anzahl der Fliesen schätzte ich, wie viele Meter Stellwand nötig waren, um den Korridor zwischen Foyer und Wohnraum zu bilden. Sieben, acht Meter mindestens. Entweder hatte André die Statements bereits selbst verfasst. Oder das war mein Job. Das Problem war nur: Niemand hatte mich beauftragt. Aber da André Schnellschüsse liebte, machte sich Unruhe in mir breit. Diskret bewegte ich mich auf Teddy zu, der neben der Haustür scheinbar interessiert Andrés Ausführungen folgte. Aus der Seitwärtsbewegung seines Kiefers schloss ich, dass er ein Gähnen unterdrückte.

»Teddy, weißt du, ob Headlines für die Imagemotive vorgesehen sind?«

Er beugte sich zu mir herunter und raunte: »Na klar. Eine Head pro Motiv. Hast du die fertig?«

»Fertig?«, kam es lauter als geplant aus meinem Mund. »Wie denn? Niemand hat mir gesagt, dass ich –« Als mich von hinten ein harter Schlag ins Kreuz traf, verlor ich das Gleichgewicht. Ich packte Teddys Arm und konnte gerade noch verhindern, auf den Steinboden zu knallen. Ich atmete auf und sah zu ihm hoch.

Doch seine Aufmerksamkeit galt nicht mir, sondern der Frau, die durch die Haustür, die mich getroffen hatte, ins Foyer trat. Oder hereinglitt. Trotz der hohen Sandaletten bewegten sich ihre weiblich geformten Hüften unter dem eng geschnittenen schwarzen Kleid animalisch. Wie ein Raubtier, das durch die Savanne stolzierte. Bei jedem Schritt wippte ihre mahagonifarbene Lockenmähne und verströmte Parfümduft.

Als die Frau uns sah, blieb sie stehen und legte sich die Hand aufs Herz. Genauer gesagt in den halbrunden Ausschnitt, der den Ansatz ihrer Brüste frei ließ.

»*Mio dio!* Hab ich den Tag verwechselt?«, rief sie und hob die Hände melodramatisch zum Himmel.

»Beruhige dich, Sofia. Antons Geburtstag ist erst morgen.« Hannes Kepler trat zu der Schönheit und schloss sie für seine Verhältnisse erstaunlich leidenschaftlich in die Arme. »Vater wird sich freuen, dich zu sehen! Wie wir alle.« Er sah zu uns Agenturleuten. »Das ist Sofia Donatella, meine Schwägerin. Die Frau von Tobias«, fügte er hinzu, als hätte er eine ganze Reihe von Geschwistern.

Sofia Donatella hob den Zeigefinger und bewegte ihn tadelnd hin und her. Ihr blutrot lackierter Nagel leuchtete wie ein Warnsignal. »*No*, Hannes. *Siamo divorziato!* Tobi und ich sind seit Mai geschieden, das weißt du genau.«

Von einem Moment auf den anderen war die unerwartete Besucherin zum Mittelpunkt des kleinen Universums im Foyer geworden. Nicht nur Teddys Blick haftete wie angeklebt auf ihr. Als wäre sie von einem unsichtbaren Magnetfeld umgeben. Sogar André, den sie mitten im Satz unterbrochen hatte, was in der Agentur nie jemand wagen würde, hing an ihren rot glänzenden Lippen. Mit denen verteilte sie Luftküsse rechts und links neben die Wangen von Maja Kepler, die ihre Schwägerin begrüßte.

»Meine Liebe, toll, dich zu sehen!«, rief sie strahlend. Sie reckte den Kopf und schaute über Sofias Schulter. »Du bist doch nicht allein gekommen, oder?«

»*Ma no!* Chiara ist im Auto. Die Süße ist eingeschlafen.«

Das Ehepaar Kepler reagierte mit verzückten Ausrufen und stürmte auf die Veranda hinaus.

Sofia Donatella sah sich im Foyer um. »*Ecco!* Wo ist Tobi?«, fragte sie mich, weil ich am nächsten bei ihr stand. Sie griff nach meiner Hand, als würden wir uns kennen.

»Tut mir leid, das weiß ich nicht«, stammelte ich.

Wie von selbst geriet ich ins Magnetfeld dieser temperamentvollen Frau. Ihre glänzenden braunen Augen, die ebenmäßigen Züge, die etwas zu lange, aber fein geschnittene Nase und die shampoowerbungsmäßige Löwenmähne waren fast zu perfekt, um wahr zu sein. Gut, dass Jeannette diesen bühnenreifen Auftritt verpasste. Sofia Donatella war für jeden Mann eine Versuchung, auch wenn er von ihr geschieden war.

»Meine Liebe, darf ich mich vorstellen?« André preschte heran, griff sich die Hand der schönen Italienerin und verbeugte sich. »André Hohlberg. Meine Werbeagentur organisiert Antons Geburtstagsevent. Ich bin erfreut, dass Sie morgen dabei sein werden, Signora Donatella.«

Sie schenkte ihm ein Lächeln und machte erneut die verneinende Geste mit dem Finger. »*Signorina*, bitte. Oder sagen Sie einfach Sofia zu mir, Herr Hohlberg.«

»André.« Er behielt ihre Hand in der seinen. »Darf ich sagen, Sie sind noch atemberaubender als Sophia Loren, der berühmte Filmstar.«

»Süß von Ihnen, André. Danke für das Kompliment. Meine Eltern haben mich nach ihr benannt. Verraten Sie mir, wo ich Tobi finde?«

»Er ist in seinem Weinberg in Bad Cannstatt, müsste aber bald zu uns stoßen.«

Als Sofia Donatella ihm ihre Hand entzog, sah André enttäuscht aus, wie ein Kind, dem man sein Lieblingsspielzeug weggenommen hatte.

Durch die offenen Flügel der Haustür trat Hannes Kepler herein. Er trug ein vielleicht sechs Jahre altes Mädchen in den Armen, das seelenruhig schlief. Das musste Chiara sein. Die langen braunen Locken und das fein geschnittene Gesicht hatte sie unverkennbar von ihrer Mutter geerbt.

»André, wir müssen uns um die Kleine kümmern«, sagte Hannes Kepler. »Lass uns den Rest nachher besprechen.« Ohne die Antwort abzuwarten, trug er Chiara die Treppe hinauf.

Maja Kepler umklammerte einen riesigen rosafarbenen Teddybären, um dessen Hals ein roter Tupfenschal geschlungen war. »Chiara muss ins Bett«, sagte sie zu ihrer Schwägerin, löste einen Arm vom Kuscheltier und hakte Sofia Donatella unter. »Wir überraschen Anton. Der wird Augen machen.«

Die beiden Frauen gingen die Treppe hoch. Die eine in Jeans, T-Shirt und Turnschuhen, die andere in Cocktailkleid und High Heels, dennoch wirkten sie wie die besten Freundinnen.

Als alle Familienmitglieder verschwunden waren, dauerte es einen Moment, bis André wieder in die banale Wirklichkeit fand.

»Pauline, wo waren wir stehen geblieben?«

Sie schaute auf ihr Tablet. »Catering und Weine. Am besten, wir sprechen mit Brigitte Jonas in der Küche.«

Als das geklärt war, folgten André, Pauline, Teddy und ich Hannes Kepler durch den Flur zu dessen Büro, um die restlichen Details abzustimmen.

André nahm Platz. »Teddy, wann sind die Plakate für die Stellwand fertig?«

»Sind sie schon.« Teddy fläzte sich in den Stuhl neben André. »Jedenfalls alle Motive, die du gestern ausgesucht hast. Muss sie nur aus dem Drucker lassen. Werner schickt mir gleich eine Datei mit den Shoots von Tobias. Vielleicht ist noch ein Bild dabei, das in unsere Auswahl passt.«

»Gut. Sind die Heads so weit?«

Teddy zögerte einen Moment und sagte diplomatisch: »Eingebaut habe ich sie in die Layouts noch nicht.«

»Warum nicht?« Andrés Stimme klang schroff, als ahne er bereits, wo es krankte.

Ich wusste ebenfalls, woran es lag. Beziehungsweise an wem. Als André mich gereizt anschaute, zog ich das Genick ein.

»Äh, ich war mit der Führung beschäftigt und habe erst damit –«

»Heute Abend will ich die Vorschläge auf meinem Tisch haben. *Tout est clair?*« Das war keine Frage, das war ein Befehl. »Mein Pressetext liegt in deinem Fach. Nach dem Event muss er unverzüglich über den Verteiler zu unseren Medienpartnern.«

Pressetext? Was für ein Pressetext? Das war typisch für die sogenannte Kommunikationsbranche, die sich in Sachen Informationsfluss nicht mit Ruhm bekleckerte. Das galt besonders für Hohlbergs Reich. In dieser Agentur wurde weniger als nötig kommuniziert. Vor allem mit mir.

Täuschte ich mich, oder quakten irgendwo Frösche? Hatten die Keplers in ihrem Garten einen Teich angelegt? Ich sah zum Fenster. Geschlossen.

Teddy zog sein Handy aus der Gesäßtasche und wischte den Schoner weg, worauf die Frösche verstummten. »Eine E-Mail von Werner. Das sind die Fotos von Tobias. Wir können sie gleich durchgehen.« Er legte das Handy auf den Tisch und schob es zu André.

Die beiden sichteten Werners Fotos und nuschelten vor sich hin. Pauline und ich waren nur Staffage. Eine gute Gelegenheit, um zu verschwinden.

»Bin gleich wieder da«, flüsterte ich Pauline zu und verließ das Büro auf Zehenspitzen.

Im Flur schaute ich mich unschlüssig um. Die bisherigen Besprechungen hatten im Nebengebäude stattgefunden. Nach kurzer Suche wurde ich am Ende des Flurs fündig und betrat den Waschraum.

Weil ich es eilig gehabt hatte, fielen mir die Bilderrahmen an der Flurwand erst auf dem Rückweg auf. Schwarz-Weiß-Aufnahmen zeigten das Weingut in früheren Zeiten. Wo heute der Neubau aus den achtziger Jahren stand, hatte sich ursprünglich ein weiterer Weinberg in Panoramalage befunden.

Auf zwei Fotos war Familie Kepler mit den beiden Jungs zu sehen. Einmal als Kleinkinder auf dem Schoß der Eltern, die auf der Bank oberhalb des Panorama-Weinbergs saßen. Das andere Foto war in Farbe aufgenommen. Die Kinder waren vielleicht zehn und zwölf Jahre alt. Sie standen barfuß in einem großen Holzzuber und zertraten vergnügt Weintrauben. Auch ihre Eltern lachten in die Kamera, die Ellbogen auf den Rand des Fasses gestützt. Eine glückliche Familie. Anton Kepler trug eine schwarze Baskenmütze, allerdings keine Hosenträger. Die Frau neben ihm musste Maria Kepler sein. Soweit ich es mitbekommen hatte, war sie vor Jahren an Krebs gestorben.

Ich betrachtete die sympathisch wirkende Frau Anfang dreißig. Ihr blaues Sommerkleid hatte ein Muster aus weißen Margeriten und betonte ihre weibliche Figur. Sie war weder schlank noch mollig. Ihre Augen leuchteten in einem intensiven Kornblumenblau, das sie ihrem Sohn Tobias vererbt hatte. Ihr anderer Sohn hatte die braunen Augen des Vaters. Ein perfekter Lidstrich betonte ihre Augenform. Das leicht gewellte Haar hatte einen hellblonden Ton und reichte bis zur Schulter. Mit ihrem ovalen Gesicht, der hohen Stirn und dem freundlichen Lächeln wirkte sie offen und lebenslustig. Wie eine Frau, die jeder gern zur Mutter gehabt hätte. Sie erinnerte mich an irgendjemanden, aber an wen? Nach einigem Überlegen kam ich darauf: an ihre Schwiegertochter Maja. Die Länge und Farbe der Haare, die leichten Wellen, der Lidstrich. War diese Ähnlichkeit mit seiner verstorbenen Frau einer der Gründe, warum Anton Kepler einen solchen Narren an ihr gefressen hatte?

Mittlerweile war es fast vier. Gerit wartete vermutlich schon auf dem Parkplatz.

Im Büro zeigte mir Teddy die zwei zusätzlichen Motive für die Plakatwand. André warf Stichworte in den Raum, die als Briefing für mich gedacht waren. Schweigend notierte ich sie, auch wenn mir Wörter wie »Engagement«, »Qualität« und »natürlicher Weinbau« viel zu banal schienen. Da war eine Menge Feinarbeit nötig.

Jemand klopfte an die Tür. Brigitte Jonas streckte den Kopf herein und suchte Augenkontakt mit Hannes Kepler. »Störe ich?«

»Wir sind fast durch. Was gibt's?«

»Die Spedition hat angerufen. Die Tische und die anderen Möbel werden gleich geliefert. Ihr müsst den Männern sagen, wo sie die Teile aufstellen sollen.« Sie deutete hinter sich. »Noch was. Da ist jemand, der Frau Pelzer sprechen möchte.« Sie trat zur Seite und machte Platz für eine Frau mit kurzen blonden Haaren. Sie trug eine beige Stoffhose und eine schwarze Bluse. Unter ihrem Arm klemmte eine Ledermappe.

Gerit hatte den Weg vom Parkplatz zu uns selbst gefunden.

»Hallo«, sagte sie und lächelte einnehmend, um Vorbehalte gegen die Presse gleich zu entkräften. »Ich bin Gerit Herzog von der ›Stuttgarter Zeitung‹. Ich komme wegen eines Interviews mit Anton Kepler. Frau Pelzer weiß Bescheid.«

»Ich hoffe, du bist nicht verärgert«, flüsterte Gerit. »Ich habe beim Auto gewartet und dachte, du hättest mich vergessen.«

Ihr Auftauchen hatte das Meeting beendet. Erstaunlicherweise hatte André kein Wort darüber verloren. Er hatte sogar darauf verzichtet, beim Interview dabei zu sein.

André, Pauline und Teddy gingen ins Foyer, um die Spedition in Empfang zu nehmen, während wir Brigitte Jonas zum Wohnraum folgten.

Trotz des Grummelns in meiner Magengrube beruhigte ich Gerit. »Alles gut.«

Der Sonnenschein tauchte das Wohnzimmer in ein gelboranges Licht, passend zur sommerlichen Raumtemperatur. Cremefarbene Vorhänge und Teppiche, braune Ledersofas und Gemälde mit Ansichten von Stuttgart und dem Weingut ließen das riesige Wohnzimmer repräsentativ und behaglich zugleich wirken.

»Soll ich die Jalousie herunterlassen und die Klimaanlage einschalten?«, fragte Brigitte Jonas.

»Danke, wegen mir nicht«, antwortete ich.

Gerit verneinte ebenfalls. Sie legte ihr Smartphone und einen Notizblock mit Stichworten bereit.

»Schön, dann lasse ich alles so. Anton hat es gern warm und kuschelig. Das mögen seine Knochen, sagt er.« Brigitte Jonas verließ den Raum, um Anton Kepler zu fragen, ob er zu einem spontanen Interview bereit war.

»Ist dir aufgefallen, dass niemand das Gespräch abgelehnt hat, obwohl ich keinen Termin vereinbart habe?« Gerit kritzelte mit einem Kugelschreiber auf den Block, um zu testen, ob er funktionierte.

»Wusste André, dass du kommst?«

»Von mir nicht. Vielleicht hat Peter ihn vorgewarnt, um die Wogen zu glätten.« Ein Lächeln spielte um ihre Mundwinkel. »Dein Vater ist der geborene Friedenstifter. Ohne ihn würde so manche Kundenbeziehung eurer Agentur scheitern.«

»Stimmt. Ohne ihn würden in der Agentur jeden Tag die Fetzen –« Ich brach ab, als Brigitte Jonas den Seniorchef hereinführte. Es war das erste Mal, dass ich ihn ohne seine schwarze Baskenmütze sah.

Brigitte half ihm, sich auf dem Sofa gegenüber niederzulassen. Sie schob ihm ein Kissen in den Rücken. »Soll ich bei dir bleiben?«

Anton Kepler winkte ab und sah interessiert zu uns herüber, als freute er sich auf Abwechslung.

»Falls was ist, ich bin in der Küche.« Als Brigitte Jonas hinausging, zog vom Flur der Duft von angebratenem Speck herein.

Gerit griff nach dem Smartphone und rutschte auf die Sofakante. »Herr Kepler, macht es Ihnen etwas aus, wenn ich unser Gespräch aufzeichne?« Sie aktivierte die Mitschnittfunktion. »Herzlichen Dank, dass Sie bereit sind, meiner Zeitung kurzfristig ein Interview zu geben. Unsere Leser möchten mehr über Ihr berühmtes Weingut und Ihre Pläne für seine Zukunft erfahren.«

Falls Gerit jemals von den Grabenkriegen in ihrer Redaktion die Nase voll hatte, würde sie sich gut im Diplomatischen Dienst machen. Kein Wunder, dass sie und mein Vater sich gesucht und gefunden hatten.

Gerit erkundigte sich nach den Anfängen des Weinguts, die bis ins 19. Jahrhundert zurückreichten. Zwischendurch kam Brigitte Jonas herein und brachte Getränke. Gerit und ich entschieden uns für Wasser. Anton Kepler bevorzugte den Rosé.

Als wir wieder unter uns waren, setzte er seine Erzählung fort. »Mein Urgroßvater Henri Kepler hat dieses Haus 1892 gebaut.« Er deutete auf ein Ölgemälde neben dem offenen Kamin. »Henri stammte aus dem Elsass. Das sieht man dem Haus an.«

Gerit stand auf und trat zu dem Gemälde, auf dem das Hauptgebäude mit der Veranda zu sehen war. »Die Bauweise und die Proportionen sind typisch für die Weingüter im Elsass und im Markgräflerland. Ein Glück, dass die Sprossenfenster und die Fensterläden erhalten sind. Auch das Metallgeländer mit den Weinranken macht den besonderen Charme Ihres Hauses aus.«

»Ohne den Dickschädel meines Großvaters sähe es anders aus.« Anton Kepler schnaubte. »Mein Vater wollte die Fenster in den Siebzigern durch moderne doppelglasige ersetzen. Auch die Metallgeländer wollte er austauschen. Durch geschnitzte hölzerne wie in Bayern«, fügte er hinzu. »Das war Mode. Als wären wir im Allgäu, pah.«

Gerit setzte sich wieder aufs Sofa. Sie fragte nach den Jahreszahlen, die Anton Kepler ohne Zögern parat hatte.

Eine Zeit lang drehte sich das Gespräch um die Steillagen, die fast ausschließlich von Hand bewirtschaftet wurden. Ich musste mich anstrengen, wach zu bleiben. Die Wärme im Raum und der Stress wegen des Einbruchs setzten mir zu.

»Sie und Ihre Söhne haben ein besonderes Händchen für den Riesling. Er gehört zu Ihren wichtigsten Weinen«, hörte ich Gerit sagen. Sie zog die Stichworte ihres Notizblocks zurate.

»Der Riesling aus Cannstatt gehört zu den besten trockenen aus Steillagen.«

»Das verdanken wir dem Cannstatter Zuckerle … und meinem Urgroßvater. Er hat die Grundstücke vor über einhundertvierzig Jahren gekauft.«

»Ihr Urgroßvater war ein Visionär.«

Trotz meines halb wachen Zustands bemerkte ich, wie Anton Kepler die buschigen Brauen zusammenzog. Vielleicht konnte er mit dem modernen Wort wenig anfangen. »Er wusste, worauf es ankommt beim Weinbau«, erklärte ich.

»Genau das wollte ich sagen.« Gerit lehnte sich zurück. »Er hatte einen Riecher für gute Lagen. Immerhin macht der Riesling achtundzwanzig Prozent Ihrer Rebflächen beim Weißwein aus.«

Anton Kepler zog den nicht vorhandenen Hut vor ihrem Wissen. »Das Neckartal hat ein sehr gutes Mikroklima. Wegen der Kessellage und dem Neckar.«

»Das Wasser speichert die Wärme und gibt es in der Nacht an die Reben ab«, sagte Gerit. »Deshalb beträgt die Vegetationsperiode über zweihundertdreißig Tage.« Sie hatte sich gut auf das Gespräch vorbereitet. Oder sie verstand viel mehr vom Weinbau als ich.

»Die längste in ganz Württemberg.« Anton Kepler trank einen Schluck und ließ den Rosé genüsslich über die Zunge rollen.

Gerit gönnte ihrem Gesprächspartner eine Verschnaufpause. Auf einmal rutschte sie wieder zur Sofakante vor. »Umso bedauerlicher, dass Thomas Schäfer ausgerechnet nach einem Besuch in Ihrer Weinlaube starb.«

Ich schnappte nach Luft und warf Gerit einen warnenden Blick zu. Natürlich war es ihr Interview. Aber Anton Kepler war ein wichtiger Agenturkunde. Es war meine Aufgabe, dafür zu sorgen, dass es dabei blieb. Außerdem spürte ich den Drang, ihn zu beschützen. Vor den Streitereien seiner Söhne, vor Andrés

Ausgebufftheit – und auch vor Presseleuten, die auf Krawall und Quote aus waren.

Anton Kepler war zusammengezuckt und hatte Rosé verschüttet. Er wischte mit der Hand über den Fleck auf seiner Cordhose und blickte zu mir herüber, als erwartete er eine Erklärung, wieso sich die nette Journalistin, die ich ins Haus gebracht hatte, von einer Sekunde auf die andere in eine Schlange verwandelte.

Ich fühlte mit ihm, konnte aber nachvollziehen, warum Gerit diese Chance nutzte, um einen O-Ton für ihren Artikel zu bekommen. Das hatte noch kein Journalist seit dem Todesfall geschafft.

»Eine Tragödie, was in unserer Laube passiert ist. Ich bete für die Familie«, sagte er. »Vor allem für die kleine Tochter. Sie dürfte ungefähr so alt sein wie meine Enkelin. Wenn ich mir vorstelle, Chiara würde ihren Vater verlieren … noch dazu durch böswillige Absicht. Das würde mir das Herz brechen.«

Gerit notierte Stichworte. »Wir hoffen alle, dass die Polizei bald herausfindet, wer den Tod des Mannes auf dem Gewissen hat.« Auf einmal war ihre Stimme voller Mitgefühl. Sie schlug das vollgekritzelte Blatt um und strich den Falz glatt. »Herr Kepler, morgen werden Sie anlässlich Ihres Geburtstages bekannt geben, wer Ihr Weingut –« Laute Stimmen auf dem Flur ließen sie innehalten.

Die Tür wurde aufgerissen. Tobias Kepler stürmte herein, gefolgt von seinem Bruder, und hielt auf seinen Vater zu, ohne uns zu beachten.

»Anton, sieh dir das an!« Er streckte die Hand aus und hielt ihm hellbraune Brocken unter die Nase, die wie Erdklumpen aussahen. »Riechst du es? Das ist ein Fungizid gegen Mehltau, wie ihr es in euren Lagen verwendet. Willst du wissen, wo ich dieses Giftzeug gefunden habe? Im Cannstatter Zuckerle. In meinem Weinberg!«

Seine Lider wurden schmal vor Zorn, als er zu seinem Bruder blickte. »Ihr habt erst neulich eure Weinberge gespritzt. Damit.« Er hob die Hand und schien kurz davor, Hannes Kepler die Erde ins Gesicht zu schleudern. »Schlimm genug, dass ihr das Zeug nur wenige Meter von meinem Bioweinberg entfernt ausbringt. Aber damit meinen Anbau zu sabotieren, ist eine Riesensauerei!« Er lief zum Fenster, riss es auf und warf die Erde in den Garten. Mit angeekelter Miene wischte er die Hände an der Jeans ab. »Du weißt, ich könnte dich anzeigen.«

Neben mir verfolgte Gerit diesen Auftritt mit angehaltenem Atem, um kein Detail zu verpassen. Die dramatische Auseinandersetzung war ein gefundenes Fressen für jemanden, der von Berufs wegen auf schlagzeilenträchtige Storys aus war.

»Mensch, Tobias. Beruhige dich.« Hannes Kepler machte eine beschwichtigende Geste. »Glaubst du wirklich, ich würde dir das antun?« Hilfesuchend schaute er zu seinem Vater auf dem Sofa. »Anton, sag doch was.«

Anton Kepler hatte während des Wortwechsels den Kopf sinken lassen. »Ich habe euch hundertmal gesagt, ich will mit euren Streitereien nichts mehr zu tun haben.« Eine Hand auf der Sofalehne abgestützt, schob er sich mühsam in die Höhe. »Aber dass du, Tobias, deinen Bruder verdächtigst, dir so etwas anzutun …« Er schüttelte den Kopf und blickte von einem Sohn zum anderen. »Ich bin von euch beiden enttäuscht. Eines solltet ihr wissen: Meine Entscheidung, wer das Weingut und den Weinberg bekommt, steht längst fest.« Mit der ganzen Würde seines Alters richtete er sich auf. Die Tür knallte hinter ihm ins Schloss wie ein Ausrufezeichen.

»Was für ein mieser Schachzug von dir, Hannes«, stieß Tobias Kepler aus. »Und das alles nur, um Vater auf deine Seite zu ziehen.«

Hannes Kepler ballte die Fäuste, als wollte er ihn mit Gewalt zum Schweigen bringen. »Was redest du da, Tobias? Bist du übergeschnappt? Das würde ich nie tun, und das weißt du ganz genau.« Er war kurz davor zuzuschlagen, um den Streit nach traditioneller Männerart zu entscheiden. Dann löste er die Faust, ließ die Hand sinken und verließ den Raum.

Tobias Kepler folgte ihm.

»Was für ein Drama.« Gerit schaute verwundert, als könne

sie das Gehörte kaum glauben. »Viel hätte nicht gefehlt, und die beiden hätten sich vor unseren Augen geprügelt.« Sie griff nach ihrem Smartphone. »Ich gehe davon aus, dass das Interview beendet ist.« Sie tippte auf die Stopptaste und sah äußerst zufrieden aus.

»Eine griechische Tragödie auf dem Kriegsberg«, kommentierte Teddy, als ich ihm die Auseinandersetzung der Kepler-Brüder schilderte. Wir standen auf dem Küchenbalkon der Agentur und rauchten einträchtig. André war noch auf dem Weingut, um dem Halbrund der Stehtische den letzten Schliff zu verleihen. Teddy schnippte Asche über das Balkongeländer in den Garten hinter der Villa. »Wer es auch war, der den Weinberg von Tobias versaut hat, es war umsonst. So was nennt man Ironie des Schicksals.«

»Weil der Seniorchef seine Entscheidung längst getroffen hat?« Ich nahm einen Zug von der Zigarette, die Teddy mir gegeben hatte. Nach dem ganzen Drama brauchte ich etwas, an dem ich mich festhalten konnte.

»Vielleicht hat Anton Kepler das nur gesagt, um die Hitzköpfe zu beruhigen«, überlegte ich laut. »Die beiden wären sich fast an die Kehle gegangen. Für einen Vater muss es schlimm sein, wenn seine Kinder derart zerstritten sind.«

»Vielleicht wäre es besser gewesen, sie hätten das Testosteron rausgelassen und sich die Nasen blutig geschlagen.« Teddy stieß sich von der Wand ab und drückte seine Zigarette auf dem schwarzen Lack des Balkongeländers aus. »Hoffentlich tragen sie ihr Duell nicht beim Geburtstagsevent aus.« Er sah nach dem Hausmeister, der an den Rosenhecken herumschnitt und uns den Rücken zudrehte. Teddy schnipste den Stummel übers Geländer.

»Die Presseleute würden jauchzen«, erwiderte ich trocken. »So eine Schlägerei gäbe mehr her als ein langweiliges Jubiläum auf einem Weingut. Auch wenn das in den Schlagzeilen ist.«

Nach einem letzten Zug aus meiner Zigarette trat ich über die

Schwelle in die Agenturküche, löschte die Glut unter dem Strahl des Wasserhahns und warf den Stummel in den Restmüll. »Die Headlines bekommst du in einer Stunde«, rief ich nach draußen auf den Balkon.

Teddy lehnte am Geländer und schaute den Berg hinauf zu den Reben des städtischen Weinguts oberhalb der B27. Ob er mich überhaupt gehört hatte? Ich ließ mir einen Kaffee aus der Maschine und ging in mein Büro.

Sonntag

Endlich war der lang ersehnte Tag da. Heute würde sich das weitere Schicksal des Weinguts entscheiden. Meine Kollegen und ich unterstützten die Keplers und ihre Mitarbeiter bei den letzten Vorbereitungen. Zwei Tontechniker installierten die Mikrofonanlage und schlossen Lautsprecherboxen an. Teddy und ich halfen, im Foyer den Tisch mit Getränken und hausgemachten Kleinigkeiten aufzustellen, an dem sich die Gäste vor den Reden bedienen konnten. Von André war weit und breit keine Spur zu sehen. Er hatte sich verkrochen, um seine Eröffnungsrede ein letztes Mal zu üben.

Die Mitarbeiter des Weinguts hatten Haupthaus, Nebengebäude, Garten und den Hof geputzt und auf Vordermann gebracht. Nach einem kurzen Schauer fegte Kellermeister Schmälzle die Blätter und Blüten zusammen, die von den Olivenbäumen, den Oleandern und Rosenstöcken auf den Boden gefallen waren. Die blauvioletten Glyzinienblüten, die der Regenschauer rund um die Veranda verteilt hatte, sammelte er von Hand ein und brachte sie auf einer Kehrschaufel zum Kompost.

Maja Kepler hatte das Foyer mit Weinblättern und frisch geschnittenen Sonnenblumen aus dem Garten dekoriert. Rote Schleifen schmückten Stehtische und Rednerpult. Über dem Durchgang zum Wohnzimmer war ein goldener Schriftzug mit Geburtstagswünschen für den Senior angebracht. Alles war bereit, nur die Gäste fehlten noch.

Meine Aufgabe war es, die ankommenden Gratulanten auf dem Hof zu empfangen und ihnen Erfrischungen zu reichen. Gegen halb vier trafen die ersten Gäste ein. Sie bedienten sich rege an den Sektgläsern auf meinem Tablett, das sich im Sekundentakt leerte.

»Heute ohne Kostüm?«, hörte ich eine Männerstimme hinter mir.

Ich drehte mich um. Der schlanke Mann im grauen Nadelstreifenanzug ließ mein Herz schneller schlagen.

»Hallo, Georg. Heute bin ich zur Abwechslung nur ich selbst. Für das Unterhaltungsprogramm sind andere zuständig. Schön, dich zu sehen.«

Ups. Hatte ich das wirklich gesagt? Unser Beziehungsstatus war seit Monaten auf *off*. Aber über unsere Gefühle hatten wir seitdem nicht miteinander gesprochen.

Georg nahm das letzte Glas Rosé und begutachtete den schwarzen Hosenanzug, unter dem ich zur Feier des Tages eine weiße Bluse trug. »Steht dir gut, du selbst zu sein.«

»Danke.« Mehr fiel mir nicht ein. Peinlich, aber schließlich hatte ich anderes zu tun. »Du entschuldigst mich, die Gäste haben Durst.«

Georg hob sein Glas und sah mir in die Augen. »Wir sehen uns, Bea.«

Er bewegte sich mit einer Souveränität durch die zahlreicher werdenden Gäste, um die ich ihn beneidete. Als Banker war er es gewohnt zu repräsentieren und in Small Talk geübt. Mir fiel das schwer. Am liebsten verkroch ich mich am Schreibtisch und schob Wörter auf dem Bildschirm hin und her, bis sie Sinn ergaben. Die öffentlichen Aspekte meines Job hasste ich. Zum Beispiel die Bedienmamsell heute.

»Wer ist der smarte Typ, dem du hinterherstarrst?« Pauline war gekommen, um mein leeres Tablett gegen ein volles auszutauschen. »Dem Outfit nach ist das kein Werber.«

Ich bemühte mich um eine neutrale Miene. »Der ist von der Bank. Betreut das Weingut.«

Pauline sah über meine Schulter. Ihre Gesichtszüge verhärteten sich. Ich musste nicht lange nach der Ursache suchen. Die silberfarbene Mähne stach aus der Menge heraus. Es war Theo Silber, der Inhaber der Werbeagentur, bei der sie früher angestellt gewesen war.

Der etwa fünfzig Jahre alte Agenturchef war standesgemäß in Schwarz gekleidet. Er kam mit einem Strauß weißer Lilien auf uns zu.

»Alarm. Silberrücken ist im Anmarsch«, zischte Pauline und zog den Kopf ein. »Mit viel Gemüse im Arm, der alte Schleimer.

Ich verziehe mich lieber, bevor er mich erkennt.« Sie verschwand in der Gästegruppe vor der Veranda, die auf den Beginn des Events wartete.

Ein Raunen ging durch die Reihen, als sich endlich die Flügel der Haustür öffneten und die Kepler-Brüder aus dem Schatten traten. Tobias Kepler trug einen braunen Leinenanzug in der Farbe seiner Haare. Sein Bruder hatte seinen legeren Alltagslook gegen eine schwarze Anzughose und ein weißes Hemd mit blau-grün gestreifter Krawatte vertauscht. Neben ihrem Mann erschien Maja Kepler in einem blauen Kleid mit kleinen weißen Blüten. Die blonden Haare waren aufgesteckt, ein paar Strähnen rahmten ihr dezent geschminktes Gesicht.

Die Keplers begrüßten die Gäste und baten sie ins Foyer. Ich schlüpfte mittendurch und half Brigitte Jonas bei den Getränken und Häppchen, mit denen die Gäste den ersten Hunger stillten. Nach den Reden erwartete sie ein großes Büfett vor dem Panoramafenster im Wohnraum. Für das Catering war diesmal eine Weinstube aus Bad Cannstatt engagiert worden. Doch zuerst kam der formelle Teil mit den Festrednern und der Ansprache von Anton Kepler, der alle entgegenfieberten.

Bald erfüllten Stimmen und Gelächter das hallenartige Foyer.

»Frau Pelzer, würden Sie die leeren Teller einsammeln? Pauline hilft mir so lange.«

Wieso eigentlich ich?, lag es mir auf der Zunge, doch ich beherrschte mich. Ich tackerte die Mundwinkel in der Lächelposition fest, mischte mich unter die Gäste und ließ abgevesperte Holzspießchen, zusammengeknüllte Servietten und Teller in einer Box verschwinden. Zum Glück konnte mich meine Mutter nicht sehen. Das wäre Wasser auf ihren Mühlen gewesen.

Als meine Box voll war, entsorgte ich den Müll in der Küche und sortierte die Teller in die Spülmaschine.

Auf meiner zweiten Sammeltour kam ich bei Theo Silber vorbei. Seine fast schulterlange silberfarbene Mähne machte ihn unübersehbar. Er unterhielt sich mit einer jungen Frau in einem schwarzen Cocktailkleid. Sie war beängstigend mager. Ihr Kopf schien viel zu groß. Ob das die Kundenberaterin war, die das Weingut für seine Agentur betreut hatte?

Da ich direkt hinter Silber vorbeilief, konnte ich hören, was er der Frau zuraunte: »Warte nur, meine Stunde kommt noch. Ich lasse die habgierigen Geier kreisen und stoße wie ein Falke im unerwarteten Moment zu.«

Statt einer Antwort hob die Frau ihre balkenartig übermalten Augenbrauen und prostete Silber zu.

Zeit für einen Stolperer. Ich tat so, als würde ich das Gleichgewicht verlieren, und rempelte den feindlichen Agenturchef an. Der prallte auf die Augenbrauenfrau, die prompt ihren Rosé auf seinem schwarzen Hemd verschüttete.

»'tschuldigung«, nuschelte ich und verzog mich.

Der gespielte Fauxpas hob meine Laune, und die Mundwinkel blieben von selbst oben.

Die Hochstimmung hielt an, bis André auf der Bildfläche erschien und ans Rednerpult trat. Er legte ein paar Zettel bereit und zog das Revers seines schwarzen Leinenanzugs zurecht, den er zum anthrazitfarbenen Hemd trug. Sogar sein Kugelschreiber war farblich abgestimmt. Mit einem platinfarbenen Stift stieß er an sein Glas. Ein glockenheller Ton erfüllte das Foyer.

»Meine Damen und Herren, darf ich um Ihre Aufmerksamkeit bitten?«

Alle Blicke richteten sich auf ihn. Erneut sortierte er die Zettel auf dem Pult. War er etwa nervös? Schwer zu glauben. André war die reinste Rampensau.

Ich verzog mich in die hinterste Reihe vor die Stellwand und machte mich auf eine One-Man-Show gefasst. Fehlte nur noch das Blitzlichtgewitter. Doch irgendetwas schien nicht zu stimmen.

André sah zur Treppe und zu Hannes Kepler, der unauffällig die Schultern hob. Wo steckte der Jubilar? Das wissen wir nicht, übersetzte ich diesen stummen Dialog.

André verschränkte die Finger. Wollte er seine Rede verschieben, bis Anton Kepler sich zu uns gesellte? Als die Stille peinlich wurde, räusperte er sich und zog das Mikro näher heran.

»Was du heute kannscht entkorka, des veschieb bloß net auf morga!« Mit effekthascherischer Miene nahm er eine Flasche des Kepler'schen Trollingers aus der Ablage des Rednerpultes. Er entkorkte sie mit saftigem »Plopp« und wurde mit Beifall belohnt.

»Dieser schwäbische Trinkspruch möge das Motto dieses wunderbaren Abends sein«, verkündete er und schenkte den Rotwein in das Glas auf seinem Pult. Er prostete dem Publikum zu. Viele erwiderten die Geste. Nach einem kräftigen Schluck begann seine Lobrede auf das Weingut.

Mitten in einer Aufzählung preisgekrönter Jahrgänge und ihrer Qualitäten trat Maja Kepler sichtlich unangenehm berührt zum Pult. André unterbrach seine Rede und beugte sich zu ihr hinunter. Für eine Sekunde entglitt ihm die Kontrolle über seine Gesichtszüge. Maja Kepler entfernte sich rasch, als wäre ihr die Situation peinlich.

Was war da nur los?, fragte ich mich.

André räusperte sich erneut. »Bedauerlicherweise fühlt sich unser Geburtstagskind unwohl. Wir verschieben die Eröffnung um eine halbe Stunde, bis Anton Kepler bei uns sein kann. Das Büfett im Wohnraum nebenan ist eröffnet.«

Nach einigem Geraune gingen die Gäste nach draußen, um frische Luft zu schnappen. Oder sie nahmen die Speisen nebenan in Augenschein.

Ich blieb vor der Stellwand stehen und suchte in der Menge nach jemandem, der mehr wusste als ich. Endlich bekam ich Blickkontakt mit Pauline, die eine Servierplatte mit Maultaschenspießen zum Büfett brachte. Sie deutete ein Kopfschütteln an.

André konnte ich nirgends entdecken. Vielleicht stimmte er sich mit der Familie ab.

Aus dem Augenwinkel nahm ich eine Bewegung wahr. Einer der Tontechniker lief zum Mischpult, das hinter der Stellwand verborgen war. Leise Klaviermusik erfüllte die Räumlichkeiten.

Ich sah zum Büfett, ob meine Hilfe benötigt wurde. Neben dem Kamin bemerkte ich Georgs schlanke Gestalt. Er war in ein Gespräch mit der abgemagerten Blondine vertieft, die Theo Silber das Hemd versaut hatte. Die beiden machten den Eindruck, als würden sie sich kennen.

Plötzlich lenkte mich ein lautes Poltern ab, das von oben zu kommen schien. Ich sah mich um und hielt den Atem an. Der Schreck schoss mir in alle Glieder. Eine gekrümmte Gestalt stürzte die Treppe herunter, überschlug sich mehrmals und blieb reglos auf den unteren Stufen liegen.

Nach einer Schrecksekunde lief ich durchs Foyer und kniete mich neben den Mann. Er lag auf dem Bauch. Sein Kopf war auf der Kante aufgeschlagen. Er blutete stark an der Schläfe. Ein Bein stand in einem so seltsamen Winkel ab, dass ich sofort wieder wegsah.

Sachte fasste ich den Mann an der Schulter. »Herr Kepler? Kann ich Ihnen helfen?«

Anton Kepler rührte sich nicht. Nur ein leiser, jammernder Laut war zu hören.

Ich beugte mich tiefer über ihn. »Was möchten Sie sagen?«

Er stöhnte und versuchte, die Hand herauszuwinden, die unter seinem Körper eingeklemmt war. Nach zwei Versuchen gab er auf. Seine Lippen zitterten, als wollte er etwas sagen. Ich hielt mein Ohr dichter über seinen Mund. Es war nur ein Wort und wirkte auf mich wie ein Abschied von dieser Welt.

Ich setzte mich auf und schrie: »Hilfe, Hilfe! Wir brauchen einen Arzt.«

»Auf keinen Fall bewegen. Rühren Sie ihn nicht an!«, wies mich der Tontechniker an. Nach meinem Hilferuf war er am schnellsten bei mir gewesen. Er legte den Zeigefinger auf Anton Keplers Halsschlagader.

»Vater, Vater!« Tobias Kepler kniete sich neben mir auf den Boden. Mit aufgerissenen Augen blickte er auf seinen Vater und wirkte wie gelähmt. Dann kam Leben in ihn. Er zog ein Handy aus der Hemdtasche und wählte den Notruf. »Ein Mann ist gestürzt, bitte schicken Sie den Notarzt.« Er gab die Adresse des Weinguts durch.

Der Tontechniker löste den Finger von Anton Keplers Hals und stand auf. Er schlug die Augen nieder.

Als sich Tobias Kepler erhob und einen Schritt zur Seite trat, spürte ich eine Hand auf meiner Schulter. Ein Hauch Parfüm umwehte mich, dann kniete sich eine Frau neben mich. Es war Sofia Donatella. Ihre braune Lockenmähne bedeckte Anton Keplers Rücken, als sie sich über ihn warf. »*Mio dio!* Anton!« Ihre Hände streichelten über sein weißes Hemd, auf das ihre Tränen tropften.

Ich machte Platz für die Familie.

»Oh mein Gott, Vater!«, rief Maja Kepler aus Richtung des Wohnzimmers.

Sofia Donatella streichelte ein letztes Mal über den Rücken ihres Schwiegervaters, küsste seinen Hinterkopf und rückte zur Seite.

Maja Kepler kniete sich neben Sofia Donatella auf den Boden. Sie beugte sich über die leblose Gestalt und klemmte sich eine Haarsträhne hinters Ohr.

Immer mehr Gäste kamen aus dem Wohnraum und von der Veranda ins Foyer. Sie hielten Abstand und blickten betroffen auf die Szenerie am Fuß der Treppe. Die Klaviermusik brach ab. Es wurde still im Raum. Niemand sprach. Nur das Schluchzen von Maja Kepler war zu hören.

Als sie den Blick hob, glänzten ihre Wangen feucht. »Er muss die Treppe hinuntergestürzt sein.« Sie sah über die Stufen hoch zum Treppenabsatz und schüttelte den Kopf, als könne sie nicht glauben, was passiert war. »Ich habe ihn nur für Sekunden aus den Augen gelassen. Ich musste doch nach unten gehen und André informieren.«

Hannes Kepler legte den Arm um ihre bebende Gestalt.

»Maja, komm«, sagte er mit sanfter Stimme und zog seine Frau von ihrem Schwiegervater weg. »Du kannst ihm nicht helfen. Der Notarzt muss gleich da sein.«

Maja Keplers Gesicht war bleich. Ihre Züge waren von Schmerz gezeichnet. »Hannes, ich schwöre dir, ich habe ihn nur einen kurzen Moment allein gelassen. Wäre ich bei ihm ge-

blieben –« Sie wimmerte und verbarg das Gesicht in den Händen.
»Das ist alles meine Schuld.«

Endlich gelang es Hannes Kepler, sie zum Aufstehen zu bewegen. Nur Sekunden später betraten ein Notarzt und ein Ret-
tungsassistent das Foyer. Mit einem Blick erfasste der Arzt die
Lage. Er eilte zu dem reglosen Mann auf der Treppe. Routiniert
prüfte er die Vitalfunktionen. Er sah zu Hannes Kepler.

»Tut mir leid. Ich kann nichts mehr für ihn tun. Der Mann
ist tot.«

Von dem, was danach passierte, bekam ich nur wenig mit. Vor
meinen Augen lief Anton Keplers Sturz wieder und wieder ab
wie eine Filmszene.

Nach und nach verließen die Gäste das Foyer. Hannes Kepler
breitete ein Tischtuch über den Leichnam seines Vaters. Sein
Bruder sprach mit dem Notarzt. André führte die weinende
Maja Kepler aus dem Raum. Sie bedeckte ihr Gesicht mit den
Händen, als weigerte sie sich zu glauben, was geschehen war.
Irgendwann fuhr ein Streifenwagen auf den Hof. Zwei Polizisten
stiegen aus. Sie kamen die Stufen hoch und betraten das Foyer.

Mein Hals schnürte sich zu, als Hannes Kepler zu ihnen ging.
Die drei Männer unterhielten sich. Hannes Kepler zeigte zur
Treppe, wo der Tote lag. Danach zum Rednerpult, nach oben
zum Treppenabsatz. Und dann zu mir.

Eine heiße Welle flutete durch meinen Körper. Stresshor-
mone.

Weg hier!, war mein erster Gedanke. Ein Urinstinkt aus meinem Reptiliengehirn.

Durch die offenen Flügel der Haustür sah ich einen roten
Audi auf den Hof fahren. Er parkte unmittelbar vor der Treppe,
wo sich eine Gruppe von Gästen unterhielt. Die Fahrertür des
Audis schwang auf. Kommissar Gabriel stieg aus.

Meine Nerven begannen zu vibrieren, als hätte mich jemand
unter Strom gesetzt. Ich bereute es, nicht rechtzeitig wegzulaufen
zu sein.

Kommissar Gabriel betrat das Foyer und blieb in der Mitte

stehen. Er sondierte die Lage. Lange galt seine Aufmerksamkeit dem abgedeckten Leichnam. Danach ging er zu den Streifenpolizisten. Nach einem kurzen Gespräch scannten seine hellen grauen Augen das Foyer, als suchte er etwas. Oder jemanden. Nämlich mich.

Zielstrebig hielt er auf mich zu. »Frau Pelzer. Sie schon wieder. Warum überrascht es mich nicht, dass ausgerechnet Sie Zeugin waren?«

»Ich ... ich habe nichts damit zu tun.« In meinem Hals saß ein Kloß, der zu groß war, um ihn hinunterzuschlucken.

Kommissar Gabriel forderte mich auf, ihm zu folgen. Er ging auf die Stellwand zu, ohne die Fotos der Keplers zu beachten. Widerwillig folgte ich ihm. Das sirrende Geräusch in meinem Körper verstärkte sich.

Der Kommissar baute sich vor mir auf wie ein unüberwindliches Hindernis. Offenbar kannte er sich mit dem Fluchtinstinkt aus. »Meine Kollegen sagen, Sie hätten den tödlichen Sturz beobachtet.«

Ich nickte wortlos.

»Und?« Seine grauen Augen ruhten auf mir, als blendete er das Geschehen um uns herum völlig aus. »Ich höre.«

Stockend und unter Tränen erzählte ich, was geschehen war, nachdem André seine Rede unterbrochen hatte.

»Sie waren als Erste bei dem Opfer?«

Es dauerte einen Moment, bis mir aufging, wen er mit dem Wort Opfer meinte. »Bei Anton Kepler? Ja.« Ich wischte mir über die feuchte Wange.

Die Augenbrauen des Kommissars hoben sich erwartungsvoll.

Ich wusste nicht, was ich sagen sollte. Das Sirren in meinem Körper wurde lauter.

»Der Mann hat noch gelebt, als Sie zu ihm kamen?«

»Ja. Er hat gestöhnt und versucht, seine Hand zu befreien. Sie war eingeklemmt. Unter seinem Körper.«

»Hat er etwas zu Ihnen gesagt?«

Einer der Streifenpolizisten kam in mein Blickfeld. Er lotste die Gäste von draußen durchs Foyer in den Wohnraum zu den anderen und gestikulierte wie ein Verkehrspolizist an einer Kreuzung. Menschen gingen an uns vorbei. Manche musterten den Kommissar und mich, andere schwiegen und schienen in sich gekehrt. Als alle drüben waren, sah der Polizist zu Kommissar Gabriel.

»Die Spurensicherung ist unterwegs«, sagte er. »Dauert noch. Die stecken im Stau am Bahnhof.«

Kommissar Gabriel nickte knapp und konzentrierte sich wieder auf mich.

»Hat Herr Kepler vor seinem Tod noch etwas gesagt, Frau Pelzer?«

»Ja. Aber ich konnte ihn nicht verstehen, ich war zu weit weg. Nur ein Wort habe ich deutlich gehört.«

»Und welches war das?«

»Maria. Er hat Maria gesagt.«

Kommissar Gabriel forderte mich mit einer Geste auf weiterzusprechen.

»Das war der Name seiner verstorbenen Frau.«

»Gut, Frau Pelzer. Bitte bleiben Sie für weitere Fragen in der Nähe, ja?«

Er ging in den Wohnraum. Die beiden Polizisten hatten damit begonnen, die Gäste zu befragen. Sie wirkten erleichtert, als Kommissar Gabriel sie unterstützte.

Deprimiert trottete ich zur Toilette, um mein Gesicht zu waschen. Das kalte Wasser würde hoffentlich meine Nerven beruhigen.

Warum traf mich Anton Keplers Tod so ins Mark? Ich war kein Mitglied der Familie und hatte nicht viel mit ihm zu tun gehabt. Aber er war mir ans Herz gewachsen.

Als ich in den Wohnraum kam, fing ich Gesprächsfetzen auf. »Die sollen sich fast geprügelt haben«, »mit Spritzmitteln verpestet«, »stand heute Morgen in der Zeitung«, »der arme Vater«.

»Der arme Vater«. Das hakte sich in meinem Gehirn fest. Ich setzte mich auf ein Sofa und stierte auf den Boden. Die beige Wolle des Teppichs und das dunkle Eichenparkett, das durch die Fransen zu sehen war, kamen mir bekannt vor. Von diesem Platz aus hatte ich Gerits Interview verfolgt.

Ich schaute zum Sofa gegenüber. Statt der Gäste in ihren festlichen Kleidern sah ich Anton Kepler vor mir. Wie er von den Herausforderungen für den Familienbetrieb erzählte, die er und seine Vorgänger gemeistert hatten. Nur wenige Stunden zuvor hatte er mir auf der Sitzbank oberhalb seines Lieblingsweinbergs von seinem Kummer über den Streit seiner Söhne erzählt. Und jetzt ... jetzt war er tot.

Meine Augen füllten sich mit Tränen. Ich vergaß alles um mich herum. Bis ich spürte, wie die Sitzfläche des Sofas unter mir nachgab. Das Leder knarrte leise. Jemand setzte sich neben mich. Den Duft seines Rasierwassers kannte ich.

»Bea, wie geht es dir?« Georg nahm meine Hand und bettete sie in seine.

Ich nestelte ein Taschentuch aus meinem Blazer und putzte mir die Nase.

»Ich habe mit dem Kommissar gesprochen. Er hat weitere Fragen an dich, meinte aber, es reicht, wenn er morgen in der Agentur mit dir spricht. Du kannst nach Hause gehen.«

Nach Hause? Das klang gut. Wie ein Ort, an dem ich mich vor den schlimmen Dingen dieser Welt verkriechen konnte.

»Hm.« Ich wollte vom Sofa aufstehen, aber meine Beine machten nicht mit.

Georg half mir auf. Wir gingen ins Foyer. Von der Veranda wehte frische Luft herein.

Ich wollte mich aus Georgs Arm lösen, als er mich plötzlich wegzudrehen versuchte.

Als ich den Grund dafür verstand, war es zu spät. Zwei Sanitäter gingen an uns vorbei. Sie trugen eine Bahre, auf der Anton Keplers Leichnam lag.

Vor meinen Augen verschwamm alles.

Das tiefe, gleichmäßige Brummen des Motors. Helligkeit und dunklere Stellen, die sich vor meinen geschlossenen Lidern abwechselten. Ein leichter Ruck, mit dem sich eine scharfe Kante in meine Brust schnitt. Der Motor verstummte. Mit einem leisen Schnappen wurde die Halterung des Gurtes gelöst.

»Bea, Liebes. Wir sind da.«

Die Beifahrertür wurde geöffnet. Ein Luftzug drang herein. Ich blinzelte die Augen auf. »Wo sind wir?«

»Bei mir zu Hause. Du solltest lieber nicht allein sein. Deine Kollegin mit den schwarzen Haaren, mir fällt ihr Name nicht ein, hat gesagt, Jeannette sei übers Wochenende bei ihren Katzen.«

Wir standen vor dem Eingang des modernen Terrassenhauses auf dem Killesberg, in dem Georg wohnte. Neben der Eingangstür verströmte weißer Jasmin einen süßlichen Duft. Mit dem Aufzug gelangten wir ins oberste Geschoss.

Ich legte mich aufs Sofa. Georg breitete eine leichte Decke über meinen Beinen aus. Mir war nicht kalt, dennoch tat das Gefühl, umhüllt zu werden, gut.

»Möchtest du einen Tee?«

»Ein Grappa wäre mir lieber.«

Um Georgs grüne Augen bildete sich ein feines Netz aus Fältchen. »Zuerst der Tee, danach sehen wir weiter.«

Ich zog die Decke über meine Arme. Meine Nerven vibrierten noch immer.

Georg hängte sein Jackett an die Garderobe und ging in die Küche. Der Wasserhahn wurde aufgedreht. Ich schloss die Augen und lauschte dem kleinen Hörspiel. Ein Küchenfach wurde geöffnet, Folie raschelte. Der Wasserkocher brodelte. Ein Schalter knackte. Bald wurden die Geräusche leiser.

Als ich aufwachte, war ich nass geschwitzt. Die Decke kratzte an meinen nackten Armen. Ich schob sie weg. Auf dem niedrigen Glastisch stand eine weiße Fine-Bone-Porzellantasse, aus der Pfefferminzgeruch aufstieg.

Georg reichte sie mir. »Warm genug? Du warst eingeschlafen. Ich wollte dich nicht wecken.«

»Ist das alles wirklich passiert, oder habe ich schlecht geträumt?«

An seinem undurchdringlichen Gesichtsausdruck konnte

ich die Antwort ablesen. »Wir sollten eine Kleinigkeit essen. Tomatensalat und Baguette mit französischer Butter?«

»Ich habe keinen Hunger.«

»Ich auch nicht. Aber du musst wieder zu Kräften kommen.« Er ging in die Küche. Seine Stimme entfernte sich. »Meine Oma sagte oft: Essen hält Leib und Seele zusammen.«

Wir saßen auf der weitläufigen Terrasse und schauten über die weißen, gelben und roten Lichter der Stadt, die sich in der Abenddämmerung stetig vermehrten. Georg hatte eine Flasche Zacke-Bier aus dem Lehenviertel in seinen Vorräten entdeckt, die wir uns teilten. Ich konnte mich nicht erinnern, den Weinliebhaber jemals Bier trinken zu sehen. Aber nach Wein war uns nicht zumute gewesen.

Anfangs widerwillig, bald mit Appetit aß ich zwei gebutterte Weißbrotscheiben mit Tomatensalat. Danach fühlte ich mich besser. Aber noch nicht gut genug, um mich mit den Ereignissen der letzten Stunden auseinanderzusetzen. Georg schien das zu spüren und erzählte von seinem Urlaub in Sizilien.

Nach dem Essen sahen wir zu, wie die Lichter an der Nadel des Fernsehturms angingen. Die Fensterreihen des Turmkorbs leuchteten weiß, die Warnlichter an Betonschaft und Antenne in Rot.

Ich unterdrückte ein Gähnen.

»Müde?«

»Ja. Ich fühle mich, als könnte ich hundert Jahre schlafen.«

»Ein Schloss kann ich dir nicht bieten. Aber du könntest hier schlafen.« Er bemühte sich um einen neutralen Tonfall.

»Ich nehme das Sofa im Wohnzimmer. Morgen früh setze ich dich bei deinem Auto ab. So kannst du vor der Arbeit in der Reinsburgstraße vorbei und deine Kleider wechseln.«

Wäre ein Taxi die bessere Lösung?, überlegte ich. Aber der Gedanke, allein in der WG zu sein, machte mir Angst. Nicht nur wegen des Einbrechers. Genauso fürchtete ich Alpträume.

»Einverstanden. Ich bleibe bei dir.«

»Schön. Im Notfall sollten … Freunde füreinander da sein,

oder?« Sein Zögern vor dem Wort Freunde fiel kaum auf. »Ich überziehe das Bett für dich.«

»Danke. Bekomme ich einen Grappa?«

»Nur als rein therapeutische Maßnahme. Damit du gut schläfst.«

Er brachte mir Tresterschnaps, der sich weich und samtig in der Kehle anfühlte.

Georg ging zuerst ins Badezimmer. Er kam in einem dunkelblauen Bademantel an die Terrassentür. »Ich habe dir ein Handtuch und was zum Schlafen bereitgelegt. Wenn du etwas brauchst, komm einfach ins Wohnzimmer.« Er wünschte mir eine gute Nacht, brachte das Geschirr in die Küche und machte es sich auf dem Sofa bequem.

Ich räumte die Gläser ab. Neben dem Waschbecken im Bad lagen ein cremefarbenes Handtuch, ein Waschhandschuh und ein T-Shirt. Und meine rote Zahnbürste, wie ich überrascht feststellte. Georg hatte sie nicht weggeworfen.

Nach einer Katzenwäsche zog ich das T-Shirt über und ging ins obere Geschoss, wo sich sein Schlafzimmer befand. Die Bettwäsche war frisch, trotzdem roch alles nach Georg. Das brachte mich durcheinander. Doch bald wurde ich ruhiger, und irgendwann zog mich der Schlaf in sein Reich.

Nachts schreckte ich aus einem Alptraum. Nur mit einem T-Shirt bekleidet war ich durch einen Weinberg mit überdimensionalen, fettig glänzenden Trauben gerannt und hatte geschrien, als wäre der Teufel hinter mir her.

Ich setzte mich auf. Statt der von Straßenlaternen beleuchteten Backsteinwand des Nachbarhauses sah ich die Sterne durch eine verglaste Front funkeln. Das war nicht mein Bett.

Plötzlich erinnerte ich mich, wo ich war. Bei Georg, in Sicherheit. Leise ging ich ins untere Geschoss. Auf dem Sofa schlief Georg. Ich zog die Küchentür zu und trank ein Glas Wasser.

Vom Fliesenboden kroch die Kälte in meine nackten Fußsohlen. Als ich durchs Wohnzimmer ging, nahm ich im Halbdunkel eine Bewegung auf dem Sofa wahr.

»Kannst du nicht schlafen?« Georgs Haare waren verwuschelt.

Ich zupfte am Saum des T-Shirts, das mir gerade mal bis zur Mitte des Oberschenkels reichte. Zu kurz für meinen Geschmack. Vor allem wenn einen der Exfreund im kalten Licht der Sterne betrachtete.

»Du frierst.« Georg klopfte neben sich aufs Sofa. »Komm, meine Decke ist vorgewärmt.«

Als ich mich neben ihn setzte, zog er die Decke über meinen Rücken und die nackten Beine. Dabei hielt er gentlemanlike Abstand.

Die Wärme entspannte meine Nerven. Wir saßen nebeneinander. Schließlich hob Georg den Arm in einer einladenden Geste. Er überließ mir den nächsten Schritt. Was sprach dagegen? Normalerweise eine Menge, aber an dem heutigen Tag war absolut nichts normal.

Ich rutschte näher zu ihm und schmiegte mich in seine Umarmung. Wie gut sich das anfühlte, dachte ich verwundert. So selbstverständlich, als wäre dies der Platz, wo ich hingehörte. Ich sah in Georgs grüne Augen. Etwas in mir zog sich zusammen.

Er küsste mich auf die Stirn und zog mich mitsamt der Decke an sich. Dann neigte er den Kopf und sah auf meine Lippen. Ich kam ihm die halbe Strecke entgegen.

Montag

Ich spürte eine Bewegung und öffnete die Augen. Die Morgensonne tauchte den Raum in ein helles, kaltgelbes Licht.

Neben mir schlüpfte Georg unter der Decke hervor und ging leise ins Bad. Das Sonnenlicht ließ die feinen blonden Härchen auf seinem nackten Körper schimmern.

Nackter Körper?

Ich hob die Decke an und blickte an mir hinunter. Auch ich war nackt. Der leidenschaftliche Sex war kein Traum gewesen.

»Möchtest du eine Tasse Kaffee?«, hörte ich Georg fragen.

Er trug seinen dunkelblauen Bademantel. Das Haar war feucht vom Duschen. Er setzte sich zu mir aufs Sofa und strich die Haare aus meiner Stirn.

Diese Geste war vertraut und so selbstverständlich, als hätte sich unser Beziehungsstatus heute Nacht von *off* auf *on* geschaltet. Was sollte ich davon halten?

»Kaffee wäre großartig.«

»Möchtest du ins Bad? Wie wär's mit Frühstück? Haferflocken oder Toast?«

»Nur Haferflocken.«

Nach einer ausgiebigen Dusche in Georgs verglaster Kabine, die fast so groß war wie das Badezimmer in der WG, zog ich Bluse und Anzughose über.

Georg lehnte mit einer Kaffeetasse am Geländer der Dachterrasse und sah über die Stadt. Er trug einen seiner schmal geschnittenen dunkelgrauen Bankeranzüge. Auf dem Tisch standen eine zweite Tasse und eine Porzellanschüssel mit Haferflocken. Ich trat über die Schwelle nach draußen.

Georg drehte sich um und lächelte. »Komm her, du wildes Wesen.«

Zärtlich zog er mich an sich und küsste mich auf den Mund. Ich ließ es geschehen, einfach weil es sich gut anfühlte. Arm in Arm genossen wir den Morgen und unser Frühstück im Stehen.

Unauffällig schaute Georg auf die Armbanduhr. Die Auszeit war vorbei. Der Alltag erwartete uns.

»Da steht Andrés Wagen«, sagte ich erstaunt, als Georg auf den Parkplatz des Weinguts einbog. Der schwarze Cayenne war nicht zu übersehen.

Georg hielt auf dem freien Platz neben meinem Corsa. »Dein Chef ist öfter hier. Bei meinen Terminen ist er mir zweimal begegnet.«

»Der Angeber geht hier ein und aus wie in seinem eigenen Weingut.« Ich löste den Sicherheitsgurt.

»So abwegig ist das nicht.« Georg betätigte einen Schalter, worauf sich das Dach seines Coupés mit gedämpftem Surren zurückfaltete. »Immerhin ist er so etwas wie ein stiller Teilhaber.«

»André? Ein Teilhaber?« Das wunderte mich. »Ich weiß, dass er sich alle Optionen offenhält. Damit will er sich den lukrativen Kunden auch nach der … der Übergabe an den Nachfolger sichern. Aber ein Teilhaber?«

Georg trommelte mit den Fingern auf das Lenkrad.

»Was genau hast du damit gemeint?«

Als er nicht reagierte, seufzte ich und öffnete die Beifahrertür. »Okay, dann behalte das für dich. Mach's gut.« Ich wollte aussteigen, doch Georg hielt mich am Arm fest.

»Bea, bleib. Das eben hätte ich nicht sagen sollen.« Er sah mich eindringlich an. »Kannst du es bitte einfach vergessen?«

»Ist das ein Bankgeheimnis?«

»So ähnlich. Du weißt, das Weingut ist ein Kunde von uns. Alle Vereinbarungen zwischen den Keplers und mir sind absolut vertraulich.«

»So vertraulich wie unsere gemeinsame Nacht auf deinem Sofa?«

Georg lächelte. »Das musst du entscheiden, Bea. Ich hoffe, wir sehen uns bald wieder.«

»Ja, das wäre schön«, flüsterte ich und nahm seine Hand. »Aber ich möchte trotzdem wissen, was André vorhat.«

»Das kann ich dir nicht sagen. Ich weiß nur, dass er einen größeren Kredit aufgenommen hat.«

»Einen Kredit? Für die Agentur? Oder für das Weingut?«

Georg wand sich im Sitz, bis er endlich mit der Sprache rausrückte. »Sagen wir, er hat eine gewisse Summe investiert. Bei beiden Brüdern.«

Ich rekapitulierte, was ich über die Zukunftspläne der Kepler-Brüder wusste. »Du meinst für den Umstieg auf Ökoweinbau, den Tobias vorhat? Und gleichzeitig unterstützt er die Pläne für eine Vinothek von Hannes Kepler?«

Georgs verkniffener Gesichtsausdruck verriet mir, dass ich ins Schwarze getroffen hatte.

»Wie lange ist das her?« Kaltherzig beobachtete ich, wie sich Georg quälte.

»Einige Monate«, sagte er schließlich.

»War es im Mai, als seine Agentur den Etat übernommen hat?«

»Es war einen Monat früher. Im April.«

Im April? Aber das ergab keinen Sinn. Damals wurde das Weingut noch von der alten Agentur betreut, von Theo Silber. Es sei denn … Mein Atem stockte, als mir aufging, welches Spiel da gelaufen sein könnte.

Unsere Verabschiedung fiel sachlich aus. Ich war mit den Gedanken bereits woanders.

Nur wenige Meter von der WG entfernt stellte ich den Corsa in der zweiten Reihe ab und hoffte, es käme keine Politesse vorbei. Mit klopfendem Herzen ging ich das Treppenhaus hoch und näherte mich unserer Wohnungstür. Sah alles so aus, wie ich es gestern verlassen hatte.

Ich steckte den Schlüssel ins Schloss und drehte ihn zweimal herum. Bevor ich eintrat, schob ich die Tür einen Spaltbreit auf und lauschte. Der Kühlschrank summte, Autogeräusche drangen durchs gekippte Wohnzimmerfenster von der Straße hoch. Die Luft schien rein.

Nach einer Kontrollrunde durch alle Räume atmete ich durch

und warf meine Kleider aufs Bett. Ich zog eine schwarze Jeans über und durchsuchte meinen Kleiderschrank nach einer passenden dunklen Bluse. Mist, keine da. Waren die alle in der Wäsche? Ich nahm mir eines von Jeannettes schwarzen Oberteilen, die inmitten ihrer farbenfrohen Garderobe wie Spielverderber wirkten. Das Top saß knapp und reichte gerade über den Bund der Jeans.

Im Laufschritt kehrte ich zum Wagen zurück und fuhr los. Inzwischen war es kurz vor neun. Zeit für die Nachrichten. Ich schaltete das Autoradio ein und presste die Lippen aufeinander. Anton Keplers Tod war Thema Nummer eins.

»Gestern Nachmittag kam es auf dem bekannten Stuttgarter Weingut Kepler zu einem noch ungeklärten Todesfall«, begann der Sprecher mit sonorer Stimme den ersten Nachrichtenblock.

Da, eine Bushaltestelle!

Ich legte eine Vollbremsung in der Parkspur einer Haltestelle in der Schickhardtstraße hin und konzentrierte mich auf die Nachrichten.

»Bei einem Fest anlässlich seines siebzigsten Geburtstags wollte Anton Kepler, der Inhaber des Weinguts, seinen Nachfolger bekannt geben. Doch kurz zuvor stürzte er aus noch unbekannten Gründen die Treppe hinunter und verstarb an den Folgen eines Genickbruchs.«

Mein Herz trommelte gegen die Rippen. Genickbruch. Wie grausam das klang.

»Noch ist unklar, ob es sich um einen Unfall oder um eine gezielte Tat handelt. Gestern berichtete die ›Stuttgarter Zeitung‹ über einen Sabotageakt und massive Konflikte innerhalb der Winzerfamilie. Die ›Soko Wein‹ hat ihre Ermittlungen auf den Todesfall im Weingut ausgeweitet.«

Als der Sprecher zum nächsten Thema überging, schaltete ich das Radio aus. Ein Bericht in der »Stuttgarter Zeitung«? Ob damit Gerits Interview mit Anton Kepler gemeint war?

Ich starrte vor mich hin ins Leere. Eine gezielte Tat, wiederholte ich in Gedanken. Was das bedeuten sollte, war offensichtlich. Trotzdem konnte und wollte ich nicht glauben, dass es im

Umfeld der Agentur oder des Weinguts jemanden gab, der fähig wäre, einen unschuldigen alten Mann kaltblütig die Treppe …
Ein durchdringendes Hupen riss mich aus meinen Gedanken. Im Rückspiegel sah ich einen Stadtbus in die Haltestelle einbiegen. Der Fahrer machte eine verärgerte Geste und hupte erneut. Ich startete den Motor und drückte das Gaspedal durch. Mit quietschenden Reifen brauste ich davon.

Im Flur von Hohlbergs Reich war es auffallend still. Keine Bässe dröhnten aus dem Grafikatelier herüber. Niemand rannte hektisch umher, um letzte Ausdrucke für die Teamsitzungen zusammenzutackern, die zur üblichen Montagmorgen-Routine gehörten. Ob die Meetings auch heute stattfinden würden?
Andrés Cayenne hatte vor dem Weingut gestanden. Das bedeutete für mich ungewohnte Bewegungsfreiheit. Ohne mein Postfach im Empfangsbereich zu sichten, was ich jeden Morgen als Erstes tat, lief ich in die Küche und ließ mir aus Andrés sündhaft teurer chromglänzender Kaffeemaschine made in Italia einen Cappuccino ein.
Jeannette war noch unterwegs, wie ich aus ihrem verwaisten Schreibtisch schloss. Umso besser.
Zielstrebig öffnete ich den Browser und klickte auf meine Favoritenliste, zu der die Onlineausgabe unserer Tageszeitung gehörte. Als ich die fett gedruckte Schlagzeile unter einer Luftaufnahme des Weinguts sah, verschluckte ich mich und prustete Kaffeespritzer über den Bildschirm.
»Vatermord aus Eifersucht?«
Unglaublich. Ich prüfte in der Adresszeile, ob ich aus Versehen bei der großbuchstabigen Regionalausgabe der Konkurrenz gelandet war. Nein. Das hier war Gerits Artikel.
Beim Weiterlesen brannten mir die Ohren. Schließlich war ich es gewesen, die ihr den Kontakt zum Weingut und das Interview vermittelt hatte. Doch die traditionsreiche Historie, wie Anton Kepler sie geschildert hatte, spielte nur eine untergeordnete Rolle. Gerit hatte die Konflikte zwischen den Kepler-Brüdern und ihre Eskalation am Samstag zum Aufhänger gemacht. Bild-

haft schilderte sie den Streit der Brüder, den sie live miterlebt hatte. Wie Tobias Kepler mit einer Handvoll Erde aus seinem Weinberg im Cannstatter Zuckerle hereingestürmt war und seinen Bruder Hannes der Sabotage bezichtigt hatte. Für diesen Verdacht spreche, so schrieb Gerit, dass die konventionellen Lagen des Weinguts mit ebendiesem Fungizid gegen Mehltau gespritzt würden. Das letzte Mal sei das erst vor Tagen der Fall gewesen, wie sie aus sicherer Quelle erfahren hätte. Ob sie diese Floskel einfach benutzte oder wirklich entsprechend recherchiert hatte?

Gerit beschrieb, wie knapp die Brüder davor gewesen waren, sich zu prügeln – direkt vor den Augen ihres Vaters. Auch Antons Enttäuschung über das Treiben seiner Söhne kam nicht zu kurz. Nachvollziehbar, das waren echte Emotionen, die niemanden kaltließen. Genauso wie Anton Keplers Aussage, er habe längst entschieden, wer das Weingut und den wertvollen Weinberg in Panoramalage bekommen würde. Illustriert war der Artikel mit Porträts der beiden Brüder und einer Aufnahme des Bioweinbergs im Cannstatter Zuckerle.

Inzwischen war mein Kaffee kalt geworden, doch die Bitterkeit in meinem Inneren rührte nicht daher. In beruflicher Hinsicht konnte ich nachvollziehen, warum Gerit statt des Interviews Tobias Keplers Auftritt zum Kern ihres Artikels gemacht hatte. Aber persönlich fühlte ich mich ausgenutzt. Hätte sie mich nicht wenigstens anrufen und informieren können, bevor sie den Artikel veröffentlichte?

Als dramatischen Höhepunkt schilderte sie Anton Keplers Tod beim Event am Sonntag – kurz bevor dieser seine Entscheidung verkünden konnte. Sie behauptete zwar nicht, einer seiner Söhne hätte ihn getötet. Aber diese Möglichkeit schwang deutlich zwischen den Zeilen mit.

Wen hatte ich im Wohnzimmer und im Foyer zu dem Zeitpunkt gesehen, als Anton Kepler die Treppe hinuntergestürzt war? Und wen *nicht*? Ich war als Erste bei ihm gewesen. Nach mir kam der Tontechniker –

»Stimmt das, Bea? Anton ist tot?« Jeannette kam herein und knallte ihre Reisetasche auf den Schreibtisch. Die Stiftebox kippte um, Kulis und Farbmarker rollten über die Tischplatte und fielen auf den Teppichboden. »Hab's eben im Autoradio gehört und wäre fast auf den SUV vor mir draufgeknallt.« Sie warf sich in ihren Drehstuhl und sah mich mit großen Augen an. »Was hat es mit diesem Sabotageakt im Weinberg auf sich? Das habe ich nicht verstanden. Und wieso sollte jemand Anton gestoßen haben? Nicht zu fassen! Da bin ich zwei Tage weg, und alle drehen durch. Der Einbruch passt wie die Faust aufs Auge.«

In knappen Worten beschrieb ich, was seit Freitagabend passiert war. Ein Detail ließ ich aus: die vertrauliche Information über Andrés Kredit. Jeannette würde sofort erraten, von wem ich das wusste, und mich so lange bearbeiten, bis ich ihr meine Nacht mit Georg gestand. Für derart amouröse Verwicklungen hatte sie einen siebten Sinn.

Jeannette war ausnahmsweise sprachlos. Schweigend ließ sie meine Informationen sacken. »Mensch, die Keplers können einem echt leidtun. Zuerst der tote Redakteur und jetzt Anton. Zwei ungeklärte Todesfälle innerhalb von wenigen Tagen. Kein gutes Omen, wo sie ihre Laube auf dem Weindorf doch ab heute wieder öffnen können. Puh, ich brauche erst mal einen doppelten Espresso.« Sie war halb bei der Tür, als sie stoppte. Ihr Zeigefinger zielte auf meine Brust. »Warte. Diese Bluse kenne ich.«

»Das ist deine. Heute Morgen musste es schnell gehen. Meine dunklen Sachen sind alle in der Wäsche.«

»Kein Problem«, sagte sie und zupfte an ihrem schwarzen T-Shirt. »Wenn das so weitergeht mit den Leichen, muss ich meinen Bestand an Trauerklamotten aufstocken. Schwarz ist ja nicht meine Farbe. Brauchst du was aus der Küche?« Sie bemerkte die leere Tasse neben meiner Tastatur. »Ach, du hast dich heute selbst getraut.«

»André ist im Weingut.«

»Na, die werden eine Menge zu besprechen haben. Wer Antons Nachfolger wird, ist ja noch nicht geklärt.«

»Ich nehme an, er hat ein Testament.«

»Bis das eröffnet wird, dauert es noch. Hauptsache, die Kripo findet raus, ob es ein Unfall war oder ob jemand seine dreckigen Finger im Spiel hatte.« Jeannette verließ den Raum.

Ich klickte mich weiter durch die Zeitungsmeldungen. In einem Artikel wurde der abrupte Wechsel des Weinguts von Theo Silbers Werbeagentur zu Hohlbergs Reich im Frühjahr erwähnt. Das ließ mich aufhorchen. Theo Silber hatte ein starkes Motiv, sich an André zu rächen. Und an den Keplers. Gestern hatte ich mit eigenen Ohren gehört, wie er der mageren Blonden irgendwas von Geiern und Falken erzählt hatte. Und dass seine Stunde noch käme. War das eine heiße Spur? Noch hatte ich niemandem davon erzählt.

Mal sehen, was ich im Internet über Theo Silber fand. Ich öffnete die Website seiner Agentur und überflog die Menüs »About«, »Team« und »News«. Nur Werber-Blabla, nichts Interessantes.

Als Nächstes klickte ich mich durch die Anzeigen und Broschüren im Menü »Referenzen«. Gleich zu Beginn der Galerie stieß ich auf die Werbemittel, die Silbers Grafiker für das Weingut entworfen hatten. Eine Imagebroschüre, die fast nur aus Bildern bestand. Flyer über die preisgekrönten Weine von Hannes und Tobias Kepler. Die vollmundigen Beschreibungen waren viel verständlicher als das, was André bei seinen Verkostungen vom Stapel ließ.

Ein Gong auf dem Flur ertönte. Das war die Eingangstür. Jeannette war in der Küche und konnte öffnen. Doch kaum hatte ich das nächste PDF geöffnet, klingelte es erneut.

Genervt ging ich in den Flur. »Jeannette, wieso machst du nicht auf?«

Sie war nirgends zu sehen. Ob sie auf dem Küchenbalkon war? Draußen überhörte man die Klingel leicht.

Wieder der Gong, diesmal als Dauerton.

Plötzlich rempelte mich jemand von der Seite an. Es war Pauline, die aus den Waschräumen auf den Flur geschossen kam und im Laufen den Reißverschluss ihrer Hose hochzog.

»Sorry«, stieß sie aus und rannte zur Eingangstür. Ihre Eile war verständlich. Vielleicht hatte André seinen Schlüssel nicht dabei. Er hasste es, vor seiner eigenen Agentur warten zu müssen.

Pauline riss die Tür auf und wich zurück. Inzwischen war ich nahe genug, um den Besucher zu sehen. Mein Blick wurde von kühlen hellgrauen Augen erwidert.

Kommissar Gabriel vom Dezernat für Tötungsdelikte grüßte mich wortlos. Die beiden Kripokollegen hinter ihm hatten genauso ernste Mienen.

»Ist Ihr Agenturchef da?« Kommissar Gabriel kam herein. Seine Begleiter folgten.

»Herr Hohlberg ist bei einem Kundentermin, müsste aber jede Minute eintreffen.« Pauline tastete nach ihrem Reißverschluss.

Kommissar Gabriel zog ein zusammengefaltetes Blatt Papier aus der Brusttasche seiner Lederjacke. »Ich habe hier einen Durchsuchungsbefehl für Ihre Geschäftsräume. Dies ist der richterliche Beschluss.« Er faltete den Zettel auf und hob ihn mit der bedruckten Seite zu uns gerichtet hoch.

Auf Zehenspitzen spähte ich über Paulines Schulter. »Amtsgericht Stuttgart«, las ich in der obersten Zeile. Darunter reihten sich Zahlen und Buchstaben eines Geschäftszeichens über einem ebenso altmodischen wie respekteinflößenden Siegel mit zwei Löwenfiguren neben dem Landeswappen von Baden-Württemberg.

»Ein Durchsuchungsbefehl?« Pauline wollte nach dem Zettel greifen. Kommissar Gabriel faltete ihn wieder zusammen und schob ihn in seine Jacke. »Diese Ausfertigung ist für Herrn Hohlberg. Wo ist die Küche?«

»Die Küche?« Pauline zögerte, als frage sie sich, was die Kripo dort wollte. Sie wies den Flur entlang. »Hier drüben, der erste Raum auf der linken Seite.«

Die Ermittler stürmten übers Parkett und bogen in die Küche ab, als gelte es, einen Sprengsatz zu entschärfen, der jede Sekunde explodieren konnte.

Pauline und ich folgten den Männern. Wir postierten uns vor der offenen Küchentür.

»Hoppla, immer Vorsicht mit den jungen Hunden.« Jeannette drückte sich ans Türblatt, um den Kripobeamten auszuweichen. Als die Männer vorbei waren, kam sie zu uns. »Wieso filzt die Kripo unsere Küche? Habe ich wieder was verpasst?« Die Beamten schienen geübt im Durchsuchen. Ob sie von der Spurensicherung waren? Aber welche Spuren wollten sie ausgerechnet in unserer Küche sichern?

Unter den wachsamen Augen von Kommissar Gabriel rissen sie die oberen Wandschränke auf, schoben Zuckerdosen, Kaffeebohnenpackungen und Teeschachteln beiseite und ließen keinen Zentimeter aus.

»Was zum Teufel ist hier los?« Mit ausgreifenden Schritten eilte André auf unser Dreiergrüppchen vor der Küche zu.

»André! Gut, dass du kommst.« Pauline klang erleichtert wie wohl noch nie beim Anblick ihres Chefs. »Der Kommissar hat einen Durchsuchungsbefehl. Die sind einfach reingestürmt.«

»Mon Dieu!«, stieß André aus, zog das Revers seines Jacketts zurecht und machte eine Handbewegung zu uns herüber, als wären wir Stubenfliegen, die es zu verscheuchen galt. »Verschwindet, das ist Chefsache.«

Jeannette, Pauline und ich zogen uns in den Raum der Kundenberatung zurück. Der lag gleich neben der Küche und bot uns Gelegenheit, zumindest akustisch dabei zu sein.

Leider verstand ich nur wenig von dem Wortwechsel, in dem Kommissar Gabriel die Rechtmäßigkeit seiner Durchsuchungsaktion zu erläutern schien. André klang zunächst noch energisch, wurde aber leiser und leiser, als hätte jemand an seinem Lautstärkeregler gedreht. Schließlich stapfte er sichtlich erbost an unserer Tür vorbei und verschwand in seinem Büro.

Eine Viertelstunde später wurde die Belegschaft zu einer Krisensitzung im Besprechungsraum zusammengetrommelt. Teddy und Praktikantin Loretta waren von ihrem Kundentermin in Esslingen zurück. Damit war das Weingutteam vollständig.

Am Kopfende thronte sonst André. Heute hatte Kommissar Gabriel dort Platz genommen. Hinter ihm stand einer seiner wortkargen Kollegen und kaute Kaugummi. Der andere Begleiter war nach der Durchsuchung der Küche mit einem Plastikbeutel verschwunden.

»Zunächst einmal danke für Ihr Verständnis und Ihre Mitarbeit«, sagte Kommissar Gabriel. »Wir haben einen Hinweis erhalten und daraufhin eine Durchsuchung Ihrer Räumlichkeiten in die Wege geleitet.«

André saß an der Längsseite des Tisches neben Loretta, wo er sich sichtlich deplatziert fühlte. »Einen Hinweis?« Er beugte sich vor und presste die Hände in Merkel-Manier zusammen. »Von wem?«

Kommissar Gabriel antwortete, ohne André direkt anzusehen. »Er ging anonym in einem Revier in der Innenstadt ein. Üblicherweise gehen wir dem nicht nach, sonst wären wir den ganzen Tag damit beschäftigt. Aber es gibt Ausnahmefälle wie diesen.« Er legte eine rhetorische Pause ein, wie ich es von André kannte. »Vor allem, wenn der Hinweis so konkret ist. Bei der Durchsuchung Ihrer Küche sind wir auf einen Glasbehälter mit einer verdächtigen Substanz gestoßen. Mein Kollege von der Spurensicherung bringt das Glas zur Analyse ins kriminaltechnische Labor. Das Ergebnis bleibt abzuwarten. Doch es spricht vieles dafür, dass es sich um dieselbe Substanz handelt, die zum Tod von Thomas Schäfer führte.«

André wich zurück. »Thomas Schäfer? Der Mann, der im Katharinenhospital gestorben ist?«

»Ja. Nach der Verkostung auf dem Weindorf, die von Ihrer Agentur organisiert wurde.«

»Und Sie gehen davon aus, bei dieser … dieser Substanz handelt es sich um dieselbe wie damals?«

Kommissar Gabriel nickte. »Ein Spritzmittel gegen Pilzkrankheiten. Offiziell wird es längst nicht mehr eingesetzt, dürfte aber, da spreche ich aus Erfahrung, in dem einen oder anderen Keller durchaus noch in größeren Mengen lagern.«

»Keller? Meinen Sie damit womöglich einen Weinkeller?«

André machte eine Bewegung mit dem Hals, als wäre ihm sein Hemdkragen zu eng.

»Das wäre eine Option.«

»Aber ich verstehe nicht, warum in unserer Küche ein Spritzmittel sein sollte. Wir sind eine Werbeagentur, kein landwirtschaftlicher Betrieb.«

»Das mag sein, Herr Hohlberg. Trotzdem wirft dieser Fund Fragen auf. Zunächst möchte ich die Veranstaltung gestern rekonstruieren. Mit Ihnen und Frau Pelzer habe ich bereits über den Tod von Herrn Kepler gesprochen.«

»Ein bedauernswerter Unfall«, sagte André. Aus der Merkel-Raute wurden gefaltete Hände. »Anton Kepler hat einen unbeaufsichtigten Moment genutzt, um sich zu seinen Gästen zu gesellen. Unglücklicherweise ist er die Treppe hinuntergestürzt und dabei zu Tode gekommen. Ein Unfall, wie ich gestern bereits sagte.«

Kommissar Gabriel hob die schwarzen Augenbrauen, die von Grau durchzogen waren wie seine Haare. »Die Ermittlungen müssen Sie schon uns überlassen, Herr Hohlberg.«

Der Ton des Kommissars besaß eine Schärfe, die keinen Zweifel daran ließ, wer das Sagen hatte.

André hob beschwichtigend die Hände und setzte eine Unschuldsmiene auf. »Selbstverständlich, Herr Kommissar. Ich wollte nur behilflich sein.«

Jeannette stupste mich von der Seite an. »Geschieht ihm recht, dem alten Angeber«, flüsterte sie.

»Bitte sprechen Sie lauter, Frau Wagenbach.« Kommissar Gabriel sah zu Jeannette, die verblüfft wirkte, weil er ihren Namen kannte. »Wir versuchen, einen Todesfall aufzuklären, und sind für jeden Hinweis dankbar.«

»Herr Kommissar, ich würde jederzeit helfen. Aber leider war ich übers Wochenende nicht in Stuttgart. Ich habe erst heute von dem Unfall erfahren. Aus dem Radio.«

Kommissar Gabriel stieß ein zischendes Geräusch aus. »Wieso sind Sie alle so sicher, dass es sich um einen Unfall handelt? In Deutschland kommen mehr Menschen durch einen Treppensturz um als bei Verkehrsunfällen, das ist bekannt. Trotzdem haben wir in diesem Fall berechtigte Zweifel. Und wir vermuten einen Zusammenhang zum Tod von Thomas Schäfer. Dazu später. Zuerst zur Veranstaltung. Gestern war dafür zu wenig Zeit.« Er zog einen Notizblock aus seiner Ledertasche, an dem ein Kugelschreiber befestigt war. »Also, noch einmal: Wer von Ihnen war bei dem Geburtstagsfest auf dem Weingut anwesend?«

»Ich war dabei, selbstverständlich. Meine Agentur hat das Event organisiert.« André fand nach der kleinen Demütigung zu alter Form und weitete den Brustkorb. »Außerdem Teddy Ternes, unser Artdirector.« Er zeigte auf Teddy, der keine Miene verzog. »Weiter Pauline Ulmer. Sie betreut das Weingut als Kundenberaterin. Und Bea Pelzer. Sie schreibt die Texte. Nach meinen Vorgaben, versteht sich.«

Unangenehm berührt rutschte ich auf meinem Stuhl herum. André führte sich auf, als müsse er mir jedes Wort soufflieren. In Wirklichkeit war ich es, die Erste Hilfe bei seinen Verbalkatastrophen leistete.

»Gut.« Kommissar Gabriel machte sich Notizen. »Wer von Ihnen war zu dem Zeitpunkt im Raum, als Herr Kepler die Treppe hinunterstürzte?«

»Ähm, niemand«, erklärte Pauline. »Sie müssen wissen, der Ablauf war festgelegt. Aber Herr Kepler erschien nicht wie geplant, weil er sich unwohl fühlte. Die Reden der Gratulanten wurden daher um eine halbe Stunde verschoben.«

»Unterbrochen.« Die Kränkung über die entgangene Gelegenheit, sich als brillanter Redner zu inszenieren, war André anzuhören. Er räusperte sich mehrmals, als ihm aufging, wie unpassend sein Selbstmitleid in dieser Situation war. »Ich hatte bereits mit meiner Rede begonnen, da trat Maja Kepler zu mir und setzte mich über das Unwohlsein ihres Schwiegervaters in Kenntnis.«

»Sie waren also im Raum?« Kommissar Gabriel sah André eindringlich an. »Ich meine im Foyer?«

»Zuerst ja. Aber nicht zum Zeitpunkt des Unfalls. Ich hielt

mich wie die meisten anderen Gäste im Wohnraum nebenan auf. Zur Überbrückung hatten wir das Büfett eröffnet.«

»Verstehe ich das richtig: Keiner von Ihnen war zur fraglichen Zeit im Foyer?«

Allgemeines Kopfschütteln setzte ein. Der Blick des Kommissars wanderte zu mir. »Sie schon, Frau Pelzer, nicht wahr?«

»Äh, nein. Eigentlich nicht. Ich war nicht im Foyer, meine ich. Und auch nicht im Wohnraum. Ich stand an der Stellwand, die vom Foyer in den Wohnraum überleitet. Also quasi auf der Türschwelle.«

»Wer war bei Ihnen?«

»Nur einer der Tontechniker. Er hat für Musikuntermalung gesorgt. Während der Pause.«

»Hatten Sie die Treppe im Blick?«

»Nein, das nicht. Ich habe … mir die Fotos auf der Stellwand angesehen«, improvisierte ich, weil ich mich nicht erinnern konnte.

Kommissar Gabriel blätterte in seinem Notizblock. »Gestern sagten Sie, Sie hätten den Sturz von Herrn Kepler beobachtet.«

»Nur die letzten Sekunden. Ich habe mich umgedreht, als ich hörte, wie er stürzte.«

»Haben Sie jemanden oben an der Treppe gesehen? Im ersten Stock?«

Bevor ich antworten konnte, kam ein lautes Schnaufen von André. »Herr Kommissar, wollen Sie behaupten, Anton Kepler sei ermordet worden?« Er machte eine abwehrende Geste. »Das ist absurd.«

Kommissar Gabriel war anderer Ansicht. Er klappte seinen Notizblock zu. »Ich stelle keine Behauptungen auf, Herr Hohlberg, ich ermittle.« Über seiner Nasenwurzel bildete sich eine Falte. »So kommen wir nicht weiter. Versuchen wir es mit Einzelbefragungen. Herr Hohlberg, wir beginnen mit Ihnen.«

»Hoffentlich grillt der Kommissar ihn nach allen Regeln der Polizeikunst«, knurrte Jeannette und machte eine Runde auf ihrem Drehstuhl. »Peinlich, wie der sich aufgespielt hat. Gabriel muss denken, wir wären alle bekloppt, bei einem derartigen Loser zu arbeiten.«

Pauline saß auf einer Ecke von Jeannettes Schreibtisch und wippte mit dem Fuß. »André ist ein alter Angeber, das weiß jeder. Aber ich glaube, diesmal war es eine Trotzreaktion, weil das giftige Zeug in der Küche gefunden wurde. Wusstet ihr, dass im Schrank ein Unkrautvernichtungsmittel aufbewahrt wird? Ausgerechnet in der Küche? Das ist unverantwortlich.«

»Finde ich auch. Vor allem, weil das Gift verboten ist.« Ich nahm einen Schluck aus meiner Tasse und verzog das Gesicht. Kalt und bitter. »Was hat ein Pestizid überhaupt in unserer Küche zu suchen? Wegen der paar Blümchen im Balkonkasten wird André ja wohl kein Gift spritzen.«

»Vielleicht hat er damit dem Unkraut in den Kübelpflanzen in seinem verglasten Erker das Leben ausgehaucht. So ein kleines Mooschen könnte den Glanz seiner Agentur trüben.« Pauline stieß einen abfälligen Laut aus. »Das wäre fast so, als würde man mit Bazookas auf Spatzen schießen.«

»Kanonen.« Jeannette stoppte ihren Drehstuhl. »Man schießt mit Kanonen auf Spatzen. Oder eben nicht. Ach, ihr wisst, was ich meine.«

»Ein Pestizid, noch dazu ein längst verbotenes, wegen einem Hauch Unkraut in seinen Topfpflanzen? Das wäre maßlos übertrieben«, sagte ich.

»Na bitte, das ist der beste Beweis für Paulines Theorie. Schließlich ist Übertreibung Andrés zweiter Vorname. Aber was mich mehr interessiert, ist der Tod des alten Keplers. War es ein Unfall, oder hat ihn jemand gestoßen? Ich war ja leider nicht dabei.«

»Sei froh, Jeannette«, sagte ich. »Ich werde noch wochenlang Alpträume haben.«

»Wieso war er überhaupt allein unterwegs?« Jeannette sah zu mir. »Sonst ist immer jemand bei ihm. Meistens Maja Kepler.«

»Anton hat die Gelegenheit genutzt, als sie nach unten ging, um André zu informieren. Er wollte allen zeigen, dass er allein zurechtkommt. Immerhin war das sein letzter Auftritt als Leiter des Weinguts, und er hatte eine wichtige Entscheidung zu verkünden.«

»Du meinst, er wollte nicht wie ein alter Tatterich an Maja Keplers Arm den Gästen vorgeführt werden?« Jeannette drückte es in drastischen Worten aus.

»Ja. Am Samstag ist er ihr auch abgehauen. Ich saß auf der Bank oberhalb des Weinbergs, in dem euer Shooting stattfand. Und plötzlich kam Anton mutterseelenallein vorbei. Wir haben uns unterhalten. Er hat sich über die ständigen Streitereien seiner Söhne beklagt.«

Jeannette rollte den Stuhl zum Schreibtisch. »Wo wir gerade von Streit reden: Waren beide Brüder im Wohnzimmer, als Anton gestürzt ist? Tobias und Hannes?«

Auf Paulines Stirn erschienen Falten. »Hm. Ich glaube ja. Aber sicher bin ich nicht.«

»Willst du damit andeuten, einer von ihnen hätte den eigenen Vater umgebracht?«, fragte ich.

»Der Mensch ist ein Raubtier«, sagte Jeannette ungerührt. »Vor allem, wenn es ums Geld geht. Oder um Liebe. Die meisten Morde werden aus Gier oder aus Eifersucht begangen. Hat neulich dieser Kopfgeldjäger mit der blonden Mähne auf RTL2 gesagt.«

»Du meinst Dog?«, fragte Pauline.

Das Telefon klingelte.

Jeannette hob ab. »Hohlbergs Reich, was kann ich für Sie tun?« Sie lauschte in den Hörer. »Pauline?«, sagte sie. »Ja, die ist hier bei uns.« Beim Zuhören formten ihre Lippen ein unhörbares »der Chef«. »Wieso sie bei uns ist? Na, wegen … wegen Beas Führung morgen. Da sind noch Details offen. Ja, ich schick sie rüber. Aha. Ja, Bea auch.« Sie legte auf. »Pauline, dein Typ wird verlangt. André sagt, du sollst deinen Hintern *rapidement* zu deinem Arbeitsplatz bewegen. Und du, Bea, musst zum Verhör.«

Kommissar Gabriel war in seinen Notizblock vertieft. »Frau Pelzer, wenn ich Sie richtig verstanden habe, hat niemand außer

Ihnen gesehen, wie Herr Kepler zu Tode kam.« Er schaute auf und nahm mich visuell in den Würgegriff.

»Soweit ich weiß, ja.« Ich ließ mich in einem Chromschwinger auf der anderen Seite des Besprechungstisches nieder und rutschte ganz nach hinten. Je mehr Sicherheitsabstand, desto besser.

»Nur Sie waren in der Nähe?«

»Und der Tontechniker.«

Kommissar Gabriel rührte in einer halb vollen Kaffeetasse und studierte das Kugelschreibergekritzel auf seinem Block. »Als Sie dieses Geräusch … dieses Poltern gehört haben, wie weit waren Sie da von der Treppe entfernt?«

Ich versetzte mich gedanklich an den Ort des Geschehens.

»Ungefähr sechs, sieben Meter.«

»Sie waren die Einzige, die es gehört hat?«

»Das kann ich Ihnen nicht sagen. Es lief Klaviermusik vom Band. Im Wohnzimmer sprachen die Gäste miteinander. Viele bedienten sich am Büfett. Der Geräuschpegel war hoch.«

»Haben Sie jemanden am oberen Absatz der Treppe bemerkt?«

Das hatte er mich vorhin bereits gefragt. Vielleicht nahm er an, ich würde ihm ein wichtiges Detail verschweigen. »Ehrlich gesagt habe ich gar nicht hochgeschaut. Ich war zu aufgewühlt, um auf etwas anderes zu achten als auf Herrn Kepler.«

»Verständlich. Das muss ein Schock gewesen sein.« Im Gegensatz zu seinen Worten wirkte der Ausdruck seiner hellgrauen Augen kein bisschen mitfühlend. Er fixierte mich, als wartete er auf eine Blöße, eine Emotion, irgendetwas, das ihm half, mich zu knacken und an die Wahrheit zu kommen. »Wie viel Zeit lag zwischen der Rede Ihres Chefs und dem Sturz?«

»Ungefähr zehn Minuten. Oder weniger.«

»Wen haben Sie kurz vor dem Sturz im Wohnzimmer gesehen? Bitte konzentrieren Sie sich, das ist von entscheidender Bedeutung.«

Ich ließ den Kopf sinken und rief die Erinnerungen ab. »Im Wohnraum war das Büfett eröffnet. Brigitte Jonas hat die Gäste bei der Auswahl der Speisen beraten. Meine Kollegin Pauline

Ulmer half ihr dabei. Gesehen habe ich außerdem Teddy Ternes, und, ähm, da war auch der Kundenbetreuer der Bank, Dr. Bergmann. Aber das ist sicher nicht wichtig.« Beim Gedanken an Georg schlug mein Herz schneller.

»Das zu bewerten, überlassen Sie bitte mir.« Kommissar Gabriel beobachtete mich, als wäre er Verhaltensforscher und ich sein Untersuchungsobjekt. »Sie wirken angespannt. Was hat es mit diesem Dr. Bergmann auf sich, Frau Pelzer? Gibt es etwas, das ich über ihn wissen sollte?«

Vielleicht, dass ich die letzte Nacht mit ihm verbracht habe?, dachte ich. Statt es zu erwähnen, drehte ich den Spieß um und lenkte die Aufmerksamkeit des Kommissars auf etwas anderes.

»Der Bankberater sprach mit einer mageren blonden Frau. Ihren Namen kenne ich nicht, aber ich habe sie vorher im Foyer mit Theo Silber gesehen.«

»Silber?« Kommissar Gabriel machte sich eine Notiz.

»Ja. Seine Werbeagentur hat das Weingut vor uns betreut. Bevor das Event begann, hat Theo Silber eine eigenartige Bemerkung ihr gegenüber gemacht. Sie war nicht für fremde Ohren bestimmt. Ich stand in diesem Moment zufällig hinter ihm.«

Er hielt den Stift bereit. »Ich höre.«

»Den genauen Wortlaut weiß ich nicht mehr. Es war so ähnlich wie: Meine Stunde kommt noch. Herr Silber sagte, er lasse die gierigen Geier kreisen und wolle zustoßen, wenn niemand es erwartet.«

Kommissar Gabriel schien wenig beeindruckt. »War Herr Silber verärgert, weil Herr Hohlberg das Weingut betreut? Ich kenne mich in Ihrer Branche nicht aus, aber das Weingut ist oft auf Fotos abgebildet, mit denen die Stadt um Touristen wirbt. Umso bedauerlicher, wenn die Konkurrenz am Zug ist.«

»In der Werbung wird mit harten Bandagen gekämpft. Es geht nicht nur um viel Geld, sondern auch um das Image der Agentur.«

»Sie meinen, je bekannter die Kunden, desto wichtiger die Agentur?«

»Genau. Werber lieben den Platz an der Sonne.«

»Und den an der Geldquelle, wie Sie eben sagten.« Kommissar Gabriel trommelte mit dem Kugelschreiber auf der Glasplatte und blätterte in seinem Notizblock. »War Herr Silber im Wohnraum, als Anton Kepler stürzte?«

»Ich konnte nur einen Teil des Raums überblicken. Ihn habe ihn nicht gesehen.«

Kommissar Gabriel kratzte sich an der Wange. »Verstehe. Den Zeugenaussagen zufolge war Herr Silber bei der Verkostung auf dem Weindorf ebenfalls dabei. Ist das korrekt?«

»Ja. Er war die ganze Zeit über in der Laube. Vor der Verkostung hat er sich mit den Keplers unterhalten.«

»Mit wem genau?«

»Ich habe ihn mit Maja und Hannes Kepler gesehen.«

»Wo?«

»In der Küche. Als ich die Snacks für die Verkostung vorbereitet habe.«

»Das Weingelee und das Gebäck, das Sie beigesteuert hatten.«

Beim Gedanken an das Käsegebäck wurde mir mulmig. Entsprechend zögerlich fiel mein Nicken aus.

»War Herr Hohlberg unter den Gästen, die Sie gesehen haben? Gestern im Wohnraum?«

Es dauerte ein paar Sekunden, bis ich gedanklich von der Weinlaube zum Geburtstagsevent zurückgekehrt war. »Keine Ahnung. Am Büfett stand er nicht. Ich dachte, er stimmt sich mit den Keplers ab, wie die Veranstaltung weitergehen soll.«

»In einem der Büros?«

»Das wäre möglich. Vom Wohnraum zu den Büros ist es nicht weit, nur den Gang entlang.«

»An dessen Ende eine Treppe ins obere Stockwerk führt«, ergänzte Kommissar Gabriel und ließ mich keine Millisekunde aus den Augen.

»Eine Treppe? Davon weiß ich nichts.«

»Der offizielle Weg in die privaten Zimmer ist die große Treppe im Foyer. Aber es gibt noch eine andere Möglichkeit, nach oben zu gelangen. Nämlich diese Treppe hinter den Büros.«

Mir war nicht klar, was er damit sagen wollte. »Wieso ist das wichtig?«

Kommissar Gabriel schlug seinen Block zu. »Es wäre denkbar, dass jemand diese Treppe benutzt hat, um unbemerkt nach oben zu gelangen.«

Noch war der Groschen bei mir nicht gefallen. »Zu Anton Kepler.«

»Aber Herr Kepler war doch unterwegs zu seinen Gästen. Über die große Treppe im Foyer.«

»Genau. Und dabei war er allein.«

Endlich kapierte ich, was er andeuten wollte. »Sie meinen, jemand ist unbeobachtet in den ersten Stock gegangen und hat Anton Kepler einen Stoß versetzt?«

»Laut Obduktionsbericht hat das Opfer an diversen Stellen Hämatome davongetragen. Auch im Bereich der Schultern und am oberen Rücken. Die könnten durch den Sturz verursacht worden sein. Oder durch einen kräftigen Stoß.«

Kommissar Gabriel gab mir Zeit, diese Neuigkeit zu verdauen. Danach kam er erneut auf André zu sprechen. »Frau Pelzer, wir wissen, dass Ihr Verhältnis zu Herrn Hohlberg nicht das beste ist. Darüber haben wir bereits gesprochen. Er hat erneut die Spannungen zwischen Ihnen erwähnt und Ihre Loyalität in Frage gestellt.«

André hatte mich also wieder beim Kommissar angeschwärzt. Wieso ließ ich mir das gefallen? Noch dazu von einem solchen Idioten, der nur seinen eigenen Vorteil im Sinn hatte? In mir braute sich ein kleines Gewitter zusammen, aber ich versuchte, mir nichts anmerken zu lassen. Bei der Befragung letzte Woche hatte ich mich von Kommissar Gabriel provozieren lassen und die Kontrolle verloren. Diese Blöße wollte ich mir heute nicht geben.

Der Kommissar schien Gedanken lesen zu können. Er legte einen Gang zu und wurde konkret. »Herr Hohlberg hat Sie im Verdacht, Ihr Gebäck mit dem Pestizid vergiftet zu haben, um seine Verkostung zu sabotieren. Sie haben wahrscheinlich nicht beabsichtigt, dabei jemanden zu töten. Doch genau das ist eingetreten. Thomas Schäfer ist tot.«

Ruhig bleiben, sagte ich mir und bemühte mich um einen neutralen Gesichtsausdruck. Aber die Energie, die sich in mir aufstaute, musste irgendwo raus. Unbemerkt. Ich entschied mich für meine Zehen. In den Sneakers konnte ich sie krümmen und spreizen, ohne dass der Kommissar es mitbekam. Das war klüger, als unkontrolliert gegen das Tischbein zu kicken, wie ich es das letzte Mal getan hatte.

Meine neue Strategie lautete: Fakten statt Emotionen. Entsprechend sachlich formulierte ich meine Antwort.

»Die Spurensicherung hat das Pestizid hier in der Agentur gefunden und nicht in meiner Wohnung. Wie passt das in Ihre Theorie?«

»Ich habe keine Theorie, Frau Pelzer, ich mache nur meine Arbeit. Es gehört nicht viel dazu, etwas von der Substanz hier zu deponieren, um den Verdacht auf jemand anders zu lenken. Vielleicht sollten wir Ihre Küche durchsuchen?«

Mein Hals schnürte sich zu. Kommissar Gabriel war ein Meister seines Fachs und wechselte geschickt zwischen Information und Provokation.

Um Energie zu verbrauchen, führten meine Zehen einen wilden Ausdruckstanz in den Sneakers auf. Das half mir, trotz der Drohung ruhig zu bleiben. »Gift werden Sie in meiner Küche nicht finden. Sie sollten lieber Herrn Hohlbergs Bankkonto unter die Lupe nehmen. Die Zahlungsein- und -ausgänge könnten Ihnen Aufschluss über seine wirkliche Verbindung zum Weingut geben.« Schnell machte ich den Mund zu, aber es war zu spät. Das Ass in meinem Ärmel, das ich hatte zurückhalten wollen, war ausgespielt.

»Frau Pelzer, Sie wissen, dass Sie sich strafbar machen, wenn Sie uns wichtige Informationen vorenthalten?«

Ich presste die Lippen aufeinander und meine Zahnreihen gleich mit.

Kommissar Gabriel ließ Gnade gewähren. Vorerst.

»Danke, Frau Pelzer. Sie können gehen.«

Ich war in Nullkommanichts draußen.

»Du guckst aus der Wäsche, als hättest du ein Gespenst gesehen.«
Pauline saß wieder auf Jeannettes Tisch. »Oder gleich ein ganzes
Rudel. Was ist passiert?«

Das Verhör hatte meinem strapazierten Nervenkostüm den
Rest gegeben. Hatte ich gerade noch die Starke gespielt, kämpfte
ich nun mit den Tränen. »Der Kommissar hat mich in die Mangel
genommen, als wäre ich die Hauptverdächtige.«

»Na, solange du nicht gestehst, dass du den Alten umgebracht
hast«, warf Jeannette in gewohnter Flapsigkeit ein und deutete
auf meine Achseln. »Du hast Schweißflecke, so groß wie eine
Familienpizza. Und das auf meinem Oberteil.« Sie nahm mich
ins Visier wie eben der Kommissar. »Gabriel hat dir zugesetzt,
aber dieses Funkeln in deinen Augen ist mir vorhin schon aufgefallen. Wenn ich es nicht besser wüsste, würde ich auf eine
leidenschaftliche Nacht tippen.«

Pauline gab Jeannette einen tadelnden Klaps auf den Arm.
»Du führst dich auf wie eine Elefantendame im Porzellanladen.
Wie kannst du nur an Sex denken nach dem, was Bea gestern
miterleben musste?«

Um Jeannette abzulenken, verkündete ich die Neuigkeit, die
ich erfahren hatte. »Habt ihr gewusst, dass es eine zweite Treppe
nach oben gibt? Im Weingut, meine ich?«

»Davon höre ich zum ersten Mal.« Jeannette sah zu Pauline.

»Ich auch. Wo soll die denn sein?«

»Hinter den Büros. Am Ende des Flurs. Der Kommissar meint,
jemand könnte so unbemerkt nach oben gelangt sein und Anton
Kepler die große Treppe im Foyer hinuntergestoßen haben.«

»Ein Mord? Wie krass. Hat der Kommissar auch einen Verdächtigen?« Jeannette setzte eine Unschuldsmiene auf. »Ich
kann's ja nicht gewesen sein.«

»Er wollte wissen, wen ich im Wohnzimmer gesehen habe.«

»Und?«, fragte Jeannette gespannt. »Wem kannst du ein Alibi
geben?«

»Frag lieber, wem sie keines geben kann«, schlug Pauline vor.

Da fiel mir sofort jemand ein. »Deinem früheren Chef zum
Beispiel.«

»Du meinst Silberrücken?« Paulines Augen weiteten sich.

»Seht ihr! Ich wusste es. Der Ausbeuter hat Dreck am Stecken.«

»Aber warum sollte er ihn umbringen?«, fragte Jeannette.

»Aus Rache, weil er die Werbeagentur gewechselt hat?«

»Vielleicht hofft er darauf, dass die Söhne zu seiner Agentur zurückkehren«, sagte ich.

»Oder Silber wollte seinem Erzfeind André schaden, indem er dessen Jubiläumsevent torpediert.« Jeannette stand auf. »So viel Verschwörungstheorie macht mich durstig. Ich brauche Koffein. Pauline, kommst du mit?«

Das Telefon klingelte.

»Du bist dran«, sagte Jeannette und hakte Pauline unter. Die beiden gingen hinaus.

Ich nahm den Hörer ab. Es war Gerit.

»Bea, wie geht es dir? Ich habe von Anton Keplers Tod erfahren. Es muss schrecklich für dich gewesen sein, das alles mitanzusehen.«

»Ja, das war es«, sagte ich nur. Ich hatte nicht vor, als Augenzeugin in ihrem nächsten Artikel zu landen.

»Ich kann mir vorstellen, du bist sauer wegen dem, was ich geschrieben habe. Aber ich konnte unseren Lesern den Streit zwischen seinen Söhnen doch nicht vorenthalten.«

»Hast du dabei auch nur eine Sekunde an mich gedacht, Gerit? Wie stehe ich bei den Keplers da? Immerhin war ich es, die dir das Interview verschafft hat.«

»Bea, bei aller Liebe, aber die Familie hat nach dem Tod ihres Oberhauptes garantiert andere Probleme, als dir deswegen Vorwürfe zu machen.«

Wir schwiegen uns eine Zeit lang an.

»Ich rufe aus einem anderen Grund an. Der Leichnam von Thomas Schäfer ist von der Kripo freigegeben worden. Die Beerdigung findet morgen auf dem Neuen Friedhof in Degerloch statt. Ich versuche seit Tagen, an seine Witwe ranzukommen, bisher ohne Erfolg. Vielleicht ergibt sich bei der Trauerfeier eine Gelegenheit. Begleitest du mich?«

»Nur, wenn André nicht dabei ist.«

»Verstehe. Falls er keine Zeit hat, kannst du dich anbieten. Eine schöne Geste wäre es auf jeden Fall.«

»Ich frage nach. Allerdings habe ich morgen um dreizehn Uhr eine Führung in der Innenstadt. Wann beginnt die Trauerfeier?«

»Um vier. Das müsste zeitlich hinkommen. Du meldest dich, ja?«

Als Jeannette aus der Küche zurückkehrte, legte sie mir einen Ausdruck auf den Tisch. »Das habe ich in deinem Postfach gefunden. Ist von unserem Häuptling.«

Ich überflog den Text. André hatte eine Art Stellungnahme der Agentur zu Anton Keplers Tod aufgesetzt. An sich eine gute Idee, aber leider nutzte er darin jede Chance, seine Agentur zu promoten. Wie sollte ich daraus etwas halbwegs Sinnvolles machen?

Ohne zu zögern, strich ich das meiste durch und beschloss, den Text komplett neu zu schreiben. Was mir vorschwebte, war ein Nachruf, für den ich die Informationen aus Gerits Interview verwerten wollte. Das war ich Anton Kepler schuldig.

Beim Wort Nachruf fiel mir Gerits Frage ein. »Jeannette, weißt du, ob jemand die Agentur bei der Beerdigung morgen vertreten wird?«

Sie sah mich über ihren Bildschirm hinweg erstaunt an. »Morgen ist Antons Beerdigung? Das ging aber fix, wo der Kommissar doch noch im Dunkeln tappt.«

»Nein, ich meine die Beerdigung von Thomas Schäfer.«

»Ach so. Keine Ahnung. Frag Pauline.«

Im Raum der Kundenberaterinnen legte Pauline eben den Hörer auf. »Diese Pressefuzzis habe ich langsam über«, schimpfte sie und massierte sich die Ohrmuschel. »Das war der Vierte, der ein Exklusivinterview mit André führen will.«

»Und diese Gelegenheit, sich in Szene zu setzen, schlägt er ernsthaft aus?« Das konnte ich nicht glauben.

»Jepp.« Pauline schob das Telefon zur Seite. »Das macht er. Oder ich. Ich habe ihm diese Entscheidung erspart und sage in seinem Namen ab. Das ist das Mindeste, was wir für den Seelenfrieden von Herrn Kepler tun können, oder?«

»Pauline, weißt du, ob jemand aus der Agentur bei der Beisetzung von Thomas Schäfer morgen dabei sein wird?«

»Die findet morgen statt? Hat der Kommissar dir das verraten?«

»Nein. Die Info kam von Gerit.«

»Aha. Mir scheint, deine investigative Stiefmutter ist der Kripo bei der Tätersuche dicht auf den Fersen. Das wird die Auflage in die Höhe schnellen lassen. Gut für uns.« Sie zeigte auf eine Ausgabe unserer Tageszeitung in ihrem Ablagefach. Aufgeschlagen war die erste Imageanzeige für das Weingut, die am Samstag erschienen war.

»Die Anzeigenserie habe ich völlig vergessen«, sagte ich. »Wie geht es damit weiter?«

»Ist auf Eis gelegt. Jedenfalls fürs Erste. Wir können schlecht für den Nachfolger des Weinguts werben, wenn der aufgrund der Umstände noch in den Sternen steht.«

Pauline hatte recht. Anton Kepler war nicht mehr dazu gekommen, seinen Nachfolger bekannt zu geben.

Wieder am Schreibtisch, konzentrierte ich mich auf Andrés Stellungnahme. Welche Informationen konnte ich übernehmen? Nur wenige blieben übrig.

Ich versuchte, mich an das Interview zu erinnern, und füllte meine Datei mit den Informationen von Anton Kepler. Beim Schreiben sah ich ihn vor mir, wie er mit Cordhose und Hosenträgern auf dem Sofa hockte. Mich überkam eine tiefe Traurigkeit. War er das Opfer eines kaltblütigen Mordes geworden? Aber wer hatte ihn die Treppe hinuntergestoßen? Und warum hatte sich der Täter ausgerechnet seinen Geburtstag ausgesucht? In was für einer grausamen Welt lebten wir nur?

Ich war kurz davor, einen Heulanfall zu bekommen. Das Einzige, das mich davon abhielt, waren meine Kollegen. Wenn ich mit einem tränenverquollenen Gesicht herumlief, würden alle denken, das läge an der Befragung durch Kommissar Gabriel.

Um mich abzulenken, beschäftigte ich mich mit der Führung,

die für morgen angesetzt war. Gebucht hatte sie ein Vaihinger Gartenbauunternehmen. Meine Aufgabe war es, den Garten- und Landschaftsbauern die Stuttgarter Stäffele zu zeigen, die in der zweiten Hälfte des 19. Jahrhunderts für die Bewirtschaftung der steilen Weinbergterrassen angelegt worden waren. Mehr als vierhundert dieser Stäffele waren erhalten, daher hatte ich reichlich Auswahl.

Anhand eines Stadtplans stellte ich eine Rundtour zusammen. Da die Stäffele zu weit voneinander entfernt lagen, um die Strecke zu Fuß zurückzulegen, buchte ich einen Kleinbus. Die letzte Station der Führung würde das Alte Schloss sein. Dort hatte Sabina von Bayern im Jahr 1511 ihre Hochzeit mit Herzog Ulrich von Württemberg gefeiert. Das war meine Rolle für morgen: Sabina von Württemberg, wie sie nach ihrer Vermählung mit dem hiesigen Landesherrn genannt wurde. Da der Herzog gewalttätig und Sabina nicht die Sanftmütigste gewesen war, hatte die Ehe nur vier Jahre gehalten.

Nach der Führung war eine Verkostung in der Kepler'schen Laube geplant, die seit heute freigegeben war. Nach dem Umsatzausfall der letzten Tage war das Weingut auf die Einnahmen angewiesen. Aber war die Laube nach dem Tod von Anton Kepler überhaupt wieder geöffnet? Ich nahm mir vor, Pauline danach zu fragen, sobald sie das Gespräch mit Kommissar Gabriel überstanden hatte.

Morgen würde ich ein mittelalterliches Kostüm tragen. Falls ich an der Beerdigung von Thomas Schäfer teilnahm, musste ich meine Kleider im Bus deponieren. Zum Friedhof würde ich mit der Stadtbahn fahren. Irgendwo unterwegs oder spätestens auf dem Friedhof fand sich eine Gelegenheit zum Umziehen.

Nur gut, dass ich als Sabina von Bayern keine Perücke aufsetzen musste. Zu ihrem Kostüm aus dem Fundus der Staatsoper gehörte eine weite Kopfbedeckung aus weißem Musselin, die einer überdimensionalen Duschhaube ähnelte. Eine Modistin der Staatsoper hatte sie nach dem Vorbild von Sabinas Grablege in der Tübinger Stiftskirche angefertigt. Darunter würde meine Frisur hoffentlich weniger leiden als unter den schweren Perücken.

Ich probierte mit den Fingern herum, was ich mit meinen schulterlangen Locken unter der Haube anstellen sollte. Hochstecken oder offen tragen?

Ohne anzuklopfen, betrat André das Büro. Woher hatte er nur dieses unheimliche Gespür für unpassende Momente? Rasch strich ich mir die Haare glatt.

»*Mon Dieu!* Du frisierst dich in der Arbeitszeit?«, schimpfte er. »Hast du wieder Arbeit an unsere Praktikantin aus der Grafik delegiert? Loretta hat genug zu tun. Wenn du deinen Job allein nicht schaffst, bist du in meiner Agentur falsch. Ich kann nur Mitarbeiter gebrauchen, die Leistung bringen und Einsatz zeigen.«

Er hatte also mitbekommen, dass ich Loretta mit der Recherche nach Rezepten beauftragt hatte. »Ich musste mich um die Anzeigen und die Führungstexte kümmern, und du wolltest die Vorschläge sofort –«

»*Cela suffit!*« André stoppte mich mit erhobenem Zeigefinger. »Wo ist das Statement für die Presse?«

»Da bin ich dran.« Ich zeigte auf den Bildschirm. Blöderweise war nicht mein Manuskript, sondern ein Gemälde der Sabina von Bayern zu sehen. »Äh, ich recherchiere parallel für die Stäffeles-Führung morgen.«

André verdrehte die Augen. »Ich fahre kurz zu Werner. Wenn ich zurück bin, will ich das Statement ausformuliert auf meinem Tisch haben, verstanden?« Die Tür fiel mit einem lauten Rums zu.

In mir kochte die Wut hoch. Dieser arrogante Sack. Wieso ertrug ich seine Launen und ließ mich behandeln wie den letzten Dreck? Der Egozentriker glaubte, das ganze Universum wäre nur dazu erschaffen worden, damit es um ihn kreisen konnte. Vielleicht war es an der Zeit, mich nach etwas anderem umzusehen. So wie Jeannette mit ihrer Katzenpension. Der Gedanke baute mich auf.

Ich druckte das Statement aus und ging zum Raum der Kundenberaterinnen. Paulines Platz war leer.

»Die verhört der Kommissar«, sagte eine ihrer Kolleginnen.

Die Verunsicherung war ihr anzuhören. »Kann ich dir weiterhelfen?«

»Weißt du, wann André zurückkommt? Er wartet auf diesen Text hier. Ist eilig.« Ich hob die Ausdrucke an und machte ein wichtiges Gesicht.

Sie schüttelte den Kopf. »Er ist noch unterwegs. Soll ich ihm das geben?«

»Ich lege den Text am besten in sein Büro. Wenn er wieder da ist, sieht er ihn gleich. Ach, ich habe noch eine Frage.«

»Ja?«

»Die Laube der Keplers ist ab heute wieder freigegeben. Läuft der Betrieb normal weiter?«

»Ich glaube schon. Pauline hat vorhin mit Brigitte Jonas telefoniert und mit ihr die Verkostung morgen durchgesprochen.«

»Meinst du die nach meiner Führung? So gegen drei?«

»Ja. Die übernimmt diesmal der Kellermeister.«

»Alles klar, danke.«

Vorsichtshalber klopfte ich zuerst an, bevor ich Andrés Allerheiligstes betrat. Sein riesiges Büro mit Fensterfront und verglastem Erker lag an der Vorderseite der Villa. Er liebte es, seine Kunden mit der sensationellen Aussicht über die Stadt und die grüne Hügellandschaft zu beeindrucken. Die Wände, Regale, Sofas, die Seidenteppiche und die Lampen im Bauhaus-Look waren in Schwarz-Weiß gehalten und wirkten genauso luxuriös wie beabsichtigt. Um seinen Thronsaal repräsentativ zu gestalten, beschäftigte André eigens einen Innenarchitekten. Dessen neueste Anschaffung war ein unbequemes Stahlrohr-Sitzmöbel namens Wassily mit schwarzem Leder von Marcel Breuer.

Meine Ausdrucke legte ich auf den gläsernen Schreibtisch. Ich nutzte die seltene Gelegenheit und trat in den Erker. Die Landeshauptstadt lag mir zu Füßen. Bei diesem Ausblick konnte man nachvollziehen, warum die Halbhöhenlage ein Statussymbol der Privilegierten war.

Neben der Markuskirche reckten sich die Baumkronen des Fangelsbachfriedhofs in die Höhe. Der begrünte Hügel der

Karlshöhe erhob sich wie der Rücken eines Wals aus der Masse von Stein, Beton und Glas. Mit ihren Weinbergen, öffentlichen Grünanlagen und dem Aussichtsbiergarten war die Karlshöhe ein beliebtes Ziel von Stadtbewohnern, die sich nach einem Hauch Natur oder einem kühlen Glas Bier sehnten.

Als ich mich umdrehte, fiel mein Blick auf die üppigen Kübelpflanzen. Ihre Grüntöne waren das Einzige, das sich dem Schwarz-Weiß-Diktat nicht unterordnete. In den mattschwarzen Kübeln rankten sich exotische Pflanzen mit fleischigen Blättern. Nur die Feige erkannte ich, weil ich letztes Jahr einen Katalog für einen Gärtner geschrieben hatte.

Mir fiel das gläserne Behältnis ein, das die Kripo in der Küche gefunden hatte. Ob es sich dabei tatsächlich um das verbotene Pflanzenschutzmittel handelte? Verwendete André es für diese Pflanzen hier?

Ich beugte mich über die Feige und studierte die Erde in ihrem Topf. Nicht ein einziges Unkraut war zu sehen. Auch bei den anderen Pflanzen konnte ich keine Spur von unerwünschtem Grün entdecken.

Neben der Feige stand ein flacher Rollcontainer, wie ihn unsere Grafiker für ihre Entwürfe benutzten. Die unterste Schublade stand einige Zentimeter offen. Darin lag eine Papierrolle, deren Raster aus feinen dunklen Linien im Licht der Sonne durchschien. Betätigte sich André seit Neuestem auch kreativ? Zuzutrauen wäre ihm das.

Ich ging in die Hocke und zog die Schublade weiter auf, bis ich das Rasterpapier herausnehmen konnte. Auf dem Sofa rollte ich es auf. Darauf war eine Skizze zu sehen, wie sie Grafiker von Hand anfertigten. Mit dunkelgrauem Stift war ein dreistöckiges Gebäude mit Eingangsportal und bodentiefen Fenstern in allen Geschossen umrissen.

Plante André einen Neubau für seine Agentur? Oder eine zweite Niederlassung im Grünen? Darauf wiesen kleine Baumsymbole hin, die in lässigen Strichen über einen Hang unterhalb des Gebäudes verteilt waren. Die Bäume reihten sich in gleichmäßigen Abständen wie bei einer Obstanlage.

Schritte auf dem Flur ließen mich in der Bewegung erstarren. Wenn André mich erwischte, hatte er einen Grund mehr, mich rauszuwerfen. Ich hielt den Atem an und lauschte dem Geräusch der Schritte. Sie kamen näher, wurden langsamer – und entfernten sich. Nichts wie raus hier.

Ich wollte den Plan zusammenrollen, als mich ein Detail stutzig machte. Erneut breitete ich das Papier auf meinen Knien aus. Vor fast allen bodentiefen Fenstern war ein Balkon angebracht, der statt Gitterstäben, einem Lochblech oder schlichten Holzbrettern eine transparente Scheibe als Abgrenzung besaß. Solche Balkons hatte ich bei einem Wochenendausflug mit Georg an den Bodensee gesehen. Unser Hotel lag in Halbhöhe von Überlingen und hatte ähnliche mit durchsichtigen Scheiben gehabt, die den phänomenalen Seeblick nicht einschränkten. War das der Plan für ein Hotel? Hatte André einen neuen Kunden an Land gezogen? Einen Bauherrn, der ein exklusives Boutique-Hotel in grüner Aussichtslage plante? Da waren winzige Beschriftungen mit einem harten Bleistift in Handschrift. Ich konzentrierte mich auf das erste Wort und drehte den Plan aus der Nachmittagssonne, deren grelles Licht sich in dem Schriftzug spiegelte.

Meine Vermutung war richtig gewesen. Da stand eindeutig »Hotel« neben dem Gebäude. Weiter unten war ein weiteres Wort, von dem aus ein Pfeil ins Erdgeschoss oder eher ins Kellergeschoss zeigte. »Parkhaus«, entzifferte ich. Hier stand noch etwas. Es waren zwei Begriffe, von denen jeweils ein kleiner Pfeil ausging. Der untere zeigte auf die Bäume. Das hieß auf keinen Fall »Obstanlage«. Der erste Buchstabe war ein großes »W«, und der hintere Teil lautete »berg«.

Ich hielt den Plan dicht vors Gesicht. »Weinberg«! Die grünen Gewächse waren keine Obstbäume, sondern Rebstöcke, die in exakten Reihen gepflanzt waren und unterhalb des Hotels steil abfielen.

Na klar, ging es mir endlich auf: Das war ein Weinberg in Steillage, wie sie typisch für unsere Region waren.

Und was bedeutete dieses Wort hier, von dem ein Pfeil auf

etwas außerhalb des Plans zeigte? Auch bei diesem Begriff war der erste Buchstabe ein »W«.

Ich verglich den Schriftzug mit dem von »Weinberg«. Mein Puls raste. Bildete ich mir das nur ein? Nein. Da stand »Weingut«.

In meinem Gehirn überschlugen sich die Gedanken. Ein Hotel? Neben einem Weingut? Oberhalb eines Weinbergs in Steillage?

Das konnte kein Zufall sein. Schließlich hatte Andrés Agentur einen Kunden, dessen Topografie genau zu diesem Plan passte. Abgesehen von der Tatsache, dass es kein Hotel gab.

Ein Klingelton erschreckte mich fast zu Tode. Er kam aus meiner Hosentasche. Ich zog das Handy heraus und drückte auf eine Taste, um den Anruf abzulehnen. Es war Georg.

Ich beugte mich vor, um den Plan in der Schublade zu verstauen, als mich ein Geräusch aufhorchen ließ. Schritte, diesmal von Schuhen mit hohen Absätzen. Das Klackklack kam näher, noch näher – und stoppte genau vor diesem Raum.

Schnell legte ich den Plan in die Schublade und sah mich nach einem Versteck um. Die Klinke senkte sich. Gleich würde mich jemand beim Spionieren in Andrés Büro ertappen.

Eine Frauenstimme rief: »André? Bist du zurück? Ich hatte dein Telefon zu mir umgestellt.«

Als Pauline hereinkam, warf ich mich hinter den breiten Rücken des Wassily Chairs und zog die Beine dicht an den Körper. Mit den Händen umklammerte ich mein Mobiltelefon und bangte, ob Georg es erneut versuchen und mich auffliegen lassen würde.

Pauline trat an Andrés Schreibtisch und studierte das Display seines Telefons. »Eigenartig. Kein Anruf. Ich habe das Klingeln doch gehört. Es kam von hier«, murmelte sie vor sich hin.

Ich hielt den Atem an und rührte mich keinen Millimeter von der Stelle. Wenn Pauline mich entdeckte, hinter den Rücken eines Sessels gekauert, würde das eine Menge Fragen aufwerfen, die ich mir ersparen wollte.

Unter dem Sessel hindurch sah ich Paulines Füße, die in

schwarzen Riemchensandaletten steckten. Sie bewegten sich nicht. Ein Rascheln war zu hören. Es klang wie Papier. »Ach, das ist Beas Text«, hörte ich sie sagen.

Eine Zeit lang waren nur die Motorengeräusche der Fahrzeuge auf der Neuen Weinsteige zu hören. Gedämpfte Stimmen drangen durch die offene Bürotür herein. Was machte Pauline nur so lange? Spionierte sie herum? Oder las sie meinen Text? Offenbar tat sie genau das. Ich hörte ein Rascheln, dann ein gebrummtes »Hm«.

Lautlos holte ich Luft und verfolgte, wie die schwarzen Sandaletten sich nach rechts bewegten. Nach schier endlosen Sekunden drehte sich Pauline um, stöckelte auf den Ausgang zu und verschwand auf dem Flur. Das Klackklack entfernte sich.

Meine Beine kribbelten, als würde ein ganzer Ameisenstamm darüberspazieren. Ich bewegte die Füße auf und ab, um den Blutfluss anzuregen, und atmete durch. Das war knapp gewesen.

Ich schob die Schublade des Rollcontainers zu und lief auf Zehenspitzen zur Tür. Wachsam drückte ich die Klinke und öffnete die Tür. Durch den schmalen Spalt prüfte ich, ob die Luft rein war. Niemand hielt sich auf dem Flur auf. Zeit, den Rückzug anzutreten.

Als ich in unser Büro kam, sah Jeannette von ihrem Bildschirm auf. »Also Teddy war es nicht. So viel ist klar.« Sie spitzte die Lippen.

»Was?« Meine Knie fühlten sich an wie zu lange gekochte Spaghetti. Ich sank auf meinen Stuhl und atmete durch.

»Teddy war's nicht. Ich habe ihn gefragt. Er meint, er sei heute Nacht zu Hause gewesen. Allein.« Jeannette ließ mich nicht aus den Augen. »Aber ich weiß genau, dass du heute Nacht Sex hattest. Das Funkeln in deinen Augen hat dich verraten.«

Sonst hätte ich alles abgestritten und mich in einen verbalen Zweikampf mit Jeannette gestürzt. Doch im Moment hatte ich ganz andere Probleme. Ich holte meine Tasche aus dem Rollcontainer und stopfte das Handy hinein.

»Also war es jemand anders.« Sie ließ nicht locker. Es gab

kein Thema, das sie so faszinierte wie das Sexualleben ihrer Mitmenschen. »Ich weiß auch, wer. Pauline hat mir von einem Mann erzählt, mit dem du dich gestern Abend vom Weingut verdrückt hast. Dunkelblonde Haare, schlanke Figur, grauer Nadelstreifenanzug, gute Manieren.«

Ich hörte nur mit einem Ohr zu, während ich die offenen Dateien speicherte und eine Nachricht an meine private E-Mail-Adresse schickte. Als Anhang fügte ich das halb fertige Skript für meine Führung ein.

»Gib's zu, der langweilige Georg ist dir an die Unterwäsche gegangen.« Triumphierend wartete Jeannette auf meine Reaktion.

»Deine Sorgen möchte ich haben.« Ich schaltete den Rechner aus und wandte mich ab.

Ihr Tonfall wechselte. »Sorry, Bea.« Für ihre Verhältnisse klang Jeannette nun kleinlaut. »Du hast recht. Was ist so ein bisschen Sex gegen einen Mordfall. Oder besser gesagt zwei. Pauline hat mir erzählt, du willst morgen zur Beerdigung von diesem Weinredakteur?«

»Wenn es mir nach der Führung reicht.« Ich zögerte. »Weißt du, ich habe das Gefühl, das bin ich ihm schuldig. Schließlich könnte er wegen meines Käsegebäcks gestorben sein.«

»Du meinst wegen des Spritzmittels, das die Spurensicherung darin gefunden hat. Das heißt noch lange nicht, dass du es unter die Zutaten gemischt hast.«

»Hab ich auch nicht. Wieso sollte ich?« Ich schnaubte unwillig. »André will mir da was in die Schuhe schieben. Und ich habe einen Verdacht, warum er das versucht.«

»Aha.« Jeannettes Augenbrauen rutschten erwartungsvoll in die Stirn. »Lass hören, Miss Marple.«

»Dafür ist es noch zu früh. Aber ich verrate dir was anderes. Du musst mir schwören, dass du es niemandem erzählst. Auch nicht Pauline.«

Jeannette legte die rechte Hand auf ihr Herz und hob die Linke, als würde sie in einem amerikanischen Gericht einen Eid ablegen. »Ich schwöre.«

»André hat einen Kredit aufgenommen. Kurz bevor er das Weingut als Kunde akquiriert hat.«

»Aber was hat das mit …« Sie schnappte nach Luft. »Willst du andeuten, er hat mit Cash nachgeholfen? Woher weißt du das? Hast du sein Onlinebanking geknackt?«

»Georg hat es mir verraten. Ganz im Vertrauen. Du verstehst, warum die Info unbedingt unter uns bleiben muss?«

»Ups. Da hat wohl jemand das Bankgeheimnis verletzt.« Jeannette grinste. »Georg ist also gar nicht so seriös, wie er aussieht.«

Als Ermahnung legte ich den Zeigefinger auf meine Lippen.

»Kapiert.« Jeannette machte eine Geste, als würde sie einen Reißverschluss am Mund zuziehen und einen Schlüssel hinter sich werfen. »Was hast du vor?«

»Das weiß ich noch nicht. Aber irgendwas muss ich unternehmen.« Ich hängte mir die Tasche über die Schulter.

»Pass auf dich auf, Bea.«

Ohne nach rechts und links zu sehen, stürmte ich aus der Agentur und startete meinen Wagen. Im Feierabendverkehr arbeitete ich mich quer durch den Kessel und auf der gegenüberliegenden Seite hinauf auf den Kriegsberg. Beim Chinesischen Garten stellte ich das Auto ab und ging durch den pagodenartigen Eingang in den kleinen Park. Ein Pfad führte mich am Teich vorbei, unter dessen Oberfläche sich kleine Fische tummelten.

Außer mir waren keine Besucher im Park. Ich schlug mich in die Büsche und arbeitete mich durch die dicht belaubten Rabatten bis an den Zaun vor. Von hier aus konnte ich über den Weinberg und zum Weingut hinüberschauen.

Ich versuchte, mir die Skizze in Andrés Büro zu vergegenwärtigen. Unten die Reben in Steillage, darüber das dreistöckige Gebäude. Von Bauplanung hatte ich keine Ahnung, aber der Abschnitt zwischen der Straße und der Stelle, ab welcher der Hang in die Steillage überging, schien mir breit genug für ein kleines Hotel. Ein feines, durchdachtes Haus in einmaliger Panoramalage. Die reinste Goldgrube, auch wenn man dafür Weinstöcke opfern musste.

Ein Brummen lenkte mich ab. Von der blassgelben Blüte eines Strauchs stieg eine Hummel auf. Sie nahm Kurs auf mein Gesicht. Ob sie der Rosenduft meiner Tagescreme lockte? Ich hatte genug gesehen und überließ der Hummel das Feld. Als ich mich durch die Büsche wieder zum Pfad kämpfte, fetzte mir ein Ast ins Gesicht und riss meine Haut auf. »Mist.« Ich tastete nach der brennenden Stelle. Mit einem Papiertaschentuch tupfte ich ein wenig Blut auf und schob das zusammengeknüllte Tempo in meine Tasche.

An einem Aussichtsplatz setzte ich mich auf eine Bank und schaute über die Beton- und Steinwüste im Kessel hinweg auf die gegenüberliegende Seite. Unterhalb der B27 machte ich die Villa der Agentur aus.

Was nun?, überlegte ich. Meinem ersten Impuls folgend, zog ich das Handy heraus und drückte die Rückruftaste. Die Verbindung wurde aufgebaut.

»Bea. Schön, dass du zurückrufst. Habe ich dich bei einer Besprechung gestört?« Georgs Stimme klang völlig entspannt, als gäbe es keinerlei offene Fragen zwischen uns.

»So ähnlich. Georg, ich habe nur wenig Zeit. Würdest du mir eine Frage beantworten?«

»Natürlich.«

»Bist du allein? Das wäre besser.«

Kurzes Schweigen. Es raschelte in der Leitung. Schritte waren zu hören. Eine Tür fiel ins Schloss, eine andere quietschte leise. »Ich bin in einem leeren Büro nebenan.«

»Georg, du hast mir von dem Kredit erzählt, du weißt schon …« Weil ich Namen vermeiden wollte, machte ich eine Pause, um zu sehen, wie er reagierte.

»Ja. Ich weiß, wovon du sprichst.« Seine Stimme klang reserviert, als hätte er deutlich Privateres erwartet.

»Kannst du mir sagen, für welchen Zweck dieser Kredit gedacht war?«

»Die Kreditsumme wurde bewilligt ohne konkreten Verwendungszweck. Ich nehme an, es ging um eine Investition in die Agentur. Neue Computerprogramme zum Beispiel.«

»Also ging es nicht um ein geplantes Hotel?«

»Ein Hotel? Will dein Chef ein Hotel bauen?«

»Hat André dir gegenüber kein derartiges Projekt erwähnt?«

»Nein. Es ging nur um eine bestimmte Summe zu Investitionszwecken. Warum fragst du?«

»Das erzähle ich dir nachher. Ich muss auflegen. Wir hören voneinander.«

»Jederzeit, Bea. Bis bald.« Georg beendete die Verbindung. Ich ließ das Handy sinken und sah den grauweißen Wolken hinterher, die über den Kessel zogen. Da war ein Unwetter im Anzug. Nicht nur meteorologisch, sondern auch zwischenmenschlich.

Es konnte kein Zufall sein, dass André in seinem Büro einen Bauplan für ein Hotel aufbewahrte, das perfekt zu dieser Location passte. Vor allem, da er einen Kredit aufgenommen hatte, um in das Weingut zu investieren. Und sich seit dem Beginn der Kundenbeziehung sowohl um Hannes Kepler als auch um Tobias Kepler bemühte, obwohl die beiden völlig verschiedene Auffassungen über die Zukunft des Weinguts hatten. Doch wie passte der Tod des Seniorchefs in dieses Puzzle? Darauf hatte ich noch keine Antwort.

Dienstag

»Wissen Sie, warum dieser beliebte Hügel Karlshöhe heißt?«
Erwartungsvoll schaute ich in die vierzehnköpfige Runde
der Gartenbauexperten.

Die Männer und Frauen in Freizeitkleidung nutzten die
Pause auf dem stufenreichen Weg zum Gipfel der Karlshöhe,
um durchzuschnaufen und ihre Trinkflaschen herauszuholen.

»Karl der Große war nicht der Namensgeber«, sagte ein Mann
in khakifarbenen Shorts. Er lachte. »Eher ein Karl aus unserer
Landesgeschichte.«

»Richtig. Es war König Karl von Württemberg, der 1864 den
Thron bestieg. Ihm zu Ehren hat der Verschönerungsverein hier
im selben Jahr eine Linde gepflanzt. So wurde aus dem Reins-
burghügel, wie der Berg bis dahin hieß, die Karlshöhe.«

Dies war die vierte und vorletzte Station unserer Stäffeles-
Tour. Der Bus hatte uns am Marienplatz abgesetzt. Von dort aus
waren wir zur Willy-Reichert-Staffel gegangen, die uns auf die
Karlshöhe geführt hatte, vorbei an prachtvollen Wohngebäuden
aus der Zeit der Industrialisierung wie der Villa Gemmingen.
Unterwegs hatten wir über den Zaun hinweg die übrig gebliebenen Bauteile früherer Stuttgarter Gebäude im Städtischen La-
pidarium betrachtet und standen nun auf der Höhe des neu mit
resistenten Reben bepflanzten Weinbergs. Statt der pilzanfälligen
Sorte Lemberger hatte das Weingut der Stadt weiße Reben gesetzt, die höchstens einmal im Jahr gespritzt werden mussten,
was angesichts des Publikumsverkehrs verständlich war.

Viele der über vierhundert Stufen lagen im Schatten, trotzdem waren meine Teilnehmer bergauf ordentlich ins Schwitzen
gekommen. Das galt auch für mich in meinem weiten grauen
Rock und dem fast bodenlangen Überwurf mit Kunstfellbesatz.
Unter dem Rock verborgen blieben meine schwarzen Schnür-
schuhe, die zu meinem Outfit für die Beerdigung gehörten. Die
restlichen Kleider waren im Bus.

Wir setzten unseren Weg auf den Gipfel fort, wo die Gartenbauexperten sehnsüchtig zum Biergarten äugten und sich die Lippen leckten. Ich musste sie enttäuschen, versprach ihnen dafür aber einen kulinarisch lohnenden Abschluss auf dem Weindorf.

Nach einer kühlenden Runde durch den Wald ging's wieder abwärts bis zur Kehre der Humboldtstraße, wo uns der Bus aufnahm und zum Schlossplatz brachte. Ich schulterte den Rucksack mit den Kleidern für die Beerdigung, was den historischen Gesamteindruck meiner Aufmachung beeinträchtigte.

Die letzte Station unserer Führung hatte unmittelbar mit meinem heutigen Kostüm zu tun. Einer Landesherrin angemessen, führte ich die Gruppe in würdigen Schritten vor den Eingang des Landesmuseums. Wegen des Stimmengewirrs und der Geräusche, die von den Weinlauben zu uns herüberdrangen, musste ich meine Stimme heben.

»Rund um unser schönes Altes Schloss feierte ich am 2. März 1511 eine ausschweifende Hochzeit mit Herzog Ulrich von Württemberg. Vierzehn Tage lang dauerte das Fest, und mehr als siebentausend Gäste freuten sich mit uns.«

Beeindruckt sahen sich die Teilnehmer um und versuchten, sich die Menschenmenge vorzustellen. Verständlicherweise schweifte der eine oder andere Blick zu den belebten Gassen des Weindorfs, aus denen verlockende Gerüche nach Bratwurst und Zwiebelkuchen herüberzogen.

»Meine Untertanen bekamen kostenlos Speis und Trank«, fuhr ich fort und zog am Riemen des Rucksacks, der auf den Oberarm gerutscht war. »Eine besondere Attraktion war der große Weinbrunnen mit acht Röhren, der Tag und Nacht floss. Jeder durfte sich bedienen. Insgesamt sollen über viereinhalb Millionen Liter Wein getrunken worden sein.«

Mit dieser heiteren Anekdote endete die Führung.

Ich brachte meine Gruppe zur Laube des Weinguts und übergab sie einer Mitarbeiterin, die kühle Getränke verteilte. Die Laube wieder geöffnet zu sehen, fühlte sich seltsam an. Alles wirkte normal wie noch vor ein paar Tagen, bevor mein Leben aus den Fugen geraten war. Gäste und Touristen drängten sich in den Gassen und genossen die stimmungsvolle Atmosphäre. Nichts erinnerte daran, dass zwei Menschen im Umfeld des Weinguts gestorben waren. Nichts wies auf die Todesfälle hin. Dennoch fühlte sich der Aufenthalt bedrückend und irgendwie falsch an. Ich war erleichtert, diesem belastenden Ort zu entkommen. In einem Toilettenwagen zog ich Rock, Umhang und Haube aus und meine schwarzen Sachen für die Beerdigung über. Vor dem Spiegel drängte sich eine Horde Teenager mit Lippenstiften, und so hatte ich keine Gelegenheit, meine Frisur zu überprüfen.

Am Charlottenplatz stieg ich in eine Stadtbahn und wappnete mich innerlich für die Trauerfeier und die Beisetzung. Ich hatte noch mehr als eine halbe Stunde Zeit und wollte mich nur so lange wie nötig auf dem Neuen Friedhof aufhalten. An der Haltestelle Degerloch stieg ich früher als geplant aus und nahm die Rolltreppe in die belebte Epplestraße im Zentrum. Bei der nächsten Gelegenheit bog ich in eine der Seitenstraßen parallel zur dicht befahrenen B27 ab.

Der Rucksack mit dem Kostüm hing schwer über meiner Schulter. Da ich keinen Taschenspiegel dabeihatte, blieb ich vor einer Schaufensterscheibe stehen. Ich klemmte den Rucksack zwischen die Beine, um die Hände frei zu haben, und begutachtete mein Spiegelbild. Ich zupfte an meiner Frisur herum und bemerkte erst nach einer Weile, dass ich aus dem Inneren des Ladengeschäftes beobachtet wurde. Zwei Männer und eine Frau saßen an einem Tisch voller Heftordner und Papiere.

Peinlich berührt wollte ich weitergehen, als die Frau mir zuwinkte. Irritiert schirmte ich die Augen gegen das Sonnenlicht ab und näherte mich der Scheibe.

Die Frau war Anfang vierzig und hatte halblange dunkelblonde Haare mit helleren Strähnchen. Maja Kepler vom Weingut. Ihr gegenüber saß ein jüngerer Mann mit schwarzem Hemd und schwarzer Brille, der wie ein Werber aussah. Der Mann im Businessanzug neben ihr mit grauen Schläfen und rahmenloser Lesebrille war deutlich älter.

Die drei standen fast gleichzeitig auf. Maja Kepler und der

ältere Herr schüttelten dem Typ im schwarzen Hemd die Hand und verließen das Büro.

Maja Kepler kam zielstrebig auf mich zu. »Frau Pelzer, das ist ein Zufall! Haben Sie geschäftlich in Degerloch zu tun?«

»Nicht direkt. Ich habe gleich einen Termin und wollte mir nur schnell die Haare richten.« Was für einen Blödsinn redete ich da? Ich machte den Mund zu und setzte das freundliche Lächeln auf, das ich für Agenturkunden reserviert hatte.

»Wir müssen auch los.« Maja Kepler sah zu ihrem Begleiter und fasste die Papprolle in ihrem Arm enger. Bisher hatte ich sie meist in geblümten Sommerkleidern erlebt. Heute trug sie einen schwarzen schmal geschnittenen Hosenanzug über einem weißen Shirt. Der Mann neben ihr wirkte mit seinem teuer aussehenden grauen Anzug, Krawatte und farblich passendem Einstecktuch distinguiert und strahlte das typische Halbhöhenlage-Selbstbewusstsein aus.

»Einen angenehmen Tag, Frau Pelzer«, wünschte Maja Kepler mir und ging zielstrebigen Schrittes mit ihrem Begleiter in Richtung Zentrum.

Angenehm würde dieser Tag auf keinen Fall werden, dachte ich und setzte meinen Weg zum Friedhof fort. Aus Neugierde sah ich zum Schriftzug über dem Eingang des Geschäftes. Es war ein Architekturbüro.

Bis zum Neuen Friedhof am Rand von Degerloch brauchte ich länger als gedacht. Als ich ankam, saß die Trauergemeinde bereits in der Kapelle. Ich setzte mich auf einen freien Platz in der hintersten Reihe und vermied es, zum Sarg zu blicken, der inmitten eines sommerlich bunten Blumenmeers neben dem Altar aufgebahrt war.

Diskret suchte ich die Rücken vor mir nach Gerit ab. Schließlich sah ich ihren blonden Schopf zwei Reihen vor mir.

Von der Predigt des Pfarrers bekam ich nur wenig mit. Ich war viel zu sehr damit beschäftigt, die Fassung zu behalten. Jedes Mal, wenn der Organist in die Tasten haute und Mollklänge durch die Kapelle schallten, die direkt ins Epizentrum meines

Herzens zielten, wurden meine Augen feucht. Als der Pfarrer die Worte sprach: »Thomas Schäfer hinterlässt eine Frau und eine siebenjährige Tochter«, war es mit der Fassung vorbei. Tränen liefen über meine Wangen.

Erst am Ende des Trauergottesdienstes hatte ich Gelegenheit, die engsten Familienmitglieder zu sehen. Sechs Männer im Alter des Verstorbenen schulterten den Kiefernsarg und trugen ihn durch die Seitentür der Kapelle nach draußen. Sandra Schäfer sah in ihrem schwarzen Kleid und mit dem schwarzen Gazeschleier am Hut wie ein Sinnbild der Trauer aus. Dicht neben ihr ging ein kleines Mädchen mit Pferdeschwanz. Sie hielt einen Strauß aus Gartenblumen mit beiden Händen vor der Brust. Ob das hellblaue Kleid mit einer Schleife im Rücken ein Geschenk ihres Vaters war? Vielleicht war es sein Lieblingskleid gewesen.

In großem Abstand folgte ich der Trauergemeinde ans Grab und arbeitete mich zu Gerit vor. Nebeneinander ließen wir Rosenblüten aus einem Gefäß am Grab auf den Sarg fallen und entfernten uns von den Trauernden.

»Ich hasse Beerdigungen«, raunte Gerit. »Diese ganz besonders. Hast du die Kleine gesehen? Ich hätte fast losgeheult.«

Wir gingen an den Gräberreihen entlang und steuerten eine Sitzbank am Rand des Friedhofs an. Gerit nahm eine kleine Wasserflasche aus ihrer Handtasche und bot mir einen Schluck an. Ich lehnte dankend ab.

Über die Gräberreihen hinweg sah ich zur Grube von Thomas Schäfer. Nach wie vor reihten sich die Trauergäste in einer Schlange vor seiner Witwe und warteten darauf, ihr kondolieren zu können. Sandra Schäfer hatte den Gazeschleier vors Gesicht gezogen, als wolle sie die Blicke der Trauernden nicht an sich heranlassen. Ihre Tochter stand bei einer älteren Frau, möglicherweise der Großmutter. »Wenn die Kleine nach dem Vater auch noch ihr Zuhause verliert … schwer vorstellbar, was dieses Kind gerade mitmacht.«

Gerit packte die Wasserflasche in die Tasche, nahm ihr Handy heraus und machte ein paar Fotos von der Witwe und der Trauergemeinde.

Ob ich eines dieser Fotos neben ihrem nächsten Artikel entdecken würde?, fragte ich mich. »Hattest du Gelegenheit, mit Frau Schäfer zu sprechen?«

»Dafür war ich leider zu spät dran. Meine Recherche hat mich aufgehalten. Ich habe es knapp zur Trauerfeier geschafft.«

»Mir ging es genauso.« Sollte ich ihr von meiner Begegnung mit Maja Kepler erzählen? Nein, das war viel zu unwichtig im Vergleich zu dem, was die Familie von Thomas Schäfer gerade durchmachte.

Gerit berichtete mir von ihren Recherchen. »Neulich, beim Interview mit Anton Kepler, habe ich im Weingut ein paar Familienfotos gesehen. Darunter zwei Bilder von ihm und seiner verstorbenen Frau.«

»Du meinst die Aufnahme mit den beiden Jungs, die mit den Füßen Trauben zerdrücken? Die ist mir auch aufgefallen. Noch eine Familie, für die sich das Leben gravierend verändert hat. Seine Frau hieß Maria.«

Gerit sah mich mit einem wissenden Ausdruck an, den ich nicht deuten konnte. »Sie war eine attraktive Frau. Woran ist sie gestorben?«

»Krebs, glaube ich.«

»Hast du die Ähnlichkeit mit einem anderen Familienmitglied bemerkt?«

»Sprichst du von Maja Kepler?« Ich sah das Foto im Flur des Weinguts vor mir. Anton Kepler mit Baskenmütze, die Hände auf den Rand des Holzfasses gestützt. Neben ihm seine Frau in einem blauen Sommerkleid mit einem Muster aus weißen Margeriten. Der auffallende Lidstrich. Schulterlange, leicht gewellte hellblonde Haare.

»Ja, das ist mir aufgefallen. Ich habe mich gefragt, ob Anton sie deshalb mochte. Abgesehen von den Momenten, als ihn ihre Fürsorge genervt hat und er abgehauen ist.«

»Du meinst, sie war jemand Besonderes für ihn, weil sie ihn an seine verstorbene Frau erinnerte?« Gerit stieß einen Seufzer aus. »Er wäre nicht der erste Schwiegervater, dem das passiert.«

»Was willst du damit sagen?«

Sie öffnete die Galerie ihres Handys. »Das ist Maja Kepler vor etwa zehn Jahren. Das Foto wurde bei einer Preisverleihung für schwäbische Weine aufgenommen. Hab ich im Archiv entdeckt.«

Auf dem Foto waren Hannes Kepler und seine Frau zu sehen. Der Winzer im Anzug statt in Jeans und Freizeithemd war ein ungewohnter Anblick. Seine Frau trug ein Kostüm und hielt stolz eine Urkunde in die Kamera. Eingerahmt war das Ehepaar von zwei jungen Frauen im Dirndl.

Abgesehen vom Anzug und dem lichteren Haar sah Hannes Kepler heute noch so aus wie auf dem Bild. Bei der Frau neben ihm musste ich allerdings zweimal hinsehen, bis ich Maja Kepler an den leuchtend blauen Augen hinter der braun gerahmten Brille erkannte. Statt schulterlanger blonder Haare hatte sie einen burschikosen Kurzhaarschnitt. Ihre Haare waren dunkelbraun.

»Sie sieht völlig anders aus als heute.«

Gerit wischte das Foto weg und zeigte mir das nächste. Auf diesem Bild war nur Maja Kepler zu sehen, diesmal bei der Lese in einem Weinberg. Im Hintergrund erkannte ich den in der Sonne schimmernden Neckar. »Dieses Bild hier ist sieben oder acht Jahre alt. Bin in einer alten Galerie auf der Homepage des Weinguts darauf gestoßen.«

Ich beugte mich über das Handy. »Das muss in Bad Cannstatt aufgenommen sein. In dem Weinberg, der heute Tobias gehört.«

Auch auf diesem Bild waren Maja Keplers Haare dunkelbraun. Die freche Kurzhaarfrisur war einem langweiligen Pagenschnitt mit glatten Haaren gewichen. Die markanten blauen Augen leuchteten in der Farbe des Himmels.

»Sie trägt keine Brille«, stellte ich fest. »Vielleicht hat sie zu Kontaktlinsen gewechselt. Oder ihre Sehschärfe hat sich verbessert.«

»Mit zunehmendem Alter ist das unwahrscheinlich. Ich tippe auf Kontaktlinsen.« Gerit zeigte mir ein anderes Foto in der Galerie. »Das hier stammt aus dem vergangenen Jahr. Eine Aufnahme vom Weindorf.«

Das musste die alte Weinlaube aus der Zeit von Silbers Agentur sein. Im Vergleich zu Andrés modernem Entwurf wirkte das

Ambiente rustikal und volkstümlich. Dunkles Holz, rot-weiß karierte Lampenschirme, die zu den Tischdecken passten. Maja Kepler im Dirndl vor einem Tisch mit Gästen, in den Händen ein Tablett mit Weingläsern und zwei Teller Maultaschen. Sie lachte und schien mit den Gästen zu scherzen.

Auch auf diesem Bild fehlte die Brille. Ihre Haare waren schulterlang und leicht gewellt. Ihre braune Naturfarbe war einem blonden Ton mit Strähnchen gewichen, wie sie ihn heute trug.

»Eine erstaunliche Verwandlung.« Gerits Stimme hatte den energiegeladenen Tonfall angenommen, an dem ich ihr investigatives Journalistinnen-Ich erkannte.

»Ja, das stimmt. Aber viele Frauen entscheiden sich mit den Jahren für eine hellere Haarfarbe. Das soll jugendlicher wirken. Hat zumindest mein Friseur beim letzten Termin behauptet, bei dem er mir ernsthaft zu blonden Strähnchen riet.«

Gerit musterte meinen braunen Haarschopf. »Gut, dass du seinen Rat ignoriert hast. Dieser natürliche Braunton steht dir viel besser.« Sie zeigte auf meine Wange. »Was hast du denn da angestellt? Sieht übel aus.«

Unwillkürlich fasste ich mir an die verletzte Stelle und zuckte zusammen. Die Haut um die Scharte hatte sich bereits leicht blau verfärbt, was ein wenig Concealer aus Jeannettes Schminkvorrat überdeckte. Morgen würde ich aussehen, als wäre ich in eine Prügelei geraten.

»Da hat mich ein Zweig erwischt, als ich mich durch die Büsche gekämpft habe. Gestern, im Chinesischen Garten.«

»Was Romantisches oder Chill-out am Feierabend?«

»Weder noch. Ich wollte mir das Weingut aus einer anderen Perspektive ansehen«, erklärte ich und reichte Gerit ihr Handy. »Vom Zaun des Chinesischen Gartens hat man den Weinberg und das Gelände gut im Blick.«

Gerit machte ein Gesicht, als witterte sie eine Story. »Du machst mich neugierig.«

»Du weißt sicher von Peter, dass die Kripo heute die Küche in der Agentur durchsucht hat. Und was dabei gefunden wurde.«

»Das Glas mit der giftigen Substanz?«

»Genau. Der Kommissar denkt, ich hätte es dort deponiert, um von mir abzulenken. André glaubt noch immer, ich hätte dieses verdammte Käsegebäck vergiftet, um ihm zu schaden. Als ich zufällig allein in seinem Büro war, habe ich etwas Merkwürdiges entdeckt.«

Gerit pfiff leise durch die Zähne. »Lass mich raten: Du hast was gefunden, das ihn belastet.«

»Das weiß ich noch nicht. Es ist eine Skizze für ein kleines Hotel in Aussichtslage oberhalb eines Weinbergs.«

»Da klingelt nichts bei mir.«

»Die Lage des Hotels passt eins zu eins zum Gelände neben dem Weingut.«

»Du meinst den Weinberg, um den sich die Kepler-Brüder streiten?«

»Ja. André scheint der Dritte im Bund zu sein. Vielleicht sogar der lachende Dritte.«

»Spann mich nicht so auf die Folter.«

»Versprich mir, dass alles, was ich dir sage, unter uns bleibt, Gerit. Das ist für dich als Privatperson gedacht, nicht für die Journalistin.«

»Geht klar. Erzähl.«

»Ich weiß aus sicherer Quelle, dass sich André Geld von der Bank geliehen hat. Angeblich für Investitionen in die Agentur. Aber ich vermute, er hat was anderes damit vor. Und das hat mit dem Weingut zu tun. Bisher bin ich davon ausgegangen, er habe damit die Keplers überzeugt, sich von der alten Werbeagentur zu trennen.«

»Willst du damit sagen, der Gute hat sich den Kunden gekauft? Ist das legal in eurer Branche?«

»Wo kein Kläger ist, da ist auch kein Richter.«

»Stimmt. Aber du hast gesagt, das hättest du bisher geglaubt. Was glaubst du jetzt? Und wo ist die Verbindung zu den Plänen, die du in seinem Büro gefunden hast?«

»Die Verbindung ist – das Hotel.« Kaum war es ausgesprochen, spürte ich, wie sich die kleinen Härchen in meinem Nacken aufstellten. Plötzlich passten weitere Teile des Puzzles ineinander, an dem ich seit Tagen bastelte. »Ich glaube, André will auf dem oberen Teil des Weinbergs ein kleines, aber feines Hotel bauen. Hannes Kepler plant dort eine Vinothek. Mir ist klar, da gibt es ein paar Widersprüche. Aber was, wenn Anton Kepler dieses Hotel nicht gewollt hätte?«

Gerit richtete sich auf. »Denkst du, André hat ihn beseitigt, um dieses Hotel bauen zu können? Zusammen mit Hannes Kepler?«

»André hat in das Weingut investiert. Als Investor ist er daran interessiert, möglichst viel Umsatz zu machen. Ein edles Hotel in dieser einmaligen Lage oder sogar gleich ein Weinhotel wäre die reinste Goldgrube.«

»Das klingt logisch, Bea. Aber wo ist die Verbindung zum Tod von Thomas Schäfer? Und zu dem Pestizid in der Agenturküche?«

»Das weiß ich nicht. Noch nicht.«

Gerits Augen begannen zu glänzen. »Wir brauchen Beweise. Etwas Handfestes, das den Kommissar von deiner Theorie überzeugt. Vielleicht findest du was in Andrés Büro. Ich fahre nachher zum Weingut, um mit der Familie über den Tod von Anton Kepler zu sprechen. O-Töne für meinen nächsten Artikel. Dabei werde ich Augen und Ohren offen halten.«

»Handfeste Beweise, Bea«, wiederholte Gerit wie eine Beschwörungsformel, als sie vor der Villa in der Neuen Weinsteige anhielt und mich aussteigen ließ.

Aber wo konnte ich solche Beweise finden?, überlegte ich, während ich das Treppenhaus hochging. Am ehesten in Andrés Büro. Sein schwarzer Cayenne stand nicht auf dem Parkplatz. Ob er bereits auf dem Heimweg war?

Als ich die Agentur betrat, kam Teddy mit einer Tasse Cappuccino aus der Küche. »Übernimmst du die Spätschicht?« Er musterte meine schwarze Aufmachung. »Kundentermin?«

»Beerdigung.«

Meine knappe Antwort ließ sein Lächeln und mit ihm die

kommaförmigen Grübchen neben den Mundwinkeln verschwinden. »Ach ja. Pauline hat erzählt, du wolltest dem Mann vom Weindorf die letzte Ehre erweisen, wie man so sagt.«

»Der Mann hatte einen Namen: Thomas Schäfer.«

Teddy nickte. »Ich wusste nichts von der Trauerfeier, sonst wäre ich vielleicht …« Er brach ab und setzte erneut an, diesmal in einem deutlich persönlicheren Ton. »Wie geht es dir? Ich hatte noch keine Gelegenheit, mit dir zu sprechen. Muss schlimm gewesen sein, was du gestern mitangesehen hast. Ich weiß, du mochtest Anton Kepler.«

»Ja, er ist mir … Ich meine, er war mir ans Herz gewachsen.«

Teddy hob die Hand, als wolle er mich trösten, ließ es dann aber bleiben. »Zwei Todesfälle innerhalb kurzer Zeit. Als wären wir ein Beerdigungsinstitut und keine Werbeagentur.«

»Ziemlich unpassend, deine Bemerkung.«

Verlegen schaute er auf die Spitzen seiner unvermeidlichen Cowboystiefel. Mir wurde klar, dass er einfach nicht wusste, wie er mit dieser schwierigen Situation umgehen sollte. Aber im Moment hatte ich andere Sorgen als das Seelenleben meines Exfreundes.

»Weißt du, ob André da ist?«

»Ist vor einer Minute abgehauen. Du hast ihn gerade verpasst.«

Umso besser. Ohne ein weiteres Wort ließ ich Teddy stehen und ging in mein Büro. Jeannettes Platz war leer. Ich zog das Kostüm und die Haube aus dem Rucksack und hängte beides an einem Bügel in den Schrank. Den Blazer warf ich über meine Stuhllehne. Ich lief über den Flur und näherte mich Andrés Raum. Niemand zu sehen. Ich drückte die Klinke und verschwand in seinem Büro.

Drinnen wartete ich, bis mein Herzschlag sich beruhigt hatte. Nach der Erfahrung vom letzten Mal stellte ich als Erstes den Klingelton meines Handys auf lautlos. Systematisch durchsuchte ich alle Fächer: Schränke, Regale, Rollcontainer, Schreibtisch. Bereits beim ersten Objekt meiner Begierde, dem raumhohen weißen Wandschrank, scheiterte ich. Abgeschlossen. In den Regalen reihten sich Preise und Auszeichnungen, die er mit seinen Kampagnen gewonnen hatte. Außerdem mehrere teure Flaschen Wein, die meisten davon leer. Fotos in Silberrahmen zeigten ihn mit Promis aus der Wirtschaft und der Werbeszene. Theo Silber war naheliegenderweise nicht darunter.

Den Rollcontainer, in dem ich die Hotelskizze entdeckt hatte, wollte ich mir zum Schluss vornehmen. Zunächst galt mein Augenmerk dem Schreibtisch. Bedauerlicherweise waren fast alle Schubladen abgeschlossen. Sie aufzubrechen, traute ich mich nicht, zumal der Lärm mich hätte verraten können. In den frei zugänglichen bewahrte André den üblichen Bürokrimskrams auf, selbstverständlich in Designer-Luxusausgabe.

Mein Blick fiel auf seinen Computer. Ein neues MacBook Pro in hellem Silber. Schick, schnell, teuer. Ich setzte mich in den Chefsessel und öffnete den Laptop. Die Einschalttaste funktionierte ohne Andrés Fingerabdruck. Die Freude darüber verging mir, als der Rechner nach einem Passwort verlangte. Ich probierte alles durch, was mir einfiel. Andrés Namen, den Agenturnamen, die Marke seines Autos, den Namen seiner Freundin. Fehlanzeige. Nach einigem Überlegen startete ich einen neuen Versuch mit seinen Lieblingsweinen. Auch damit hatte ich kein Glück. Was spielte sonst noch eine wichtige Rolle in seinem Leben?

Einer Eingebung folgend, tippte ich den Namen des Weinguts in Südfrankreich ein, in dem er seinen Urlaub verbracht hatte. Diesmal klappte es.

Minutenlang klickte ich mich durch die Dateien, was langweilig und wenig aufschlussreich war. Dann sah ich das Symbol des E-Mail-Programms. Mit einem Mausklick wurde es geladen.

Ich scrollte mich durch die E-Mails der letzten Tage. Eine Detektivin war an mir nicht verloren gegangen, so ziellos, wie ich vorging. Aber solange ich nicht wusste, wonach genau ich suchte, blieb nur Detailarbeit. Also öffnete ich eine Nachricht nach der anderen. Meine Aufmerksamkeit galt besonders denen aus dem Weingut. Ich staunte, als ich E-Mails von Anton Kepler entdeckte. André hatte mit ihm ab Ende April ein paar höfliche, allgemein gehaltene Nachrichten ausgetauscht. Darin fand sich nichts, was mir weiterhalf.

Draußen auf dem Flur wurde es lauter. Gesprächsfetzen, Schritte, Telefonklingeln. Die Zeitanzeige des Laptops zeigte kurz vor sieben. Wenn André außer Haus war und keine Nachtschicht wegen einer Präsentation oder einem Anzeigenschluss anstand, nutzten die meisten Kollegen die Chance, früher als sonst Feierabend zu machen.

Ich stand auf und sah durch die Fensterfront zum Parkplatz. Andrés Cayenne war weg, das Fahrrad der Praktikantin auch. Teddys weißer Alfa Romeo bog eben, ohne zu blinken, auf die Weinsteige ein.

Als ich meinen roten Corsa sah, fasste ich mir an den Kopf. Wie blöd von mir. Solange der auf dem Parkplatz stand, wusste jeder, dass ich noch in der Agentur war. Egal.

Ich setzte mich wieder vor den Laptop und sah mir die Absender der E-Mails aus dem Weingut an. Anton Kepler, Hannes Kepler, Tobias Kepler, Kellermeister Schmälzle, Brigitte Jonas, Maja Kepler. So wie es aussah, stand André mit jedem Familienangehörigen und fast jedem Mitarbeiter in Kontakt. Wenn ich alle Nachrichten einzeln las, würde ich bis morgen früh hier sitzen.

Dann fiel mir das büroklammerähnliche Anhang-Symbol einer E-Mail von Maja Kepler auf. Sie war zwei Wochen alt. Was mochte sie André geschickt haben? Fotos für die Imageanzeigen? Die Namen der Weine für die nächste Verkostung?

Ich öffnete den Anhang. Was war das genau? Ich vergrößerte den Zoom und betrachtete skeptisch das Dokument. War das die heiße Spur, nach der ich gesucht hatte?

Nachdem ich den dazugehörigen Nachrichtentext gelesen hatte, rief ich alle anderen E-Mails mit diesem Absender auf. In einer wurde der Name Horst Marquardt erwähnt. Meines Wissens gab es keinen Mitarbeiter mit diesem Namen im Weingut. Aber ich hatte nur mit wenigen persönlichen Kontakt.

Ich öffnete den Browser und startete eine Suchanfrage. Der superschnelle Apple zeigte mir sofort eine große Auswahl an

Fotos. Auf den ersten war ein Mann zu sehen, den ich sofort wiedererkannte. Erst Stunden zuvor war ich ihm begegnet.

Ich klickte einige der Websites an, die bei den Fotos angegeben waren, und überflog die Texte. Es dauerte nicht lange, bis ich fündig wurde. Horst Marquardt machte in Hotels. Als Investor kaufte und verkaufte er Häuser von klein bis groß. Eines seiner Spezialgebiete war der Bau und das Marketing neuer Hotels, die sich aufgrund ihrer Alleinstellungsmerkmale auf dem Markt bestens positionieren ließen.

Diese Informationen fügte ich in das noch unfertige Puzzle in meinem Kopf ein. Die neuen Mosaiksteinchen halfen mir, weiße Flecken zu füllen. Eines verknüpfte sich mit dem anderen. Ich wusste nun, wo ich weitere Antworten bekommen würde.

Im Corsa nahm ich das Handy heraus und wählte Gerits Nummer in meinen Kontakten aus.

»Dieser Teilnehmer ist im Moment nicht zu erreichen. Bitte versuchen Sie es zu einem späteren Zeitpunkt.«

Mist. Ich hatte keine Möglichkeit, ihr eine Nachricht auf die Mailbox zu sprechen. Was nun?

Eine SMS! Mit zitternden Fingern tippte ich eine Warnung in die Tasten und schickte die Kurznachricht raus. Hoffentlich bekam Gerit sie rechtzeitig. Bevor sie in eine gefährliche Situation geriet. Denn wenn ich richtig kombiniert hatte, gab es eine Person auf dem Weingut, die keinerlei Skrupel hatte, wenn es darum ging, ihre Ziele durchzusetzen.

Obwohl der Feierabendverkehr fast vorbei war, brauchte ich wegen der vielen Baustellen in der Innenstadt und rund um die Riesenbaugrube am Hauptbahnhof trotzdem fast eine Dreiviertelstunde bis auf den Kriegsberg. Ich parkte vor dem Chinesischen Garten und drückte die Wahlwiederholung. Fehlanzeige. Wieder meldete sich nur die automatische Ansage ihres Anbieters.

Als ich auf den Parkplatz des Weinguts einbog, sah ich Gerits schwarzen Golf neben der Kiefer. Sie war also noch hier.

Außer ihrem Auto standen ein Lieferwagen mit dem Logo des

Weinguts und der braune Toyota mit italienischem Kennzeichen hier, mit dem Tobias Keplers Exfrau am Samstag eingetroffen war, die temperamentvolle Sofia Donatella. Für die privaten Fahrzeuge der Familie Kepler befand sich eine Garage hinter dem Hauptgebäude.

Bevor ich mich in die Höhle des Löwen wagte, prüfte ich erneut, ob der Klingelton auf lautlos gestellt war. Falls Gerit meine SMS las und mich anrief, würde ich es vielleicht nicht mitbekommen. Aber dieses Risiko musste ich eingehen.

Auf dem Hof zwischen Haupthaus und Nebengebäude war niemand zu sehen. Blauviolette Glyzinienblüten lagen rund um die Veranda verstreut. Meine Sorge um Gerit hatte mich hierhergeführt, aber wie sollte ich vorgehen?

Unschlüssig blieb ich vor der Treppe zur Veranda und zum Haupteingang stehen. Sollte ich einfach klingeln und die Familie zur Rede stellen? Nein. Der Täter hatte bereits zwei Menschenleben geopfert oder ihren Tod in Kauf genommen, um seine Ziele zu erreichen.

Ich sah, dass die Haustür nur angelehnt war. Das nahm ich als Zeichen und lief die Treppe hinauf.

Oben angekommen, trat ich ins Foyer. Die Tür ließ ich angelehnt, wie ich sie angetroffen hatte.

Im Foyer war es kühl und düster. Das Weinlaub und die anderen Dekorationselemente waren verschwunden.

Aus dem oberen Stockwerk war eine Frauenstimme im typisch italienischen Singsang zu hören. Das musste Sofia Donatella sein. Ich rührte mich nicht von der Stelle und lauschte dem Wortschwall der Italienerin.

»Ecco, Chiara«, das war alles, was ich verstand. Eine Kinderstimme antwortete, gefolgt von einer Erwiderung der Mutter. Es hörte sich nicht so an, als würden die beiden ins Erdgeschoss herunterkommen.

Ich setzte mich in Bewegung und ging den Flur entlang, um mir die Familienfotos der älteren Kepler-Generation noch einmal anzusehen. Vor dem Foto von Anton Kepler und seiner Frau Maria mit den beiden Kindern im Weinfass blieb ich stehen.

Meine Aufmerksamkeit galt diesmal Maria Kepler, deren Name das letzte Wort gewesen war, das Anton vor seinem Tod gesagt hatte. Ich war die Einzige, die es gehört hatte. Konzentriert betrachtete ich die Aufnahme. Maria Keplers Haare waren schulterlang, blond und leicht gewellt. Die Ähnlichkeit zur aktuellen Frisur ihrer Schwiegertochter war unverkennbar. Auch der markante Lidstrich verband die beiden Frauen.

Das blaue Kleid mit seinem Muster aus kleinen weißen Margeritenblüten erinnerte mich an eines, das ich neulich an Maja Kepler gesehen hatte. Mir fiel auf, wie oft sie Kleider mit Blumenmuster trug. War das ein Zufall? Möglich, viele Frauen bevorzugten feminine Stoffe und Kleidungsstücke.

Plötzlich waren Schritte auf einer Treppe zu hören. Aber sie kamen nicht aus Richtung des Foyers, sondern vom anderen Ende des Flurs. Das musste die Treppe sein, von der Kommissar Gabriel gesprochen hatte.

Was sollte ich tun? Nur noch Sekunden, dann würde ich auffliegen.

Mein Kopf schoss herum. Schräg gegenüber lag das Büro von Hannes Kepler. Auf Zehenspitzen huschte ich hinüber und drückte die Klinke. Offen. Rasch ging ich hinein und verbarg mich mit klopfendem Herzen hinter der Tür.

Die Schritte kamen näher. Noch näher. Sie stoppten.

Ich presste mich dicht an die Wand und hob die Hand, um zu verhindern, dass das Türblatt auf mich prallte.

Jemand betrat den Raum. Es war ein Mann.

»Es muss hier irgendwo sein, ich habe neulich erst ...« Den Rest konnte ich nicht verstehen.

Die Stimme kam mir bekannt vor. Ich schob mich zentimeterweise vorwärts, bis ich den dunkelhaarigen Mann im schwarzen Hemd und dunkler Jeans erkannte. Es war Tobias Kepler. Er wühlte im obersten Ablagefach herum.

»Wusste ich's doch, das ist es.«

Ich sah, wie er eine Heftmappe in der trollingerroten Hausfarbe des Weinguts unter den Arm klemmte und sich umdrehte. Gerade noch rechtzeitig zuckte ich zurück. Ausgerechnet von

Tobias Kepler beim Herumspionieren ertappt zu werden, wäre mir besonders unangenehm gewesen.

Die Tür wurde zugezogen. Die Schritte entfernten sich. Ich holte tief Luft und stützte die Hände auf die Oberschenkel, bis mein Atem sich normalisiert hatte. Die Gelegenheit war günstig, um die Unterlagen in Hannes Keplers Büro zu durchsuchen. Die Wahrscheinlichkeit war groß, hier einen Hinweis zu finden, der die verwegene Theorie, die sich mein Kopf zusammengereimt hatte, bestätigte. Aber ich wollte nicht noch mehr Zeit verlieren. Gerit musste irgendwo auf dem Weingut sein – und mein Bauchgefühl sagte mir, dass sie in Gefahr war.

Im Haupthaus schien sie nicht zu sein. Blieb der Weinberg oder das Nebengebäude.

Über den Flur ging ich zur Haustür, die immer noch angelehnt war. Ich verließ das Gebäude. Quer über den Hof zu gehen, schien mir zu gewagt. Ich hielt mich entlang der Wand. Mit schnellen Schritten überquerte ich die schmale Zufahrt zum Parkplatz und duckte mich hinter dem üppigen Grün der Oleanderbüsche.

Ich drückte die Klinke des Eingangs zum Verkostungsraum und wurde enttäuscht. Abgeschlossen. Was nun?

Vielleicht war irgendwo ein Kellerfenster offen. Geduckt lief ich zur seitlichen Front des Nebengebäudes. In der Nähe des blühenden Holunders stieß ich auf ein Fenster, das einen Spaltbreit zum Lüften offen stand. Die tiefen Zweige boten mir Deckung. Ich hakte die Finger unter den Aluminiumrahmen des Abdeckgitters und zog daran. Er war nicht schwer, trotzdem ging ich leise und behutsam vor, um keinen unnötigen Lärm zu verursachen.

Ich beugte mich über den Lichtschacht. Das Fenster ließ sich problemlos aufschieben. Deutlich schwieriger war es, meine eins siebzig durch das enge Rechteck des Lichtschachts zu winden und ins Innere des Gebäudes zu gelangen. Praktischerweise konnte ich ein Vorratsregal neben dem Fenster als Leiter benutzen. Von ein paar Abschürfungen abgesehen, kam ich heil unten an.

Neben mehreren Stapeln mit Holzkisten voller Weinflaschen und einer Ansammlung von Holzfässern waren an einer Wand mehrere Schaufeln, Hacken und andere Werkzeuge für die Bodenbearbeitung aufgereiht. In diesem Raum war es deutlich kühler als draußen. Die Luft roch muffig und nach Feuchtigkeit. Durch das Fenster drang etwas Licht herein, so konnte ich mich orientieren.

Auf dem Gang war das deutlich schwerer. Nirgends gab es eine Lichtquelle. Im Kellerraum hatte ich Taschenlampen entdeckt, die nützlich gewesen wären. Aber auch zu auffällig.

Von dem Gang zweigten an beiden Seiten weitere Kellerräume ab. Ich warf einen vorsichtigen Blick hinein. Fehlanzeige. Von Gerit keine Spur.

Ich setzte mich auf eine Holzkiste und bekam Zweifel. Was machte ich hier? Und warum sollte sich Gerit ausgerechnet in diesen Kellerräumen aufhalten? Hatte ich mich in eine fixe Idee verrannt, nur weil sie gesagt hatte, sie wolle zum Weingut und den Keplers auf den Zahn fühlen? Vielleicht saß sie drüben im Wohnzimmer und unterhielt sich in aller Seelenruhe mit der Familie. Oder sie war vom Friedhof direkt nach Hause gefahren und aß mit Peter zu Abend.

Ich wischte mir die schmutzigen Finger an der Hose ab und war kurz davor, die Aktion abzubrechen, als ich etwas im Halbdunkel aufblitzen sah. Was war das? Ein Stück Glas von einer zerbrochenen Flasche?

Ich stand auf, ging in die Richtung, aus der der Lichtreflex gekommen war, und beugte mich vor, um den Boden besser absuchen zu können.

Nichts. Keine Spur von etwas Hellem … Augenblick. Da war was!

Ich ging rückwärts, bis der Reflex wieder zu sehen war. Gezielt hielt ich auf die Stelle zu und tastete den staubigen Boden ab. Da! Ich fasste den Gegenstand an. Fühlte sich an wie ein Schraubenzieher. Hatte er das Licht reflektiert? Ich suchte weiter, bis ich einen kühlen, harten Gegenstand zu fassen bekam. Ein Handy.

Meine Finger fuhren an den Außenkanten entlang, bis ich auf die Taste stieß, die das Display aktivierte. Das Feld leuchtete auf. Mohnblüten in einem Getreidefeld. Dieses Startbild kannte ich. Das war Gerits Handy. Aber warum war die Mailbox nicht angesprungen, als ich sie vorhin angerufen hatte? Egal. Tücken der Technik. Oder kein zuverlässiges Netz.

Ich schob das Handy in die Hosentasche und bewegte mich weiter durchs Dunkel. Gerit musste hier irgendwo sein. Aber was suchte sie im Keller?

Ich lauschte sekundenlang. Stille. Das Geräusch eines Automotors. Das kam von draußen. Vielleicht sollte ich einfach nach ihr rufen? Ich öffnete den Mund und holte Luft, als mich ein metallisches Geräusch innehalten ließ. Ich rührte mich keinen Millimeter von der Stelle und spitzte die Ohren.

Da, wieder das Klappern. Als würde jemand mit einer Schaufel irgendwo gegenstoßen. Das Geräusch kam aus der Richtung, in die ich mich bewegte.

Zentimeter für Zentimeter schob ich mich weiter. Als ich eine verschnörkelte Wandlampe entdeckte, wusste ich, wo ich mich befand. Nachdem Andrés Agentur den Etat des Weinguts übernommen hatte, waren wir von Kellermeister Schmälzle und Hannes Kepler überall herumgeführt worden. Auch durch das Nebengebäude. Dieser Gang führte zu einem alten Gewölbekeller aus den Anfangszeiten des Weinguts. Ich erinnerte mich an die Aussage von Schmälzle, in diesen Fässern würden ihre besten Tropfen heranreifen.

Ich beschleunigte meine Schritte, bis ich eine Stimme hörte. Sofort stoppte ich und lauschte.

»Was soll ich mit Ihnen machen? Ich könnte Sie für immer verschwinden lassen.«

Diese Stimme kam mir bekannt vor, aber ich konnte sie nicht richtig einordnen.

Beim Klang einer zweiten Stimme lief es mir kalt den Rücken hinunter.

»Sie wissen, dass Sie keine Chance haben. Selbst wenn Sie mich verschwinden lassen, gibt es genug Beweise. Es ist nur eine Frage der Zeit, bis die Kripo hier auftaucht.« Das war unverkennbar Gerit.

»Ach ja?« Jemand schnaubte verächtlich. »Die waren schon ein paarmal hier. Und was haben sie gefunden? Nichts. Die haben keine Ahnung.«

Ich arbeitete mich geräuschlos weiter. Da vorn machte der Gang eine Biegung. Dahinter kam die ausgetretene Steintreppe, die zum Gewölbekeller hinunterführte. Von dort schienen die beiden Stimmen zu kommen.

»Sie haben geschickt von sich abgelenkt«, hörte ich Gerit sagen. »Das Gift in der Werbeagentur zu deponieren, war ein kluger Schachzug.«

»Ja, nicht wahr? Eigentlich wollte ich nur die Verkostung platzen lassen.«

»Um den Streit zwischen Ihrem Mann und Ihrem Schwager weiter anzuheizen. Es sollte so aussehen, als hätte einer dem anderen schaden wollen. Und damit letztendlich dem Weingut. Wieso haben Sie Ihren Plan geändert?«

»Ich wollte nicht, dass jemand stirbt.«

»Sie haben Skrupel bekommen«, sagte Gerit. »Deshalb haben Sie den Verdacht auf Andrés Agentur gelenkt. Auf seine Texterin, um genau zu sein. Ihr Käsegebäck hatten Sie ebenfalls mit dem Pestizid vergiftet.«

Mein Herzschlag setzte aus, als ich das hörte. Was für ein raffinierter Plan. Da ging jemand über Leichen.

Ich war an der Treppe angelangt und tastete mich Stufe für Stufe tiefer.

»Hauptsache, ich bekomme das Weingut. So wie es in Antons Testament steht. Niemand wird daran zweifeln, dass er mich als Erbe eingesetzt hat, weil er genug von den Konflikten zwischen seinen Söhnen hatte. Jeder wird seine Entscheidung verstehen.«

Von draußen drang kein Licht in den Gewölbekeller. Allein im Schein einer schummerigen Lampe am anderen Ende konnte ich die raumhohen Holzfässer ausmachen. Mit weißer Kreide war außen handschriftlich markiert, welche Sorten darin reiften. Das hatte Schmälzle uns bei dem Rundgang gezeigt.

»Sie waren es also, die ihn die Treppe hinuntergestoßen hat?«, fragte Gerit ohne das kleinste Anzeichen von Angst in der Stimme. »Warum? Sie standen doch bereits in seinem Testament.«

Wieso versuchte sie nicht abzuhauen, statt in dieser lebensgefährlichen Situation ein Interview zu führen? Ich duckte mich und nutzte einen schmalen Gang hinter einer Reihe von gut zwei Meter hohen Fässern, um näher heranzukommen.

»Anton hat es sich anders überlegt. Er wollte das Testament am Abend seines Geburtstags ändern. Ich habe den Zettel gefunden, auf dem er die neue Formulierung geübt hat. So konnte ich es rechtzeitig verhindern.«

Die beiden hielten sich in einer Lücke zwischen zwei Fässern auf. Vom Gang aus hatte ich keine Chance, dorthin zu gelangen und Gerit zu helfen. Sollte ich lieber zurückgehen und die Polizei rufen? Die Steinwände trugen den Schall weit. Um mich nicht zu verraten, müsste ich das Gebäude verlassen. Dann wäre es vielleicht zu spät.

Ich nahm mein Handy heraus und tippte auf das Display. Nach ein paar Sekunden konzentrierte ich mich wieder auf meine Umgebung und sah mir die Konstruktion aus Holzbalken um jedes Fass an. Mit ein bisschen Geschick konnte ich auf das Fass vor mir klettern und mir von oben einen Überblick verschaffen.

»Sie sind über die hintere Treppe nach oben geschlichen und haben ihn kaltblütig ermordet.« Gerit führte ihr Interview unbeirrt fort.

Ich setzte das linke Bein auf die Tragekonstruktion und schwang das rechte so weit hinauf, wie ich konnte. Beim zweiten Versuch klappte es. Ich zog mich an den eisernen Fassreifen aufwärts, bis ich oben ankam. Dort blieb ich liegen und rang nach Atem.

Wieder hörte ich dieses metallische Geräusch. Ich hob den Kopf ein wenig an und schaute in den Zwischenraum zwischen meinem und dem nächsten Fass.

Gerit lag auf dem Boden. Ihre Handgelenke waren mit einer Schnur vor dem Bauch zusammengebunden. Neben ihr stand

Maja Kepler. Das metallische Geräusch stammte von einem Gegenstand in ihrer Hand, mit dem sie gegen ein Gestell mit Flaschen schlug. Es war eine Spitzhacke, wie man sie zum Auflockern von Erde benutzte.

Eine Spitzhacke! Vor Schreck verlor ich den Halt und kam ins Rutschen. Zentimeterweise bewegte sich mein Körper über die Wölbung auf die andere Seite des Fasses. Dorthin, wo Gerit lag. Mit aller Kraft klammerte ich mich an die Fassreifen, aber ich fand keinen Halt, rutschte ab und knallte mit dem Hinterkopf auf den Steinboden.

Kälte. Schmerzen. Durst. Mein Mund war wie ausgetrocknet. Die Zunge klebte an meinem Gaumen. Mein Kopf tat höllisch weh. Ich versuchte, ihn anzuheben. Vergeblich.

Jemand stöhnte.

Wer war das?

Allmählich ging mir auf, dass das Jammern von mir kam.

Mit einem Schnalzen löste sich meine Zunge vom Gaumen. Ein Frösteln ließ mich schaudern. Ich lag auf dem Rücken. Unter mir war es kalt, eiskalt. Kein Wunder, dass mein Körper sich steif anfühlte.

Wo war ich?

Ich öffnete die Augen, konnte aber im Halbdunkel nichts sehen. Mit den Fingern tastete ich die Umgebung Zentimeter für Zentimeter ab. Der Boden war aus Stein. Der Weinkeller! Ich war im Gewölbekeller des Weinguts.

Schritte kamen näher. Ich schloss die Augen und stellte mich bewusstlos.

»Hätte ich mir denken können, dass die hier herumspioniert. André hat mir erzählt, wie renitent diese Bea Pelzer ist.«

Maja Keplers Stimme klang ebenso kalt, wie der Boden unter mir es war. Das musste der Grund dafür sein, warum ich sie nicht erkannt hatte. Wieder hörte ich das metallische Geräusch. Die Spitzhacke.

Die Schritte machten vor meinem Ohr halt. Ich spürte, wie jemand mich forschend ansah.

»Machen Sie gemeinsame Sache mit André Hohlberg?« Gerit war mutiger, als ich erwartet hatte. Mutiger als ich auf jeden Fall. Und sie lenkte diese gefährliche Person von mir ab. Es war Zeit, etwas zu unternehmen, statt nutzlos herumzuliegen.

»Mit André?« Maja Kepler schnaubte. »Der denkt nur an den Profit seiner Agentur. Das Hotel war ihm eine Nummer zu groß. Deshalb hat er einen Rückzieher gemacht. Aber ich habe einen Investor gefunden, der von meinem Weinhotel begeistert ist.«

Die Schritte entfernten sich. Ich öffnete millimeterweise die Augen. Es tat weh, aber ich schaffte es, den Schmerz in meinem Schädel zu ignorieren.

Im trüben Licht der Lampe machte ich die beiden Frauen aus. Gerit lag gute zwei Meter von mir entfernt. Sie bewegte den Oberkörper und mühte sich, die Schnur abzustreifen, mit der ihre Handgelenke gefesselt waren.

»Die kriegst du nicht los«, sagte Maja Kepler und ging neben Gerit in die Hocke. »Dich hätte ich heute Nacht im Weinberg drüben verscharrt. Niemand hätte dich jemals gefunden. Aber jetzt seid ihr zu zweit.« Sie presste die Lippen zusammen. »Egal. Ich habe schon so viel riskiert. Da werde ich auch mit euch beiden fertig.«

Daran hatte ich keine Zweifel. Zwei Menschen hatte sie bereits auf dem Gewissen. Darunter ihren Schwiegervater.

Ich machte mir Vorwürfe. Wieso hatte ich nach Anton Keplers Sturz nicht zum Treppenabsatz im ersten Stock gesehen? Ich hätte Maja Kepler überführen können. Dann hätte niemand seine letzten Worte gehört. Nur eines davon hatte ich verstanden: »Maria«, den Namen seiner Frau.

Oder hatte er in Wahrheit gar nicht »Maria« gesagt, sondern etwas täuschend Ähnliches? Was, wenn sein letztes Wort »Maja« gewesen war? Der Name seiner Mörderin.

Ein wütender Schrei holte mich in die Gegenwart zurück. Trotz der teuflischen Schmerzen hob ich den Kopf an. Gerade rechtzeitig, um zu sehen, wie Gerit ihre aneinandergefesselten Hände hochriss. Sie schlug Maja Kepler mit voller Wucht ins Gesicht. Die Kepler verlor das Gleichgewicht und kippte aus der Hocke nach hinten. Im Fallen riss sie die Hacke in ihrer Hand hoch. Das spitze Ende bohrte sich in Gerits Oberarm. Der helle Stoff ihrer Bluse verfärbte sich sofort rot. Blut lief aus der Wunde und tropfte auf den Steinboden. Mit einem klirrenden Geräusch fiel die Hacke zu Boden. Gerit brüllte vor Schmerz. Sie zog das Bein an und versetzte der Gegnerin einen kräftigen Tritt in die Nierengegend. Maja Kepler stieß keuchend Luft aus. Sie fasste sich mit verzerrtem Gesicht an die Hüfte, schien aber entschlossen, sich das Heft nicht aus der Hand nehmen zu lassen. Sie kam auf Ellbogen und Knie, richtete sich taumelnd auf und sah sich nach der Spitzhacke um.

Gerit kauerte sich zusammen und presste die gefesselten Hände auf ihre heftig blutende Wunde. Sie brauchte Hilfe.

Ich zog mich am Fasshahn hoch. Als ich halbwegs aufrecht war, warf ich mich mit meinem ganzen Gewicht auf Maja Kepler und begrub sie unter mir. Sie wand sich hin und her, um mich abzuschütteln. Nur wenige Zentimeter von ihrer Rechten entfernt lag die Spitzhacke. Wenn sie die erreichte, hatten wir keine Chance mehr.

»Gerit, schlag sie nieder«, rief ich und packte Maja Keplers Hand, um zu verhindern, dass sie den Griff der Hacke zu fassen bekam.

Aus dem Augenwinkel sah ich, wie Gerit sich aufrichtete und nach einer Waffe suchte. Ihr verletzter Arm war blutüberströmt. Mit ihren gefesselten Händen zog sie eine Weinflasche aus dem Regal.

In diesem Moment schaffte es Maja Kepler, ihre Hand aus meiner Umklammerung zu lösen. Sie packte den Griff der Spitzhacke und schwang sie über dem Kopf. Ihr Körper spannte sich unter mir an. Gleich würde sie mir das Ding in den Rücken rammen.

»Mach schnell, Gerit. Ich kann nicht mehr.«

Die Spitze kam näher und näher. Ich wollte ausweichen, hatte aber nicht mehr genug Kraft.

Etwas blendete mich. Ein Lichtreflex. Er kam von einer Weinflasche, die das Licht der Lampe einfing.

»Aus dem Weg, Bea!« Das war Gerits Stimme.

Mit den letzten Energiereserven schob ich meinen Oberkörper auf Maja Keplers Bauch.

Gerit schmetterte die Flasche auf ihre Stirn. Die Wucht des Aufpralls war gewaltig. Ich spürte, wie die Spannung aus Maja Keplers Körper wich und sie schlaff wurde. Die Spitzhacke fiel neben mir zu Boden.

Ich rollte mich von ihr herunter. Außer meinem keuchenden Atem war kein Geräusch zu hören. Diese Stille bedeutete nichts Gutes. Ich stützte mich auf die Ellbogen und suchte nach Gerit. Als ich ihren regungslosen Körper neben dem von Maja Kepler sah, bekam ich Panik.

»Gerit!« Ich robbte zu ihr hinüber. Überall war Blut. Weil ich mich nicht traute, sie zu berühren, beugte ich mich über ihr Gesicht. Trotz des trüben Lichts erschrak ich. Sie war käsebleich. Ihre Lider waren geschlossen.

»Gerit?«

Atmete sie noch?

»Keine Sorge.« Sie schlug die Augen auf und suchte meinen Blick. »Diese Story lasse ich mir nicht entgehen.«

Obwohl mein Kopf dröhnte, musste ich lächeln.

Als von draußen eine Polizeisirene zu hören war, atmete ich durch. Mein Notruf war angekommen. Aber Gerit und ich hatten es allein geschafft.

Eine Stunde später saß ich auf einem der Stühle vor dem Verkostungsraum. Ich drückte ein Kühlpad, das der Notarzt mir gegeben hatte, auf die riesige Beule an meinem Hinterkopf. Von Hautabschürfungen und einer leichten Gehirnerschütterung abgesehen, war ich glimpflich davongekommen.

Gerit hatte es schlimmer erwischt. Die Spitzhacke hatte ihr den Oberarm aufgerissen und eine tiefe Wunde hinterlassen. Sie wurde im Rettungswagen versorgt. Bevor der sie ins Krankenhaus brachte, kam sie zu mir herüber. Ein dicker weißer Verband war um ihren Arm gewickelt, den sie in einer Schlinge trug.

»Ich wollte dir noch danken für die SMS«, sagte sie. »Aber

als ich sie bekam, war ich schon mit Maja Kepler unterwegs. Ich hatte sie um eine Führung durchs Weingut gebeten, um ihr dabei auf den Zahn zu fühlen. Leider ist sie nicht darauf hereingefallen und hat mich ausgetrickst.« Sie legte den Kopf zur Seite und lächelte. »Ist noch mal gut gegangen. Danke, Bea.«

Ich hob das Kühlpad hoch, bevor mir das Gehirn einfror. »Ich freue mich auf Andrés Entschuldigung. Ob ich weiter für ihn arbeite, überlege ich mir gründlich. Vielleicht steige ich bei Jeannettes Katzenpension ein. Schlimmer als Werbekunden können Katzen auch nicht sein.«

Gerit zeigte zum Rettungswagen. »Ich muss einsteigen, sonst fahren die ohne mich los. Willst du später bei uns vorbeikommen? Peter würde sich freuen.«

Das Kopfschütteln ließ ich sofort bleiben, weil ein Blitz meine Wirbelsäule hinunterschoss. »Danke für die Einladung. Ich habe schon etwas vor.«

Auf halber Strecke drehte sich Gerit um und winkte mir mit ihrem unverletzten Arm zu. Ich beobachtete, wie sie einstieg und der Wagen davonfuhr.

Kurz nachdem es uns gelungen war, Maja Kepler zu überwältigen, war die Polizei auf meinen Notruf hin eingetroffen. Kommissar Gabriel kam genau rechtzeitig, um sie zu verhaften und ihr Handschellen anzulegen. Wer hätte ahnen können, welches doppelte Spiel sie die ganze Zeit über getrieben hatte?

Aus Rücksicht auf meine Gehirnerschütterung hielt Kommissar Gabriel seine Befragung knapp. Ich erzählte ihm von der Hotelskizze in Andrés Büro und der Begegnung mit Maja Kepler vor dem Architekturbüro.

»Und als Sie in den E-Mails Ihres Chefs auf den Namen dieses Hotelinvestors stießen, war Ihnen klar, wer hinter den beiden Todesfällen steckte?«

»Sagen wir, ich hatte einen Verdacht.« Ich nahm das Kühlpad in die andere Hand und presste es wieder auf meine Beule.

»Sie hätten mich informieren müssen, Frau Pelzer. Eine Mörderin zu stellen, ist und bleibt Sache der Polizei.«

»Bis ich Ihnen alles erklärt hätte, wäre es zu spät gewesen«, antwortete ich. »Wahrscheinlich hätten Sie mir sowieso nicht geglaubt, oder? Immerhin haben Sie mich die ganze Zeit über verdächtigt, eine Giftmischerin zu sein.«

Kommissar Gabriels helle Augen wichen meinem Blick nicht aus. »Herr Hohlberg war der festen Überzeugung, Sie wollten seiner Agentur schaden. Ich habe Sie nur im Auge behalten. Für alle Fälle.« Ein kaum merkliches Lächeln spielte um seinen Mund.

»An Ihrer Stelle würde ich mich auch so herausreden.« Ich erwiderte das Lächeln. »Was wird aus dem Weingut? Vom Gefängnis aus kann Maja Kepler es nicht führen. Und kein Hotel bauen.«

»Nun, ich bin kein Jurist, Frau Pelzer. Wir haben es hier mit arglistiger Täuschung zu tun. Wenn Maja Kepler wegen Mordes rechtskräftig verurteilt wird, können ihr Mann und ihr Schwager sie für erbunwürdig erklären lassen. Das Erbe ginge dann zu gleichen Teilen an die beiden Söhne. Aber diese Entscheidungen überlassen wir den Fachleuten.«

»Das heißt, die Brüder müssen sich nun doch zusammen-raufen.«

»Wenn Sie es so ausdrücken wollen.« Kommissar Gabriel stand auf. Er zögerte. »Einer meiner Kollegen kann Sie nach Hause bringen.«

Ich gab ihm die gleiche Antwort wie Gerit.

Als der Kommissar außer Hörweite war, benutzte ich zum letzten Mal an diesem Tag mein Handy. Ich rief den gewünschten Kontakt auf und lauschte, wie die Verbindung sich aufbaute.

»Bea. Schön, von dir zu hören. Wie geht es dir?«

Es tat gut, Georgs ruhige Stimme zu hören. »Hast du heute Abend etwas vor? Ich habe einiges zu erzählen.«

Nachwort

»Trollingertod« ist ein Roman und reine Erfindung. Alle Schauplätze habe ich realitätsnah, aber unter dem sehr persönlichen Blickwinkel meiner Figuren geschildert. Falls an der einen oder anderen Stelle die Phantasie über die Realität gesiegt hat, bitte ich um Nachsicht. Das Weingut Kepler, die Familie Kepler und alle Mitarbeiterinnen und Mitarbeiter sind erfunden. Ähnlichkeiten mit real existierenden Weingütern sind rein zufällig und nicht beabsichtigt. Auch die einmalig schöne Lage des Weinguts in der Nähe des Chinesischen Gartens auf dem dicht bebauten Kriegsberg ist pure Phantasie. Wegen des großartigen Stadtpanoramas konnte ich einfach nicht widerstehen.

Falls sich trotz eingehender Recherche Ungenauigkeiten oder Fehler beim Thema Wein in den Text eingeschlichen haben, bitte ich dies zu entschuldigen. Sie sind nicht auf den Alkoholkonsum der Autorin zurückzuführen. Den Alltag einer Werbeagentur habe ich realistisch beschrieben. Die branchenüblichen Abläufe wurden aus dramaturgischen Gründen gestrafft oder vereinfacht. Eventuelle Fehler sind allein mein Verschulden.

An der Entstehung dieses Romans waren viele Menschen beteiligt. Jeder hat auf seine Weise zum Gelingen dieses Buches beigetragen, ob mit Informationen, Geduld oder Abendessenkochen. Danke an die kompetenten Informanten, die mich unterstützt haben.

Ein besonders großes Dankeschön gilt Stefanie Rahnfeld für ihr Vertrauen in mich als Autorin und Bea Pelzer als Ermittlerin. Und natürlich für ihren unvergleichlichen Humor, der sie als Romanfigur einzigartig machen würde. Herzlichen Dank an Dr. Christel Steinmetz für den fein getakteten Zeitplan, der das Erscheinen dieses Buches zum geplanten Termin möglich gemacht und das Nervenkostüm der Autorin geschont hat. Danke an das gesamte wunderbare Team des Emons Verlages. Selten ist die Zusammenarbeit mit einem Verlag so herzlich, verständnisvoll und inspirierend. Susann Säuberlich danke ich für ihre wertvollen Anregungen, ihre Freude an meinen Figuren und die konstruktive Zusammenarbeit. Bis hoffentlich bald auf ein Glas Prosecco im Biergarten!

Martina Fiess
TOD IN DEGERLOCH
Stuttgart Krimi
Broschur, 240 Seiten
ISBN 978-3-89705-707-4

»Eine vergnügliche Ferienlektüre.« Staatsanzeiger Baden-Württemberg

»Erneut ist es Martina Fiess gelungen, die Handlung so packend zu präsentieren, dass der Leser Stück für Stück ins kriminalistische Geschehen hineingezogen wird und mit ermittelt.« Cannstatter Zeitung

Martina Fiess
TOD IN DER MARKTHALLE
Stuttgart Krimi
Broschur, 224 Seiten
ISBN 978-3-95451-255-3

Bea Pelzer traut ihren Augen nicht, als Agenturchef Hohlberg seinen neuen Geschäftspartner vorstellt: Es ist ihr Vater Peter Herzog, der die Familie vor über zwanzig Jahren verlassen hat. Doch viel Zeit für Persönliches bleibt nicht, denn beim Jubiläumsevent der Markthalle geschieht ein Mord – und der Verdacht fällt auf Beas Vater. Auf der Suche nach dem wahren Täter kommt Bea einem verhängnisvollen Geheimnis auf die Spur und gerät selbst in tödliche Gefahr.

www.emons-verlag.de

Martina Fiess
TOD AM BÄRENSEE
Stuttgart Krimi
Broschur, 256 Seiten
ISBN 978-3-95451-815-9

So schnell hatte Bea Pelzer ein Wiedersehen mit Kommissar Gabriel vom Stuttgarter Dezernat für Tötungsdelikte nicht erwartet. Warum muss aber auch ausgerechnet sie über die weibliche Leiche am Bärenschlössle stolpern? Ihre Recherchen führen die schlagfertige Werberin in die Kunst- und Immobilienszene. Doch ist ihr der Mörder vielleicht näher, als sie ahnt?

www.emons-verlag.de

Martina Fiess
TOD AUF DEM WASEN
Stuttgart Krimi
Broschur, 240 Seiten
ISBN 978-3-7408-0396-4

Ganz Stuttgart ist in Feierlaune: Das 200-jährige Jubiläum des Cann-statter Wasen steht bevor. Doch dann brennt ein Festzelt ab, und die Feuerwehr findet unter den Trümmern eine Leiche. Kommissar Gabriel nimmt die Ermittlungen auf – ebenso wie die neugierige Stadtführerin Bea Pelzer. Eigentlich soll sie Besuchergruppen über den Wasen führen, stattdessen entdeckt sie ein mörderisches Kom-plott und ist dem Täter bald dicht auf den Fersen.

www.emons-verlag.de